Felsenblume

Ein Leben im Zeitraffer

von Robin David

DANKSAGUNG

Mein großer Dank gilt der Gesamtschöpfung.

Darüber hinaus bedanke ich mich bei der Natur, meinen Kindern und allen Menschen, denen ich begegnet bin.

Ganz besonderer Dank gilt meiner Tochter, die dieses Buch letztlich zu dem gemacht hat, was es ist.

Bibliografische Information der Deutschen Nationalbibliothek:
Die Deutsche Nationalbibliothek verzeichnet diese Publikation
in der Deutschen Nationalbibliografie; detaillierte bibliografische
Daten sind im Internet über: http://dnb.de abrufbar.

TWENTYSIX – Der Self-Publishing-Verlag
Eine Kooperation zwischen der Verlagsgruppe Random House und
BoD – Books on Demand

© 2020, Robin David

Herstellung und Verlag:
BoD – Books on Demand, Norderstedt

Illustration zum Titel und Umschlagbild:
Vivien Kabar, *Closeness*, 2020
Öl und Acryl auf Leinwand, 160 x 120 cm, Privatbesitz
Foto: Christian Redtenbacher

Layout: Mag.art. Xenia Vargova

ISBN: 978-3-74076-628-3

Inhalt

VORWORT

Ich hatte nach meiner Nahtoderfahrung die Chance bekommen, das Wichtige, das ich gelernt habe, aufzuschreiben. Mir ist durchaus bewusst, dass man die Welt zwar nicht mit einem Buch retten kann, doch jedes einzelne Puzzlestückchen ist wichtig – vielleicht kann man einige Menschen dazu bewegen, über das eine oder andere nachzudenken, manche sogar inspirieren und bestenfalls unterstützen. Mir ist ebenso klar, dass manches, das hier zu lesen ist, möglicherweise viele vor den Kopf stoßen wird, aber es ist nun mal meine Überzeugung nach so viel Leben, Lehre und Erfahrung.

Ich widme das Buch vor allem meinen Kindern, aber auch jedem Menschen, für den sein Inhalt stimmig ist. Denn alles, was hier geschrieben steht, ist eine Folge tatsächlich stattgefundener Ereignisse und versteht sich als wahrheitsgetreu. Zumindest ist es *meine* Wahrheit (sollte jemand anderer meinen, ich hätte es nicht so ganz getroffen). *Und Wahrheit und Vernunft sind selten Feinde.* Also schreibe ich und gebe es nicht zur Debatte mit mir. Denn: Wem meine Schlussfolgerungen nicht gefallen, der kann seine eigenen suchen, dies steht jedem Menschen frei. *In uns allen sind unübersetzbare Tiefen, in uns sind Geheimnisse, die ohnehin nicht in Worte gefasst werden können.*

Um den Lesefluss zu erleichtern, habe ich konkrete Lebensszenen *kursiv* gehalten, daraus inspirierte Gedanken in Standardschrift.

PROLOG

Ich liege gerade im Sterben. Bei vollem Bewusstsein. Es ist die Ruhezeit zwischen Weihnachten und Silvester, genauer gesagt der 28. Dezember 2017.

Es traf mich unvorbereitet. Ich bin Anfang Fünfzig und relativ gesund. Natürlich habe ich einige „Wehwehchen", wie viele von uns in diesem Alter, aber meine waren unter Kontrolle – hatte ich geglaubt. Meinen Ruhetremor (das Zittern der Hände, das je nach Stress oder Müdigkeit stärker oder schwächer sein kann) habe ich, seit ich denken kann, genau wie meine Mutter. Dazu kommt mein Restless-Legs-Syndrom im Ruhezustand (RLS) seit mindestens 15 Jahren. Dagegen hilft gewöhnlich eine Tablette am Abend. Obwohl mich der alte Arzt damals, als ich eine Kur wegen meiner Rückenprobleme machen musste, nachdenklich gemacht hat. Er fing an zu lachen, als ich ihm von meinem RLS berichtete. Ich fragte, was daran so lustig sei, und er antwortete: „Ein typisch weibliches Leiden und eine psychosomatische Erkrankung, genauso wie Migräne – ‚Ich will weg, aber ich kann nicht.‘" Das leuchtete irgendwie ein, ich verdrängte es jedoch schnell wieder.

Allerdings hatte sich diesmal das Zittern des ganzen Körpers während der letzten zwei Tage so gesteigert, dass ich nichts mehr machen konnte – nicht einmal ein Glas Wasser zum Mund führen. Autofahren war unmöglich, das Tippen am Computer ebenso. Da das RLS als Vorstufe für Parkinsonsche Krankheit angenommen wird, dachte ich erst, dass es mit mir nun auch so weit gekommen war. Ich wollte es aber nicht so recht glauben, denn ich war mit meinen 51 Jahren doch noch viel zu jung dafür und hoffte, dass das Zittern bald wieder vorbeigehen würde. Zum Glück hatte ich mir über die Feiertage Urlaub genommen und musste nicht in die Arbeit.

Das Zittern war an jenem Tag aber nicht zu ignorieren und nicht zu beruhigen. Es steigerte sich kontinuierlich. Weder Bäder, Meditation, Entspannungsübungen, Bewegung, noch Tabletten halfen mir. Ich hatte das Gefühl, dass es sich von der Magengrube, also vom Solarplexus weg, ausbreitete und meinen Körper in konzentrischen Wellen überrollte. Ein bisher unbekanntes und völlig beklemmendes Gefühl, etwa so, als würde jeden Moment etwas in mir explodieren. Ich rief meinen Sohn an. Das Telefon konnte ich kaum bedienen, schaffte es aber schließlich und sagte ihm, dass etwas mit mir los war. Ich erzählte ihm vom Zittern und meinem komischen Gefühl. Er sagte, ich solle mich hinlegen und versuchen zu entspannen, er würde bald vorbeikommen.

Am Abend zuvor waren meine inzwischen erwachsenen Kinder bei mir gewesen und wir hatten eine wunderschöne Zeit verbracht, in der wir uns allerhand erzählten und herzlich miteinander lachten. Bei dieser Gelegenheit hatte ich es sogar geschafft, ihnen einige meiner Erkenntnisse näherzubringen. Es liegt mir viel daran, ihnen so viel wie möglich mitzugeben, damit sie nicht alles selbst durchmachen müssen. Es ist mir selbstverständlich bewusst, dass sie selbst durch ihr Leben gehen und ihre Erfahrungen machen müssen, aber wenn man ein wenig auf die Mutter hört, so werden die negativen Erlebnisse hoffentlich etwas weniger wehtun. Normalerweise ist es für meine Kinder nicht so einfach, mir zuzuhören, wenn ich – wie sie sagen – zu „philosophieren" anfange. Als Teenager oder junger Mensch weiß man bekanntlich schon alles und die, in früher Kindheit normalerweise heiß geliebten Eltern haben plötzlich doch keine Ahnung mehr von diesem oder jenem – quasi überhaupt vom Leben. Denn jetzt sei natürlich alles anders, als zu deren Zeit.

Das Zittern nahm stetig zu. Es war sehr beunruhigend, vor allem, da ich nicht im Entferntesten einschätzen konnte, was da eigentlich mit mir passierte. Ich ließ mir ein Bad ein. Ins Wasser goss ich intuitiv einige Tropfen Weihrauchöl – etwas, was ich zuvor noch nie getan hatte. Meine Hoffnung war, dass mich das Öl und das warme Wasser entspannen und das Zittern aufhören würde. Doch das Gegenteil war der Fall. Ich gab schließlich auf und stieg aus dem Wasser. Nachdem ich mich mühselig abgetrocknet hatte, kleidete ich mich wie in Zeitlupe in weißes Baumwollgewand.

Plötzlich kam mir ein absurder Gedanke: Vielleicht fühlt man sich so, bevor man streben muss. Ich ging zum Fenster, blickte hinaus und wusste plötzlich, dass ich ins Schwarze getroffen hatte. Instinktiv hatte ich mein Schicksal erraten. Gleich danach dachte ich: Wenn es so ist, ist es eben so – dagegen kann ich nichts mehr tun. Da ich also jetzt die Gewissheit hatte, dass meine letzte Stunde gekommen war, nahm ich einen Gebetskranz aus weißen Steinen zur Hand.

Ich hatte ihn mir als Souvenir aus dem bosnischen Medjugorje mitgenommen. Medjugorje ist ein christlicher Pilgerort, bei dem Kinder eine Erscheinung der Heiligen Maria gehabt haben sollen. Der Ausflug dorthin war eine sehr nette Erfahrung, obwohl ich mich als nicht-religiös im klassischen Sinne betrachte. Doch in der Stunde des Todes werden sogar jene, die den göttlichen Glauben immer als Unfug von sich gewiesen haben, kleinlaut. Genau diesen Gebetskranz hatten nämlich vor mir bereits viele meiner PatientInnen zur Stunde ihres Todes in ihren Händen gehalten – eben auch solche, die sich nie mit

Religion oder Spiritualität beschäftigen wollten. So ist es nicht verwunderlich, dass auch ich ihn nun hielt, denn letztlich glaube ich, dass es Götter wirklich gibt, nur eben etwas anders, als die Religionen uns lehren wollen.

So legte ich mich auf mein weißes Bett, faltete die Hände auf der Brust und bemerkte, dass das Zittern aufgehört hatte. Ich war vollkommen ruhig und entspannt. Die Erkenntnis, dass ich nichts mehr ändern konnte und meine Zeit gekommen war, ließ mich völlig geruhsam werden.

Ich hatte nie Angst vor dem Tod gehabt. In meiner Gedankenwelt ist er ein Teil des Lebens und gehört einfach dazu. Darüber hinaus war ich fest davon überzeugt, dass es danach trotzdem weitergeht. Nur so konnte ich mit meinem Beruf einer KrebspatientInnenbetreuerin fertig werden, denn ich war stets überzeugt, dass der Tod lediglich der Anfang von etwas Neuem sei. Nach meiner damaligen Vorstellung kehrt die Seele zu ihrem Ursprung zurück und fährt mit ihrer Reise fort. Und wer sind wir Menschen, darüber zu urteilen, ob jemand zu früh gestorben ist? Wer weiß, ob es „davor" wirklich besser war als „danach"? Es ist das größte Geschenk zu wissen, dass wir nicht deswegen geboren sind, um zu urteilen. Der winzige Ausschnitt der Gesamtschöpfung, den wir kennen, macht es ohnehin unmöglich, ein plausibles Urteil darüber zu fällen. Auch über unsere Mitmenschen im Einzelfall zu urteilen ist immer ein Unterfangen, das man, eben weil wir nur einen Bruchteil des Gesamten erahnen können, nach Möglichkeit vermeiden sollte. Unser Verstand ist uns, meiner Ansicht nach, aus einem anderen Grund gegeben worden und nicht, um zu urteilen. Das zweitgrößte Geschenk ist die Möglichkeit, mit unseren eigenen Fehlern und denen der anderen Frieden zu schließen. Das drittgrößte ist das Vergessen-Können. Für mich.

Während ich also in der Gewissheit meines nahenden Todes dalag, lief mein irdisches Leben in einer unaufhaltsamen Bilderabfolge an mir vorbei. Es war tatsächlich wie im Film. Die Szenen des Lebens mischten sich, es war keine Chronologie dabei. Ich spürte, dass mein Herz immer seltener und nur noch leise schlug, fühlte, wie mein Atem ganz flach wurde und stetig abnahm. Doch ich war noch nicht bereit zu gehen. Ich dachte an all die unfertigen Dinge, die ich noch tun wollte. Ich fühlte mich wie eine Blumenknospe, die jemand zu früh abgeschnitten hatte, um sie ein wenig in seinem Heim zu bewundern. Noch am Leben, jedoch wissend, dass sie bald vergehen würde. Mit geschlossenen Augen sah ich plötzlich das wunderschöne, allumfassende weiße Licht, das mich zu sich rief. Ich hörte federweiche Stimmen, die zu mir sprachen, unglaublich vertraut und anziehend.

-

I. KAPITEL

Über Grenzen und Tod

Ich bin in Zürich, eingeladen zu einem Event mit zahlreichen „wichtigen Leuten". Das Glück zieht bekanntlich viele falsche Freunde an, die mit ihm wieder verschwinden. Wie gewohnt beobachte ich Menschen, höre aufmerksam zu – oder tue zumindest so, wenn jemand wieder über das Wetter oder das ach-so-tolle Buffet in Anbetracht der persönlichen Gewichtsprobleme anfängt. Meine Aufmerksamkeit erwacht jedoch schlagartig, als mir eine ältere Dame im Pelz und einer prunkvoll mit Kristallen bestickte Hose nett erklärt: „Wissen Sie, Geld ist kein Luxus mehr. Die teuren Designersachen und die ganzen Marken sind uninteressant geworden. Heute ist Luxus das, was man nicht mit Geld kaufen kann, wie echte Freunde, innere Ruhe und vor allem: Zeit." Ja, denke ich, das ist richtig. Nur glaube ich der Authentizität einer solchen Feststellung von jemandem mit vollem Magen nur bedingt. Ziehen wir ihr Pelz und Kristalle aus und setzen sie ohne einen Groschen auf die nebelige, frostige Zürcher Dezemberstraße und reden wir, na sagen wir, am nächsten Morgen wieder. Darüber, was heute Luxus ist, zum Beispiel. Diese Gedanken schießen mir in Windeseile durch den Kopf, während ich ihr betont laut zustimme. Ja, eh. Ich ermahne mich jedoch schnell wieder, nicht zu urteilen. Ich weiß doch gar nichts über diese Frau. Wer weiß, was sie schon alles hinter sich hat?

Wie damals, als ich zufällig in einer Diskothek von einem wirklich gutaussehenden Fernsehjournalisten interviewt wurde. Er wollte wissen, was ich von Madonna halte. Ich sagte: „Ich kenne sie nicht." Darauf meinte er entgeistert: „Sie wissen nicht, wer Madonna ist?" „Ich habe von ihr gehört, aber keine Ahnung, wie sie wirklich ist. Fragen Sie mich wieder, wenn ich zumindest einen Kaffee persönlich mit ihr getrunken habe." Er hatte es nicht verstanden und lachte mich aus. Bevor er so dämlich reagierte fand ich ihn unwiderstehlich. Da kannte ich ihn aber auch nur aus dem Fernsehen, das ich übrigens schon sehr viele Jahre nicht mehr sehen kann. Ich war nach dieser Begegnung ernüchtert. Jedes Haus sieht von vorne besser aus als von hinten – das hatte mir schon meine Großmutter beigebracht.

Ich überlege weiter und versuche zu ergründen, wie ich mich hier wirklich fühle, unter all den „wichtigen Leuten". Plötzlich tritt jemand wieder in unser Leben – viele kennen das. Er steht irgendwo hinter mir und ich spüre seine Anwesenheit. Ich weiß, er tut es umgekehrt auch, aber weder er noch ich würden etwas sagen oder zeigen. Beide sind wir zu vernünftig, zu verantwortungsbewusst, zu beherrscht und zu bescheiden, wirklich zu glauben, der andere würde das Gleiche wollen. Also tun wir lieber nichts, als zu riskieren, etwas „Unanständiges" zu tun oder auch nur anzudeuten, dass man eventuell bereit wäre, wenigstens dieses eine Mal, die unsichtbare Grenze der Sittlichkeit zu überschreiten.

Wäre das wirklich so schlimm? Ja, für uns beide, so, wie wir „gestrickt" sind, wäre es das. Weil alle Anständigen dann auch die Konsequenz ziehen müssten; weil sie mit einer Lüge nicht leben könnten; weil sie niemanden verletzen wollen; und weil es am Gesamten höchstwahrscheinlich sowieso nichts ändern würde. Um also zu vermeiden, dass irgendjemand leidet, tun wir einfach nichts, bleiben ruhig, höflich und beherrscht, während die Seele innerlich nach Liebe und Zärtlichkeit schreit. Man kompensiert das Verlangen dann mit etwas anderem, etwas, das die Sehnsüchte der Seele betäubt, wie Alkohol, andere Drogen oder Unmengen von Essen oder Süßigkeiten, während man alleine in den Keller weinen geht. Man vergiftet sich mit einer Tonne Zigaretten oder arbeitet bis zum Umfallen, um todmüde ein wenig schlafen zu können. Und die Seele schreit immer lauter und die Dosen müssen gesteigert werden, immerfort. Selten ist ein gefühlloser Mensch auf der Straße gelandet, das passiert leider eher den Sensiblen.

Jetzt fliege ich aus der Schweiz nach Hause. Zürich war diesmal in Nebel eingehüllt gewesen, bis auf zwei Meter Entfernung hatte man nichts mehr erkennen können. Etwa so betrübt war auch meine Freude darüber gewesen, dort zu sein – im Kern viele nette und warme Gedanken und Sehnsüchte, jedoch von dickem grauem Nebel ähnlich umhüllt, sodass man nicht einmal erahnen hätte können, was sich dahinter verbarg. Der einzige Lichtblick war eine liebe Freundin gewesen, die ich besucht hatte. Sie wiederzusehen war der eigentliche Grund für meine Reise gewesen. Plötzlich, wie aus dem Nichts, erfassen uns heftige Turbulenzen. Die Menschen im Flugzeug halten sich nach vorne gebeugt fest, manche schreien. Der Pilot meldet sich mit einer Durchsage, versucht, die Passagiere zu beruhigen. Ich sitze entspannt zurückgelehnt und denke, über meine eigene Ruhe verwundert: Wenn ich jetzt sterben müsste, was würde mir leid tun? Es kommen mir paradoxerweise so viele Dinge in den Kopf, die ich hätte tun wollen, aus Anstand aber nicht getan habe.

Gefühle sind wie bunte Vögel aller möglichen Farben und undenkbarer Schattierungen. Zu mir kommen meistens süße, kleine Babyspatzen, die man beschützen möchte. Manchmal, wenn ich Glück habe, schaut ein bunter Kolibri vorbei. Adler oder Habichte fliegen woanders hin. Ich frage mich immer wieder, wie es möglich ist, dass man selbst von Spatzen bewohnt wird und andere glauben, dass lauter Adler, Habichte, Pelikane oder sogar ab und an ein Pfau in einem/r wohnen.

François de La Rochefoucauld schrieb: „Wer ohne jede Narrheit lebt, ist nicht so weise, wie er glaubt." Das habe ich relativ spät in meinem Leben gelesen. Ja, ich kann wirklich jedem in die Augen sehen. Wenn es nur Ohren wären, mit denen wir kommunizieren müssten, wäre es nicht so einfach. Vermutlich müssten wir die lauten Seelenschreie dann noch mehr betäuben, damit wir „anständig" blieben und sie letztlich niemand hört. Und am Ende bereuen wir es offenbar. Aber auch umgekehrt: Wenn wir ohne Würde und Anstand dieses Leben gelebt haben, dann haben wir Angst vor dem, was danach kommt, wir bereuen es ebenfalls und beten zu den jeweiligen Göttern, uns unsere Sünden zu vergeben. Also bereuen wir am Ende alle etwas, egal, wie wir gelebt haben.

Ich habe schon so viele Menschen sterben gesehen, zu viele, betreue ich doch seit drei Jahrzehnten KrebspatientInnen. Dabei habe ich ganz selten erlebt, dass jemand friedlich eingeschlafen ist, es sei denn, die Person wurde mit Opiaten so betäubt, dass kaum ein Atemhauch zu vernehmen war. Inzwischen habe ich erfahren: Diejenigen, denen das ohne Opiate gelingt, haben schöne Erinnerungen und jemanden „oben", zu dem sie gefühlsmäßig hingehen. Man sollte so leben, wie man sich, wenn man stirbt, wünschen würde, gelebt zu haben – doch leider ist man immer erst im Nachhinein klüger.

Eine meiner engsten Freundinnen stirbt gerade an Krebs, will es aber nicht wahrhaben. Was ist das in uns? Immer sind wir unzufrieden und schimpfen über das Leben, aber wenn dann der Moment kommt, es zu verlassen, will doch fast niemand gehen. Eine Patientin sagte mir, sie war ihr Leben lang immer depressiv gewesen, sogar suizidgefährdet, doch seit sie die Diagnose Krebs bekommen hat, möchte sie unbedingt weiterleben. Die Menschen tun *alles*, um noch ein wenig länger hier zu sein.

Ein Riesengeschäft ist aus der Not jener Menschen entstanden, die zum Tode durch eine Krankheit verurteilt sind. Was ich schon alles gesehen und erlebt habe, das manche Menschen als Heilmittel anpreisen, ist unglaublich. Doch die Verzweiflung treibt die Kranken dazu, viel Geld für unfassbar viel Unsinn auszugeben. Jedoch schlimmer noch, als Geld zu verlieren, ist eine gekeimte Hoffnung wieder zunichtezumachen. Meine Freundin war auch so jemand, von Spinnengift über verschiedenste Gebräue und vermeintliche WunderheilerInnen hatte sie alles versucht – überall auf der Welt, um das Unvermeidliche ein wenig hinauszuzögern. Sie konnte es sich finanziell noch einigermaßen leisten.

Ich denke, es ist die Angst vor dem Unbekannten, gepaart mit Verlustängsten und der Sorge um die Familie. Bei vielen womöglich auch die Angst vor der Konsequenz des Lebens, das sie geführt haben. Es wird uns doch schon immer unsinnigerweise von der Hölle erzählt. Ich sitze da und trauere um sie alle. Dabei denke ich an Afrika und daran, was ich dort alles gesehen und erlebt habe. An „ubuntu", den Gruß der Zulu, der so viel bedeutet wie: „Ich bin, weil wir sind." Großartig, denn es ist tatsächlich so: Ohne die anderen wären wir alle nichts. Wie einst André Heller sagte: „Wie die Menschen dort in einem Trotzdem leben und dem so viel Stärke und persönliches Leuchten abringen – das kann man sich durchaus zum Vorbild nehmen." So fallen manchmal meine Versuche aus, alles zu relativieren. Das Rezept kann ich nur empfehlen. Es hilft immer, wenn man nicht nur auf sich selbst schaut.

Nach meinen vielen Begegnungen mit dem Tod teile ich in der Zwischenzeit die Menschen in zwei Gruppen: solche, die leicht, und solche, die schwer sterben. Die meisten kämpfen fürchterlich, manche wochen- oder gar monatelang. Am schlimmsten und längsten ist der Todeskampf für jene, die an irdischen Besitztümern haften, Angst vor den Konsequenzen ihres gelebten Lebens haben oder unversorgte kleine Kinder verlassen müssen. Und am leichtesten haben es die, die über nicht viel Materielles, doch über viele Erinnerungen verfügen. Sie schwelgen dann in diesen und sind gar nicht mehr da. Der Körper, ihr Kleid für das irdische Leben, geht sie nichts mehr an. Sie lassen einfach los, ziehen es langsam aus. Am Sterbebett braucht man also viele Erinnerungen, um loslassen zu können. Was bedeutet, dass man sein Leben in vollen Zügen leben und genießen soll. Das setzt wiederum voraus, sich zu trauen, auch etwas zu riskieren. Weil es richtig ist. Raus aus der Komfortzone, rein ins Risiko. Nur so werden wir am Ende sagen können: Ja, dieses Leben war es wert, gelebt zu werden – mit all seinen Höhen und Tiefen.

Die Menschen haben das Geschenk bekommen, ihr Leben so gestalten zu können, als würde es ewig andauern. Das ist genial, denn wie sähe unser Leben aus, wären wir uns ständig des Endes bewusst? „So ist also der Tod, das schrecklichste der Übel, für uns ein Nichts: Solange wir da sind, ist er nicht da, und wenn er da ist, sind wir nicht mehr", nach Epikur. Doch ich persönlich bevorzuge die Aussage von Mohandes Karamchand Gandhi: „Lebe, als würdest du morgen sterben und lerne, als würdest du ewig leben." Bei solch großen Geistern der Geschichte, wie Jesus, Mohammed, Jeanne d'Arc, Galilei, Gandhi oder Mandela, kann ich nicht aufhören, mich zu fragen: Warum müssen die Menschen immer die stärksten und die innovativsten unter ihnen verraten?

Leider assoziieren wir das uns Bekannte immer mit vermeintlicher Sicherheit. Wie auch meine Großmutter zu sagen pflegte: „Wenn alle Menschen ihre Sorgen auf einen Haufen würfen und sich dann daraus neue aussuchen könnten, würde jeder wieder um seine eigenen rennen." Genauso, wie am Flughafen jeder um seine Koffer rennt. Paulo Coelho schreibt, es gibt zwei Dinge, „die einen Menschen daran hindern, seine Träume zu verwirklichen: der Glaube, sie seien ohnehin unerfüllbar, oder wenn diese durch eine unerwartete Drehung des Schicksalsrades plötzlich doch erfüllbar werden. In solchen Augenblicken bekommt man Angst vor einem Weg, von den man nicht weiß, wohin er führt, vor einem Leben voller unbekannter Herausforderungen, davor, dass vertraute Dinge für immer verschwinden könnten. Der Mensch will immer, dass alles anders wird und gleichzeitig will er, dass alles beim Alten bleibt." Sprichwörtlich: Besser einen Spatz in der Hand, als eine Taube auf dem Dach.

Es ist tatsächlich so: Man lernt, mit seinen Sorgen und Nöten irgendwie umzugehen. Alles Fremde ist ein Risiko, man geht lieber auf Nummer sicher. Das ist auch der Grund dafür, warum Gewohnheiten so schwer loszuwerden sind, wenn wir uns das vornehmen. Diese sind nämlich aus gutem Grund entstanden. Wir haben uns mit deren Hilfe den jeweils angenehmsten Weg gesucht, um unseren Alltag zu bewältigen, besonders dann, wenn er eintönig ist. Viele teilen Gewohnheiten in gute und schlechte. Ich finde, alle Gewohnheiten sind letztlich da, um uns irgendwie zu helfen. „Gewohnheiten kann man nicht aus dem Fester werfen, man muss sie, wenn man sie loswerden will, Stufe für Stufe runterprügeln", sagte Mark Twain. Genauso kann man das Gewissen nicht schlecht, sondern *gut* nennen – weil es uns letztlich schützt. „Sei deines Willens Herr und deines Gewissens Knecht", schrieb Marie von Ebner-Eschenbach. Und wenn man es nicht schafft, mit den eigenen Nöten umzugehen, wird man krank und stirbt früher. Denn ob man bereitwillig stirbt, oder nicht: Der Tod ist unvermeidlich. „Nichts ist so sicher, wie der Tod" besagt das bekannte Sprichwort.

Ich denke an all die Kämpfe, die jeder Mensch im Laufe seines Lebens führt, obwohl er dann ohnehin nicht auf der Erde bleiben kann, sondern weiterziehen soll – wenn er es denn verdient. Wenn nicht, geht es von vorne los, nur in einer anderen Zusammensetzung. Dieses Leben ist endlich für jeden von uns, egal, wie wir gelebt und wie viel wir besessen haben. Nackt kommen und nackt gehen wir, auch das wissen wir alle. Da nützt weder einem Pharao all das Gold, das er mit sich begraben lässt, noch die Hingabe so vieler Unschuldiger, die mit „ihren Herren" lebendig eingemauert werden, etwas. Deswegen verstehe ich solch sinnlose Kämpfe nicht, beispielsweise die mit dem Nachbarn um die genauen Grenzen der Grundstücke.

Dergleichen ist für mich genauso absurd wie wenn etwa zwei Bakterien in meinem Darm stritten, welches Stück davon ihnen gehört. Als würden Bakterien auf solche Ideen kommen – nur dem Menschen fallen sie ein. Die Erde gehört uns nicht, genau so wenig, wie unser Körper einem dieser Bakterien gehört. Wir sind nur kurzfristige Bewohner und dürfen diesen wunderschönen Planeten nutzen. Vielmehr sollten wir dankbar dafür sein und einander helfen, damit dieses kurze Leben so gut und interessant wie möglich wird. Sich freuen, der Inspiration folgen, etwas Sinnvolles schaffen und genießen, so lange es geht. Und glücklich sein. Doch man streitet lieber um vermeintliche Grenzen, die man sich zuvor erkämpft, erkauft oder ausgedacht hat.

Grenzen sind nicht mit Regeln zu verwechseln. Regeln sind manchmal notwendig, aber niemand wird durch sie gezwungen, den eigenen Verstand auszuschalten. Nur weil beispielsweise eine Ampel an der Kreuzung Grün zeigt, sollte man noch lange nicht aufhören, zu überlegen, ob man die Straße tatsächlich gefahrenlos überqueren kann. Denn nicht alle halten sich immer an Regeln oder Vorschriften. Mehr noch, wenn beispielsweise eine Vorschrift so realitätsfern ist, dass bereits im Vorhinein feststeht, dass niemand sie *genau* so einhalten kann und wird, und man daraufhin Wege suchen muss, um diese Vorschrift zu umgehen, dann erzieht man die Menschen zur Normverletzung – auch in anderen Bereichen. Wir schummeln uns durch derartige Vorschriften und wer kann dann noch sagen, wo genau die Grenze liegt? Diejenigen, die diese Schummelpfade bereits gefunden haben, geben die „Lösung" an andere weiter. Genau diese Art von Doppelmoral, welche man uns – übrigens oft als etwas Selbstverständliches – beibringt, kann zum Verhängnis werden, wie ich es einige Male gesehen habe. Friedrich Wilhelm Nietzsche schrieb: „Theologisch geredet – man höre zu, denn ich rede selten als Theologe – war es Gott selber, der sich als Schlange am Ende seines Tagewerks unter den Baum der Erkenntnis legte: Er erholte sich so davon, Gott zu sein… Er hatte alles zu schön gemacht… Der Teufel ist bloß der Müßiggang Gottes an jedem siebenten Tage… "

Seit geraumer Zeit sind Geflüchtete aus mehreren Kriegsgebieten ein großes Thema in der Gesellschaft. Die Medien sind voll davon und betreiben eine regelrechte Angstmache. Die Menschen haben aber schon lange davor angefangen, Verstecke mit hohen, undurchsichtigen Zäunen rundherum zu bauen. In aller Regel – und das ist auf der ganzen Welt so – gilt: Je reicher die Gegend, desto höher die Zäune. Die westliche Welt stellt Waffen bereit und unterstützt die Kriege in den betroffenen Ländern. Und dann wundern wir uns darüber, dass die Menschen von dort zu uns fliehen und das Leben ihrer Kinder retten wollen? Wir haben diese Situation doch selbst herbeigeführt. Sich über Geflüchtete zu empören ist in etwa so sinnbefreit, wie sich im Winter über den Schnee zu wundern. Menschen sind seit Anbeginn migriert. Doch diese geschaffene „Flüchtlingskrise" schürt viele Ängste in jenen, die sich durch „die Anderen" bedroht fühlen und weckt das Schlimmste in ihnen.

Fest steht, dass es ohne beidseitige Toleranz nicht geht. Eine Parabel als Beispiel dazu: Ich habe in meiner Wohnung einen weißen Teppich, der weiß bleiben soll und ich möchte, dass meine Gäste das respektieren und sich die Schuhe ausziehen, wenn sie mich besuchen. Wer meint, er/sie ziehe seine/ihre Schuhe auch in der eigenen Wohnung nicht aus, und sie deshalb auch bei mir anbehält, wird kein zweites Mal eingeladen. Was ich damit meine: Wenn man in ein fremdes Haus kommt, hat man die Regeln zu respektieren, die dort herrschen, anderenfalls muss man woanders hingehen. Für jene Gäste, die sich bei mir jedoch die Schuhe ausziehen und sie im Vorzimmer lassen, werde ich ein tolles Essen auftischen und sie von ganzem Herzen willkommen heißen. Wir werden uns gut unterhalten, einander helfen, voneinander lernen und das jeweils Andere an uns respektieren. Meine besten Freundinnen in der Grundschule waren eine Muslimin und eine orthodoxe Serbin, ich selbst wurde in eine römisch-katholische Familie hineingeboren. Doch wir drei waren unzertrennlich und haben alles gefeiert, was es nur zu feiern gab: Zweimal Weihnachten, Bajram, Ramadan, zweimal Ostern – die Liste ließe sich fortsetzen. So einfach ist das – im Kleinen wie im Großen.

Es würde kein Blut vergossen werden, wenn alles stets nach dem Gesetz unseres inneren Radars, wie ich ihn nenne, ablaufen würde. Blut ist übrigens nahezu die einzige Substanz, die nicht künstlich hergestellt werden kann. Ich bin mir sicher, dass es auch in Zukunft so bleiben wird. Die Schöpfung hat es mit gutem Grund so eingerichtet. Und wir lassen kubikliterweise dieser Kostbarkeit für vermeintliche Grenzen fließen, von den Milliarden vergossener Tränen dabei ganz zu schweigen.

Zu solchen Entwicklungen der Politik kommt es mitunter, weil es vergleichsweise oft die schlechtesten SchülerInnen schaffen, plötzlich „große" PolitikerInnen zu werden und somit zu bestimmen, wohin es geht. Ich werde nie jenen Artikel einer angesehen Zeitschrift vergessen, der die Schulnoten der PolitikerInnen des Landes publik machte: Allesamt fast komplette Nieten in der Schule – das war eine Erkenntnis! Jetzt machen plötzlich jene, die nicht zwei und zwei zusammenzählen konnten und deren MitschülerInnen ihnen bei den Hausaufgaben halfen – damit sie die Schule mit Ach und Krach letztlich doch schafften – die Regeln und bestimmen die Richtung. Da hörte ich auf, mich endlos über die Politik zu wundern. Ich hörte gar auf, mich dafür zu interessieren.

Wenn nämlich eine Institution oder ein Staat stagniert, dann sollten die Gesetze so frei wie möglich sein, mit dem höchstmöglichen Grad an Flexibilität für jene Leute, die diesen Zustand positiv beeinflussen können. Die Bürokratie sollte auf ein Minimum beschränkt werden, mit so wenigen Barrieren wie möglich. Man *muss* Grenzen öffnen und sich mit anderen Teilen der Welt durch Kanäle und Straßen verbinden – für neue Inspiration und einen erfrischten Geist. Im wahrsten Sinne des Wortes über den Tellerrand blicken. Heute ist jedoch genau das Gegenteil der Fall. Plötzlich errichten wir Mauern, wo immer es geht. Und bezahlen auch noch teuer dafür.

„Obwohl er noch nie da gewesen war, hatte ihn sogleich dasselbe Gefühl ergriffen wie damals, als er zum ersten Mal das Meer gesehen hatte. In der Silhouette der großen Stadt, der Silhouette des vollkommen Unbekannten, fühlte er sich sofort zu Hause. Es war sein zweites Reich, zu dem er eine überraschende Zugehörigkeit empfand. Das gab ihm den Gedanken ein, dass alle Menschen, die vor dem Krieg, einer Seuche oder einer Naturkatastrophe fliehen mussten, irgendwo ein zweites Zuhause hatten, das sie erwartete. Es galt nur, bis zu dem Punkt weiterzumachen, an dem alle Kräfte erschöpft waren. Genau da, wo die Erschöpfung sich in einen eisernen Griff um die letzten Reste des Willens verwandelt hat, wartet das Zuhause, von dem du nicht wusstest, dass du es hast", schrieb Henning Georg Mankell – ich finde es so gut getroffen.

Kehre erst vor deinem eigenen Haus, bevor du zum Nachbarn schielst–- würde es auch die Politik so machen, hätten wir alle erwähnten Probleme nicht. Doch die Gier des Menschen ist leider immer stärker. Zhu Xi erkannte: „Nur wenn man den Sinn gerade richtet, wird die eigene

Person veredelt. Nur wenn man die eigene Person veredelt, werden die Familien geordnet. Nur wenn man Familien ordnet, werden die Länder gut regiert. Und nur wenn man die Länder gut regiert, ist Frieden in der Welt." So wie sich die Menschheit bis dato entwickelt hat, ist diese Betrachtung die einzige Möglichkeit, noch etwas halbwegs Gutes daraus zu machen.

Die meisten Menschen verbringen ihre Zeit auf Erden mit solch vermeintlich wichtigen Aufgaben, wie jener, kurzweiligen „Besitz" anzuhäufen und zu verteidigen. Wir zahlen anderen Menschen viel Geld für ein Stückchen Land. Wer hat als Erster in der Geschichte entschieden, dass ein gewisses Grundstück genau einem gewissen Menschen gehört und er Zäune rundherum errichten darf? Warum gibt es überhaupt Länder, Staatsbürgerschaften, Unmengen an Bürokratie, Kosten und Wartezeiten, um über Grenzen kommen zu dürfen, die sich im Laufe der Geschichte immer wieder neu definieren, verschieben, gar verschwinden? Wie oft saß ich mit meinen Kindern schon stundenlang bei glühender Sommerhitze an einem solchen Grenzübergang in meinem alten, nicht-klimatisierten Wagen, um in meine frühere Heimat zu gelangen und meine Mutter zu besuchen? Warum muss man nach einem zehnstündigen Flug noch zwei Stunden in einer Schlange stehen, damit man das Land betreten und sich dort aufhalten darf? Ich finde es irgendwie demütigend: Jemand in Uniform steht an dieser Grenze und entscheidet, ob ich würdig bin, das Land zu betreten. Wer sagt, dass er/sie würdig ist, das zu entscheiden? Für solche Grenzen sind immer viele Menschen gestorben.

Viel schöner, finde ich, wäre eine absolute Bewegungsfreiheit ohne Kontrolle, die Freiheit zu leben und zu arbeiten, wo immer man möchte. Dann kann man entscheiden, wo es einem gefällt und man sich niederlassen, sich ein Heim bauen möchte, wie die Vögel ihre Nester: Platz genug für alle. Es ist ohnehin so, dass der Mensch am liebsten dort bleibt, wo er Zuhause ist, wo er sich auskennt und wahrgenommen wird – ein soziales Wesen eben. Nicht dort, wo er als Individuum untergeht und unsichtbar wird, neben Millionen anderer Menschen, die genau das gleiche Dasein teilen. Ein solches Leben fördert das Schlimmste im Menschen zutage. Und es ist eine Abwärtsspirale.

Irgendwo las ich: „Eine wichtige Frage: Willst du Spuren hinterlassen auf dieser Welt, oder nur Schuhe?" Ich hatte eine Freundin, die verrückt nach Schuhen war. Einmal waren wir gemeinsam in Barcelona und gingen nach einer durchzechten Nacht frühmorgens zu Fuß zu unserem Hotel zurück. Am Pier hob sie plötzlich den Kopf, blieb stehen, zeigte mit dem Finger auf eine Palme und sagte: „Schau, Schuhe!" Ich dachte nur: „Oh Mann, jetzt sieht sie sogar schon Schuhe – sie ist wirklich betrunken." Ich folgte dennoch ihrem Blick und sah tatsächlich Schuhe von dieser Palme hängen. Jemand hatte sie offenbar nach oben geworfen und sie blieben in den Zweigen stecken. Wir mussten so lachen. Es gibt nichts, was es nicht gibt!

Doch Grenzen scheinen wichtiger zu sein, als anderen mit Freude zu begegnen, als Individuum wahrgenommen zu werden, einander zu helfen, gemeinsam zu gestalten, sich auszutauschen, zu reisen und sich diese wunderschöne Welt anzusehen, ohne Angst vor irgendeiner Art von Gewalt und Kontrolle – weil alle die Freiheit haben könnten und alles, was sie bräuchten, statt zu glauben, anderen etwas wegnehmen zu müssen. Doch wir haben uns so daran gewöhnt, für andere zu schuften, um ein kleines Plätzchen für uns bezahlen und dieses „besitzen" zu können. Die Menschen haben Angst vor einer ungewissen Zukunft ohne Arbeit und regelmäßigem Einkommen. Deswegen kann man uns auch leicht erpressen und ausbeuten. Die „Reichen" werden dadurch immer „reicher" und die „Armen" eben „ärmer".

Der Untergang der Menschen fing mit der Idee des Besitzes an, dachte ich einmal im Bus, während ich die wunderschönen Berge aus der Ferne beobachtete. Diese gehörten nämlich auch keinem Menschen. Später fand ich in der Bibel folgendes Zitat von Jesus: „Darum kann keiner von euch mein Jünger sein, wenn er nicht auf seinen ganzen Besitz verzichtet." Da wusste ich, dass meine Gedanken nicht so absurd sein konnten. Es wäre alles anders gelaufen, wären wir nicht Wesen geworden, die an „Besitz" haften. Wir hatten die Wahl. Vermutlich kommt Jesus kein zweites Mal.

Ich hätte es lieber gehabt, wenn von Anfang der menschlichen Entwicklung an gute Eigenschaften stärker gewesen wären; wenn der Mensch kein Besitzdenken entwickelt hätte, wir alle gemeinsam arbeiten und leben würden und jede/r alles, was er/sie erwirtschaftet, der Gesamtheit zur Verfügung stellt und von allem anderen genau so viel nimmt, wie er/sie braucht. Ohne Gier, dafür mit Würde, Wohlwollen, Weisheit, Liebe und mit Respekt vor allen Lebewesen und der Natur. Das bedeutet, auch Tiere nicht „besitzen" zu wollen, sondern ihnen die Freiheit zu gönnen, so leben zu dürfen, wie es ihrer Natur entspricht. Doch der Mensch maßt sich an, Tiere zu halten, andere Lebewesen zu „besitzen", als Handelsware, Spielzeug, Zirkusstars, Zeitvertreib oder Familienersatz und behauptet, sie zu lieben. Ja, das tut er dann auf seine Art in manchen Fällen auch bestimmt – schließlich ist es ein Lebewesen mit Herz und Hirn. Dann aber sperrt er sie, teils unter ungeheuerlichen Bedingungen, in Ställe, Aquarien, Terrarien, oder Käfige und errichtet Zoos, um jene Tiere, die zu groß, zu teuer oder zu exotisch für die Haltung in den eigenen vier Wänden sind, begaffen zu können. Der Käfig kann noch so golden sein – ein Gefängnis bleibt er dennoch. Und das soll Tierliebe sein?

Nur ist die Umkehr von diesem Besitzdenken nunmehr leider etwa so realistisch, wie einen Wal zu verschlucken, deswegen ist es bei „Utopia" geblieben. Die Menschheit wird sich mit so einer Einstellung den anderen Lebewesen, der Natur und unserer Erde gegenüber in weiterer Folge wieder zugrunde richten und darf – wenn überhaupt – erneut von vorne anfangen. So viele Zivilisationen vor uns sind nahezu spurlos verschwunden. Wir haben aber leider gar nichts aus der Geschichte gelernt. „Nur zwei Dinge sind unendlich, das Universum und die menschliche Dummheit. Beim Universum bin ich mir allerdings nicht so sicher" – diese Aussage von Albert Einstein ist weltbekannt. So wird es wahrscheinlich noch lange sein. Doch auch das ist wohl ein Teil der Gesamtschöpfung und wer weiß schon wirklich genug, um darüber urteilen zu dürfen?

Schon im 15. Jahrhundert prophezeite Leonardo da Vinci: „Auf der Erde wird man Geschöpfe sich unaufhörlich bekämpfen sehen, mit sehr schweren Verlusten und zahlreichen Toten auf beiden Seiten. Ihre Arglist kennt keine Grenzen. In den riesigen Wäldern auf der Welt fällen ihre grausamen Mitglieder eine riesige Zahl an Bäumen. Sind sie erst mit Nahrung vollgestopft, wie wollen sie ihr Bedürfnis befriedigen, jedem lebenden Wesen Tod, Trübsal, Verzweiflung, Terror und Exil zuzufügen… O Erde! Worauf wartest du, um dich zu öffnen und sie in die tiefen Spalten deiner großen Abgründe und deiner Höhlen zu reißen und dem Angesicht des Himmels ein so grausames und furchtbares Monster nicht mehr zu zeigen!"

Die Turbulenzen sind vorbei. So wie die Tiefs im Leben. Wir landen sicher und in der Zeit.

II. KAPITEL

Über Lernen und Erfahrung

Ich lese auf meinem Balkon. Es ist ein wunderschöner Frühlingssonntag, und der Sonnenschein lädt ein, es sich draußen gemütlich zu machen.

Ich habe immer viel Kraft aus Büchern – von meinen, wie ich sie nenne, lebenden und toten FreundInnen – geschöpft und viel von ihnen gelernt. Manche dieser FreundInnen sind schon sehr, sehr lange tot. Ich sehe Bücher als meine Hühnersuppe für die Seele, meine echten FreundInnen, die immer da sind, wenn ich sie brauche. Selten hat mich eines von ihnen enttäuscht, und obwohl kein Buch für mich die absolute Wahrheit verkündet (gibt es die überhaupt?), sind fast überall interessante Gedanken zu finden. Die Wahrheit ist sehr flexibel und stellt sich jedem/r von uns stets so vor, wie wir sie sehen wollen. Sie wendet sich nicht von sich aus eindeutig in unsere Richtung, um sich in all ihrer Gnadenlosigkeit zu enthüllen, sondern wir müssen uns ihr direkt entgegenstellen, wollen wir sie wirklich ganz sehen.

Darüber hinaus habe ich vom Leben gelernt, von unzähligen Menschen, denen ich begegnet bin und sehr, sehr viel von der Natur selbst. Allerdings konnte ich nie alles wörtlich wiedergeben, was ich gelesen, gehört oder gelernt hatte. Viele kennen das: Selten hat ein Film das Buch übertroffen, auf dem er basiert. Ich konnte stets nur das wiedergeben, was ich als Grundbotschaft mitgenommen hatte, aber es war nie meine Stärke, aus dem Stegreif kluge Zitate von mir zu geben – obwohl ich sie liebe und schon Kalender und Notizbücher voller inspirierender Zitate kluger Menschen für meine Krebsorganisation, die sich Jugendlichen und jungen Erwachsenen widmet, herausgegeben habe. Meine Großmutter hat mich im wahrsten Sinne des Wortes sprichwörtlich erzogen. Sie hatte für jede Lebenssituation den passenden Spruch oder die richtige Metapher parat. Doch etwas aus Büchern auswendig zu lernen, war nie mein Ding – auch nicht in der Schule. Ich musste das Gelernte verstehen, um es wiedergeben zu können. Auch im Witzeerzählen bin ich wahrlich kein Talent. Genauso wenig liegt es mir, die Theorien bestimmter Philosophen auswendig zu zitieren. Wie bereits erwähnt, fange ich laut meinen Kindern jedoch zu „philosophieren" an, sobald ich einen Schluck getrunken habe – wie wohl die meisten Menschen in einem solchen Zustand. Nur sprudelt dann eben meine eigene „Philosophie" aus mir heraus – das, was ich gelernt, erfahren oder mir gemerkt habe, weil es für meinen inneren Radar stimmig ist. Den Rest verwerfe ich.

Möglicherweise kann ich das Gelernte aber auch deswegen nicht wörtlich wiedergeben, weil ich meine eigenen Worte finden soll. Einfache Worte, die wirklich jede/r verstehen kann. Mir fiel irgendwann auch auf, dass ich, wenn ich unterrichte, stets versuche, alles so einfach wie möglich zu erklären. Einsteins „Wenn man es nicht einfach erklären kann, hat man es nicht verstanden" ist zu hundert Prozent auch meine Meinung. Und damit meine ich nicht nur die komplexen Zusammenhänge: Ich halte die Einfachheit insgesamt für die Königsdisziplin. Ein einfaches Essen zum Beispiel schmeckt mir allemal besser, als die ausgefallensten Kreationen. Johann Wolfgang von Goethe meinte einmal in einem Brief an seinen Freund: „Verzeih, ich schreibe dir einen langen Brief, weil ich für einen kurzen keine Zeit habe." Alles auf das Wesentliche zu reduzieren, ohne das es an Inhalt, Information, Schönheit und Substanz verliert, ist in meinen Augen die wahre Kunst. Nur die Kunst selbst nehme ich hiervon aus. Coelho sagte einmal im Gespräch mit Juan Arias treffend: „Ich glaube nicht mehr daran, dass der Schmerz heilig ist, dass, was kompliziert ist, weise ist, und was *sophisticated* ist, guten Geschmack verrät. Und ich habe diese idiotische Vorstellung abgelegt, dass die Dinge umso wichtiger sind, je komplizierter und schwieriger sie sind." *Wir alle haben unsere einzigartige Geschichte, die aus Veranlagung, Charakter, Sozialisation, Persönlichkeit und Erfahrung besteht.* Auch wenn auf den Wiesen unserer Geschichten inzwischen lauter Verbotsschilder prangen.

Das Problem und mit ein Grund, warum ich erst so spät anfing, dieses Buch zu schreiben, war: Nach einer gewissen Zeit und Erfahrung erscheint einem das früher Gedachte und Gefühlte so unvollendet. Ist das Unvollendete ein Irrtum? Oder ist es nur eine Erkenntnis mit Ablaufdatum? Oder soll es einfach unvollendet bleiben und wir darauf warten, bis es zu etwas Vollendetem wird? Wer einen Baum pflanzt, ohne dessen Wachstumsprozess verstanden zu haben, versteht nicht, was er/sie wirklich tut. Mir ging es ähnlich: Wie sollte ich ein Buch schreiben, ohne zu wissen, wohin dieser Weg führt? Mein innerer Antrieb wollte aber nicht nachlassen, das Drängen wurde immer stärker. Dann erinnerte ich mich an die Worte des Buddhas Siddharta Gautama: „Wenn du ein Problem hast, versuche es zu lösen. Kannst du es nicht lösen, dann mache kein Problem daraus." „Also – schreib einfach", dachte ich mir dann.

Inzwischen habe ich gelernt: Wenn mir ein bestimmtes Wort nicht einfällt, um ein Gefühl oder eine Meinung auszudrücken, behalte ich die Äußerung besser für mich – noch ist ihre Zeit wohl nicht gekommen. So halte ich es auch mit dem Schreiben: Nur, wenn ich eigentlich gar nicht so schnell schreiben kann, wie mich Gedanke nach Gedanke ereilt, schreibe ich. Alles hat also den richtigen Zeitpunkt.

*   *

*

Ich bin in der Ambulanz. Heute erwarte ich einige Patientinnen – jede von ihnen so unterschiedlich. Die Erste, eine Sängerin und Frau von Welt – groß, schlank, wunderschön – kommt wie der Wind ins Zimmer geweht. Sie breitet ihre Arme aus, als würde sie auf der Bühne stehen, und sagt: „Trara, da bin ich wieder! Schön, Sie zu sehen!" Ihr blondiertes Haar und die langen roten Fingernägel betonen ihre farbenfrohe Kleidung. Sie strahlt und es ist eine Freude, mit ihr zu reden.

Die Zweite kommt gemeinsam mit ihrem Sohn, der mehr wie ihr Ehemann anmutet. Sie ist eine zarte, schmächtige Frau, er groß und beleibt. Sie beklagt sich in einer Tour darüber, wie furchtbar die Menschen sind und wie schlimm es ist, dass ein so toller Mann wie ihr Sohn keine Freundin finden kann. Alle wären nur aufs Geld aus. Sie kostet mich immer sehr viel Energie – offenbar werde auch ich als potentieller „Fang" für ihren Sohn gesehen. Denn: Ich sei nett und hätte ja auch schon einiges hinter mir, erklärt sie. „Da werden Sie es sicher zu schätzen wissen, was so ein Mann, mein Einzelkind, Ihnen alles bieten kann." „Natürlich", entgegne ich ruhig, „aber ich habe leider kein Interesse. Wissen Sie, ich bin froh, dass ich ein wenig für mich sein kann, habe ich doch zwei Kinder alleine großgezogen, die mich rund um die Uhr beschäftigen. Außerdem habe ich wirklich harte Arbeit – und nicht nur eine. Ständig sind Menschen um mich herum, die allesamt etwas von mir wollen. Da werden Sie sicher verstehen, dass ich froh über ein wenig Zeit für mich bin und keinen Partner suche. Damals, als ich einen gebraucht hätte, war keiner da. Jetzt aber müsste er meine echte zweite Hälfte sein, damit ich entschiede, mich auf ihn einzulassen", erkläre ich weiter. „Ja klar, das verstehe ich. Aber trotzdem: Mein Sohn wäre für Sie da." Ich entschuldige mich und stelle ein für alle Mal klar: „Danke, aber nein danke."

Als Dritte kommt eine tapfere Omi mit Rollator hinein. Ich helfe ihr, sich hinzusetzen. Die Themen, die bei ihr an der Tagesordnung stehen: das furchtbare Essen, die furchtbaren Pfleger und überhaupt die furchtbaren alten Menschen im Heim. Sie sei froh, dem heute zu entrinnen. Sie ist sehr unterhaltsam in ihren Ausführungen. Alleine aus dem Sessel kommt sie aber nicht. Ihr knochiger kleiner Körper kann ihr – auch noch so geringes – Gewicht kaum halten.

Die Vierte betritt mit ihrem um zwanzig Jahre jüngeren Gatten, der sie vergöttert, mein Zimmer. Beide strahlen – hatte sie ihm doch nun endlich, nach dreißig Jahren Beziehung, erlaubt, sie zu heiraten. Immerzu hatte sie ihm gesagt: „Nein, du musst frei sein. Ich bin eine so viel ältere Frau, irgendwann läuft dir eine jüngere über den Weg." Aber das ist nie passiert. Dann wurde sie krank und ihre Kinder aus erster Ehe, die er allerdings miterzogen hatte, bestanden darauf, dass sie endlich Ja sagte. Zum Gehen braucht sie zwar einen Stock, plant aber gerade ihre Hochzeitsreise.

Meine fünfte Patientin war wieder von jener Sorte Menschen, die alles schrecklich finden. Die ÄrztInnen seien alle so schlecht, niemand höre ihr zu. Dabei tue ihr doch alles weh. „Weeeh." In der Medizin intern auch unter „typischem Ganzkörperschmerz" geläufig, was so viel heißt wie: „Ich brauche Aufmerksamkeit." Also frage ich sie wie gewohnt nach ihren 23 Katzen – oder sind es 25? Leider erinnere ich mich gerade nicht – und sie redet los. Wie immer verbringen wir fast eine Stunde lang mit ihren Katzengeschichten. „Aber sie hat doch sonst niemanden", denke ich traurig. Sie redet so, als hätte sie Angst, jemand könnte ihr ins Wort fallen. Zwischen den vielen Sätzen zieht sie immer ganz laut neue Luft ein, damit ja keine Pause entsteht, in der womöglich jemand anderer etwas sagen und ihr das Wort entreißen könnte. Meine Kolleginnen wissen, dass sie nach einer gewissen Zeit

mit dieser Patientin ins Zimmer kommen und dringend
nach mir verlangen müssen. Denn sonst würden meine
Termine mit ihr nicht eine, sondern viele Stunden dauern
– und das könnte ich vor meinen anderen PatientInnen
nicht rechtfertigen.

Schließlich bin ich, nach vielen weiteren PatientInnen,
wieder alleine. Doch die Arbeit ist noch nicht getan, im-
merhin muss ich jetzt alles noch genau dokumentieren. Da
fällt mir plötzlich auf, dass die fünf Damen hintereinan-
der am Anfang des Ambulanztages im selben Jahr geboren
wurden. Alle sind genau siebzig Jahre alt.

Das konnte ich in diesem Moment nicht glauben,
sah wieder und wieder hin, aber es war wirklich so. Ich
habe mich daraufhin lange gefragt, wie es möglich sein
kann, dass im selben Alter solch große Unterschiede
im biologischen Alter bestehen. Ich überlegte hin und
her: soziale Kontakte, Wohlstand, Lebensstil, Genetik?
Ich kannte allesamt sehr gut, waren sie doch schon seit
Jahren in meiner Betreuung. In dieser Zeit habe ich viel
über sie erfahren – die Menschen erzählen mir alles. In
so einer extremen Lebenssituation bleibt keine Zeit für
Hemmungen oder Scham. So dachte ich weiter nach und
kam zum Ergebnis, dass ihre jeweiligen Leben in vielerlei
Hinsicht ähnlich waren. Alle hatten ihre Hochs und Tiefs
durchgemacht. Und dennoch: Irgendetwas musste es sein!
In einer der darauffolgenden Nächte traf mich plötzlich
die Erkenntnis. Es lag an der Neugierde!

Neugierde am Leben an sich und den Erfahrungen, die
mit ihm einhergehen. Nicht die nach dem Leben anderer
Leute. Eine Lebenshaltung, die frei von Vorurteilen und
Angst ist. Will man im Herzen und im Körper jung bleiben,
muss man sich also die Neugierde am Leben bewahren!
In diesem Moment nahm ich mir vor, genau das zu tun.
Nicht, weil ich ewig leben möchte, sondern weil ich ein
Leben leben will, das interessant bleibt und Spaß macht.

Damit ich irgendwann viele Erinnerungen angesammelt habe und mit einem Lächeln auf meinen Lippen in ihnen vergehen kann. Ohne Angst, ohne Vorurteile, sondern stets offen und neugierig auf das, was mich als nächstes erwartet.

Die Angst ist, wenngleich manchmal nützlich, ein schlechter Ratgeber. Seit ich das verstanden habe, sage ich jedes Mal, wenn mich eine Angst besuchen möchte: „Falsche Tür!" Der dümmste Fehler im Leben ist, ständig zu befürchten, einen zu machen. Traut man sich nämlich, etwas zu riskieren, aus reinem Herzen etwas zu erschaffen, hat man plötzlich viele HelferInnen um sich – man zieht sie regelrecht an! *Erschaffen kann man jedoch nur ohne jegliche Absicht oder aus gänzlich reiner Absicht (ohne Hintergedanken).* Praktiziert man es so, kommt für jede Schwierigkeit unweigerlich eine Lösung, meist in Form anderer Menschen, auf uns zu. Die Menschen haben darüber hinaus von Geburt an das Potential, über sich hinauszuwachsen, um neue Strukturen und Verhaltensmuster zu kreieren. Bei diesen Erfahrungen im Leben sind Niederlagen manchmal wertvollere Erfahrungen, als Siege. „Siege, aber triumphiere nicht", sagte Ebner-Eschenbach weise.

Folgen die *Taten* nicht, kann man überlegen, so viel man will. Genau das unterscheidet erfolgreiche und kreative von erfolglosen und unzufriedenen Menschen. Walt Disney meinte: „Träume gehen am schnellsten in Erfüllung, wenn man aufwacht." Manche bewegen ihren Hintern und trauen sich etwas, andere bleiben faul und verharren in ihrer Komfortzone, trinken ein Bier nach dem anderen und wissen überhaupt alles besser. Selbstverständlich. Das sind typischerweise Menschen, die etwa eine/n SportlerIn als VersagerIn beschimpfen, wenn er/sie einmal danebenschießt oder wirft. Sie selbst hätten es natürlich viel besser gemacht. Na dann: bitte sehr! Ich würde gerne sehen, was ein/e SäuferIn, der/die die Füße am Tisch liegen hat und unentwegt nach seinem/ihrem nächsten Bier schreit, sportlich zu bieten hat. „Es ist immer leicht, aus sicherer Entfernung mutig zu sein", sagte schon Aesop.

Allerdings erinnert uns Konfuzius bei unserem Tun auch: „Wenn man auf den kleinsten Vorteil aus ist, so bringt man kein großes Werk zustande." Ohne Tun also, ohne Wagnis und ohne Schweiß gibt es keine selbstbestimmte, aktive Erfahrung. Die Extremfälle, die darauf angewiesen sind, fremdbestimmt zu leben, kommen in der Schöpfung auch vor. Passive Erfahrungen, wie ich sie in diesem Fall nenne, sind ebenfalls lehrreich und schöpferisch, verlangen aber weniger Selbstinitiative und wiegen möglicherweise weniger als aktive, wenn es um die Gesamtschöpfung geht. Sogar in solchen Situationen gibt es eine Wahl. Einer meiner Kollegen wurde ohne Hände und Füße geboren. Er kann sich nur in einem elektrischen Rollstuhl mit Mundsteuerung bewegen. Doch er brachte es bis zum Professor, heiratete eine körperlich uneingeschränkte Frau und die beiden haben fünf wundervolle Kinder. Immanuel Kant schrieb: „Dass alle unsere Erkenntnis mit der Erfahrung anfange, daran ist gar kein Zweifel." Man muss sich einfach trauen. *Etwas Neues, Junges kann am Anfang ruhig auch schwächer sein.*

* *
*

Je erfahrener ein Mensch im Alter wird, desto häufiger bleibt er alleine. Damit meine ich nicht, dass er vereinsamt – es besteht ein riesiger Unterschied zwischen *alleine sein* und *einsam sein*. Ich bin sehr, sehr gerne alleine – einsam bin ich dabei jedoch nur ganz selten, vermutlich sogar nie. Beruflich habe ich schließlich dauernd viele Menschen um mich. Privat verbringe ich die Zeit dann am liebsten mit meinen Nächsten, manchmal mit tollen und interessanten Menschen, oft aber eben auch alleine.

Man lernt, die eigene Zeit zu schätzen und geht nicht mehr so verschwenderisch damit um, wie in jungen Jahren. Spätestens dann, wenn uns klar wird, dass wir höchstwahrscheinlich schon mehr unseres Lebensweges hinter als vor uns haben. Wie Mario de Andrade schrieb: „Ich fühle mich wie dieses Kind, das eine Schachtel Pralinen gewonnen hat: Die ersten isst es mit Vergnügen und in Eile, aber als es merkt, dass nur noch wenige übrig sind, beginnt es, sie wirklich zu genießen." Das sogenannte „zweite Leben" hier fängt dann an, wenn man realisiert, dass man auf der Erde nur dieses eine hat. Ich habe keine Geduld mehr für törichte Dummheit oder absurde Menschen, die trotz ihrer Jahre nicht erwachsen werden und keine Verantwortung für das eigene Leben übernehmen wollen. Die immer Ausreden dafür finden, warum etwas so ist, wie es ist und ständig jemand oder etwas anderem die Schuld an ihrer Misere geben. Ich möchte meine Zeit mit Menschen teilen, die über ihre Fehler lachen können und sich nicht entmutigen lassen, das Beste aus ihnen zu machen. Menschen, die kreativ und tüchtig, neugierig und wohlwollend sind, die die Welt positiv verändern oder etwas Gutes hinterlassen wollen – so lange ich noch hier bin. Das *Danach* kommt ohnehin.

Meine geliebte Großmutter sagt mir an ihrem Sterbebett im Alter von 93 Jahren: „Ach, Kind, es kommt mir so vor, als wäre ich durch die eine Tür hereingekommen und würde durch die andere gleich wieder hinausgehen."

Heute verstehe ich, was sie meinte. Aber das war nicht immer so. In jungen Jahren war ich eine sehr gefragte Partygängerin, konnte nächtelang mit allen möglichen – und *un*möglichen – Menschen durchtanzen und danach gleich arbeiten gehen. Das ist an sich nichts Spezielles, in dem Alter geht es vielen von uns so. Doch die Jahre tun das ihrige und die Vorlieben ändern sich. So wie der Geschmack.

Viele Speisen, die ich als Kind nicht sehen konnte, esse ich heute sehr gerne. Ich höre auch viel lieber ruhigere und sanftere Musik als damals und liebe Vogelgezwitscher – die in meinen Ohren einzige Musik, an der man sich nie satthören kann. Das, was ich einige Jahre sehr gerne getan habe, zieht mich nicht mehr im Geringsten an. Viele kennen es: Man ist in irgendeiner Bar oder Diskothek und plötzlich fragt man sich: „Was mache ich hier?" Es ist immer dasselbe und es langweilt uns nur noch. Dann geht man weiter. Ich finde das natürlich und gut.

Darüber hinaus fällt uns plötzlich auf, dass wir immer weniger bereichert aus zwischenmenschlichen Begegnungen herausgehen. Oder eine bestimmte Person meldet sich wieder einmal nur dann, weil sie irgendetwas braucht – in meinem Beruf ein sehr häufiges Phänomen. Vieles wiederholt sich unweigerlich mit zunehmender Erfahrung. Wie oft haben mich PatientInnen zu allen möglichen (Un-)Zeiten angerufen – egal, wo ich mich in diesem Moment aufhielt – und mir ihr Problem geschildert. Nicht selten wollten sie nur mit mir plaudern, mitunter bis zu zwei Stunden lang. Ich hatte kein Herz, sie trocken abzuspeisen. Das haben viele von ihnen genützt, obwohl ich am Ende trotzdem selbst für die teuren Kosten derartiger (Auslands-)Telefonate aufkommen musste. Wenn sie am Ende eines solchen Gesprächs fragten, wie es denn *mir* eigentlich gehe, war mir nur noch zum Lachen zumute. „Mir geht es gut, danke." „Wissen Sie, Sie müssen unbedingt auf sich aufpassen, Sie müssen sich Zeit für sich nehmen, sehen Sie nur, wo ich hingekommen bin… " Das belustigte mich auf eine undefinierbar skurrile Weise.

Allerdings war das nicht nur am Telefon so. In der Medizin ist bekannt: KrebspatientInnen können manchmal selbst wie Krebs sein. Nach meiner Erfahrung handelt es sich in solchen Fällen meistens um Menschen, die im Grunde hilfsbereit, rücksichtsvoll und stets für ihre Mitmenschen da sind. Dann bekommen sie jedoch plötzlich die Diagnose und denken: „Ich habe nie auf mich und meine Bedürfnisse geachtet, doch jetzt bin ich ernsthaft krank – vielleicht muss ich sogar bald sterben. Ab sofort muss ich mich endlich um mich selbst kümmern. Jetzt bin *ich* dran!" Per se ist das natürlich absolut verständlich. So geht jedoch gleichzeitig die Rücksicht verloren, und es passiert, dass diese Personen bis zu zwei Stunden in meinem Behandlungszimmer sitzen, obwohl sie wissen, dass vor der Tür viele weitere PatientInnen warten, die genauso leiden. Fast keine/r von ihnen verschwendete jedoch auch nur *einen* Gedanken daran. Beim Abschied kam dann für gewöhnlich die Empfehlung, ich solle auf mich aufpassen. Natürlich war das gut gemeint. An schlechten Tagen dachte ich jedoch manchmal zynisch: „Und wem würden Sie dann sonntagabends eine Stunde lang Ihr Leid klagen?" Hätte ich nur an mich gedacht, dann hätte ich ihnen lediglich gesagt, sie sollen bitte in die Notfallaufnahme gehen, da ich nicht befugt bin, ihnen am Telefon jegliche Auskunft zu geben. Oder ich hätte gar nicht erst abgehoben. Doch das konnte ich einfach nicht, weil ich im Grunde immer dachte: Besser, *sie* fragen *mich*, als umgekehrt. So wie mein Vater damals sagte: „Besser, ich kann geben, als ich bin in der Situation, bitten zu müssen." Meistens tat ich es gerne. Doch manchmal kam es vor, dass ich mich in einer wirklich unpassenden Situation befand. Meine Kinder beispielsweise haben viele meiner PatientInnen verabscheut – sie fanden, ich arbeitete zu viel und waren oft neidig auf die Zeit, die ich den kranken Menschen widmete. Heute will keines meiner Kinder etwas mit Krankenhäusern zu tun haben, geschweige denn in einem arbeiten.

Noch herausfordernder als die Krebskranken waren nur die Suchtkranken. Wie ein Abszess – ein entzündeter Eiterherd – den sich Drogensüchtige beispielsweise zuziehen, wenn sie sich Nadeln setzen und die Blutader nicht treffen, stinkt – das kann sich kein Mensch vorstellen, der es nie gerochen hat. Oder wenn eine Person mit Fettsucht ihre Fettschürze hebt, damit man sie untersuchen kann, und darunter lauter Essensreste verschimmeln, weil die betroffenen Stellen seit Jahren nicht gewaschen wurden – ich könnte so unglaublich viele Geschichten erzählen. Es gibt Studien, die nachgewiesen haben wollen, dass OnkologInnen deutlich häufiger als andere ÄrztInnen von Burnout betroffen sind – nahezu die Hälfte. Wie es mit den onkologischen BetreuerInnen diesbezüglich aussieht, ist mir nicht bekannt, aber da sie viel mehr Zeit als ÄrztInnen mit den PatientInnen verbringen, alle PatientInnen auch deutlich weniger Hemmungen vor den BetreuerInnen als vor den ÄrztInnen haben, ist es nicht schwer auszurechnen, dass es noch viel schlimmer als bei den OnkologInnen sein muss. Ich weiß auch von mir, dass ich oft ausgebrannt war. Meine Tochter sagte bei einer Gelegenheit extremer Müdigkeit, auf die mein Sohn mich angesprochen und gefragt hatte, ob ich ein Burnout hätte: „Ach, die Mama lebt schon seit zwanzig Jahren mit Burnout, nur sie kann sich keines leisten." Sie hatte es auf den Punkt gebracht.

So sinnvoll und unglaublich bereichernd mein Beruf sein kann, genau so schwierig kann er sein. Manchmal, nach einem Tag voller PatientInnen, hatte ich das Gefühl, einen Körper aus Butter zu haben. Gar keine Kraft mehr. Dieser Zustand setzte aber immer erst dann ein, wenn der Arbeitstag vorbei war. Solange man dabei ist und die PatientInnen vor sich hat, spürt man zwar ab und zu die Müdigkeit, aber dieses „Buttergefühl" kommt immer erst danach. Ich sagte den KollegInnen dann ab und zu: „Ich fühle mich wie ein ausgeblasener Luftballon." Genau so ist es nach Notfallsituationen, wenn beispielsweise eine Reanimation – also eine Herz-Lungen-Wiederbelebung – nötig ist. Man funktioniert währenddessen wie eine Uhr, doch wenn der Notfall vorbei ist, fangen die Knie zu zittern an.

Es gab jedoch auch einige lustige Situationen im Krankenhaus, besser gesagt entwickelt man eine Art morbiden Humors, um all das Leid, mit dem man tagtäglich konfrontiert wird, leichter zu ertragen. Beispielsweise kam einmal vor vielen Jahren um Mitternacht ein angesehener Chirurg vorbei, als ich gerade die Mitternachtstherapierunde machte. Er winkte mich aus dem Behandlungszimmer, in dem ich mich gerade befand. Ich ging hinaus. Er zeigte mir ein Röntgenbild und hielt sich dabei den Bauch vor lauter Lachen. Ich sah mir die Aufnahme an und erkannte einen Vibrator im Dickdarm eines Patienten. Ich fing unweigerlich zu lachen an und fragte nur: „Läuft der noch?" Wir lachten uns krumm.

Ein anderes Mal wollten meine KollegInnen einem – zugegeben sehr beleibten – Kollegen ein Schnippchen schlagen und formten aus einer grünen Salbe Kügelchen, die sie in Zucker und Schokolade tauchten und dann nett servierten. Der Kollege kam und verschlang sie alle – danach bekam er jedoch derartig Durchfall, dass er die ganze Nacht nicht von der Toilette wegkam. Mir tat er leid. Für meinen Geschmack war das eindeutig zu viel des Scherzes.

Als junge Krankenschwester erlebte ich aber auch sehr grausame Dinge. Wie beispielsweise den zehn Jahre alten Buben, dessen Eltern – sie waren Zeugen Jehovas – ihn nicht mehr zurück nach Hause nehmen wollten, nachdem ihm im Zuge einer Notfalloperation eine Blutkonserve verabreicht worden war. Er musste in ein Kinderheim. Ich war kurz zuvor selbst Mutter geworden und konnte dieses Verhalten nicht fassen. Oder das Mädchen, zarte achtzehn Jahre alt, das einen schrecklichen Darmdurchbruch erlitt, weil die Verschlusskappe einer Spraydose in ihrer Vagina steckengeblieben war, die sie nicht mehr entfernen konnte. Sie hatte sich nicht getraut, jemandem davon zu erzählen, was ihr Freund mit ihr angestellt hatte – bis sich alles entzündete, sie mit hohem Fieber ins Spital eingeliefert wurde, ihr der halbe Darm entfernt werden musste und sie für den Rest ihres Lebens einen künstlichen Darmausgang bekam. Ich redete viel in unserer Muttersprache mit ihr. Sie schämte sich unendlich. Sie hatte nicht Nein sagen können, *ihn* bloß glücklich machen wollen. Ich versuchte nach diesem Erlebnis meinen Kindern noch intensiver beizubringen, *immer* Nein zu sagen, wenn sie mit etwas nicht einverstanden waren. Ich wollte unbedingt, dass sie dieses wichtige Wort lernen, damit es für sie zu einer Selbstverständlichkeit wird. Anders als bei mir.

Später arbeitete ich nur mehr mit Krebskranken. Mittlerweile sind es viele Tausend Betroffene und deren Angehörige, die ich sehr intensiv betreut habe. Junge und Alte, Arme und Reiche, Prominente und Unbekannte aller Nationalitäten, Berufe, Orientierungen, Bildungsstände, Geschlechter und Hautfarben. Ausnahmslos alle haben mir ihre Lebensgeschichte erzählt. Ich wusste fast alles über ihre Familien, PartnerInnen, LiebhaberInnen, NachbarInnen, FreundInnen, Haustiere, ihren Beruf, ihre Seelennöte, ihren Liebeskummer – einfach alles. Sie waren allesamt Menschen, die sich in einer extremen Lebenssituation befanden, daher bestanden die Gespräche, die wir führten, während die Infusion mit dem neuen Krebsmedikament tropfte und ich bei ihnen saß, selten aus Smalltalk. Es ging ans Eingemachte. Dabei hörte und sah ich allerhand, denn die Dämme brachen, für Zurückhaltung und Scham blieb keine Zeit. Es ging um das verbleibende Leben, während der Tod bereits leise an der Tür klopfte. Plötzlich will man alles anders machen. Ich verstand den Tod zu dieser Zeit noch nicht. Es fiel mir immer schwer eine/n meiner PatientInnen zu verlieren, besonders die jungen. Ich spürte nur, dass er mit Achtsamkeit und Unendlichkeit zu tun hat.

Wir behandeln in der Notfallaufnahme einen Obdachlosen, dem es sehr schlecht geht. Meine KollegInnen und ich ziehen ihm seine Stiefel aus, selber schafft er es nicht mehr.

Doch im rechten Stiefel bleibt sein halbes Bein stecken, aus dem Stummel kriechen Würmer heraus. Ich kann mich nicht erinnern, jemals ein so schlimmes Bild gesehen zu haben, vom magenumdrehenden Gestank ganz zu schweigen. Er selbst ist geschockt, hat aber nicht einmal mehr Schmerzen. Alles ist bereits abgestorben.

Endlich ist meine Schicht zu Ende und ich verlasse das Krankenhaus. Ich war gerade erst ein paar Schritte gegangen, da springt aus dem Nichts ein Mädchen vom Dach des Gebäudes und fällt mir praktisch vor die Füße – sie landet nur ein paar Meter weit entfernt. Es gab keinen Schrei, nichts. Nur einen abrupten Aufschlag und ein beklemmendes Geräusch: das Brechen sämtlicher Knochen. Blut läuft aus ihrem zerbrochenen Schädel. In kürzester Zeit liegt sie in einer dunkelroten Lache. Alle, die den Selbstmord mitangesehen hatten, laufen zu dem Mädchen, um ihr zu helfen. Das ist aber aussichtslos. Sie war auf der Stelle tot. Ich gehe wie ein Roboter nach Hause und trinke zum ersten Mal in meinem Leben eine ganze Flasche Wein auf einen Sitz. Fassungslos frage ich mich, was hier eigentlich passiert. Am nächsten Tag erfahre ich: Sie war erst fünfzehn gewesen.

Wenn man sich tagein tagaus mit solch ernsthaften Themen beschäftigt, passiert zweierlei: Einerseits bringt man Trivialitäten immer weniger Verständnis entgegen – ich musste also zunehmend aufpassen und mich kontrollieren, um die nötige Aufmerksamkeit aufzubringen, wenn mir eine Freundin beispielsweise vom Streit ihrer NachbarInnen, FreundInnen ihres Sohnes im Kindergarten, einer oberklugen Mutter beim Elternabend, der grantigen Verkäuferin im Geschäft oder der nächsten Null, mit der sie sich getroffen hatte, erzählte. Vom gebrochenen Nagel, neuer Unterwäsche, Windelpreisen und Lasagne-Rezepten ganz zu schweigen. Andererseits entwickelt man eine unglaubliche Toleranz ganz unterschiedlichen Menschen und Meinungen gegenüber. Denn sie sind alle todkrank in der gleichen Situation. Und das steht im Vordergrund. Alles andere kommt danach. Ich habe viele, unglaublich nette PatientInnen betreut, aber dennoch gab es auch hie und da richtige „Gfraster", wie man mancherorts sagt.

Diese zwei unterschiedlichen Geduldpegel, die ich also an mir bemerkte, bedeuteten, dass ich mich gleichzeitig in zwei entgegengesetzte Richtungen entwickelte. Man wird gleichzeitig toleranter und intoleranter, geduldiger und ungeduldiger. Ich verstand es nicht gleich. Lange Zeit war ich verwirrt und fragte mich, was bloß mit mir passierte. Wie konnte ich diesen arroganten, ausbeuterischen Firmenchef nur betreuen, als wäre er der beste Mensch auf Erden, ihm immer eine solche Engelsgeduld entgegenbringen und all seinen Geschichten aufmerksam und interessiert zuhören, aber innerlich in die Luft gehen, wenn mir eine nette alte Nachbarin von ihrem Tag erzählte? Es machte mich fertig. Zeitweise dachte ich, ich werde schizophren. Bis ich kapierte, dass das nichts mit Schizophrenie zu tun hat, lernte ich damit umzugehen, es anzunehmen und so zu leben – es blieb mir nichts anderes über.

So viele kranke und todunglückliche Menschen machen viele meiner Arbeitstage zu sehr durchwachsenen. Andererseits bekomme ich regelmäßig ehrliche Anerkennung von meinen PatientInnen, KollegInnen und FreundInnen, dass es manchmal gefühlt an ein Wunder grenzt, dass ich nicht „abhebe". Doch „du kannst nicht größenwahnsinnig werden, wenn du deine Wäsche selbst bügelst", sagte einmal Meryl Streep. Ich empfinde diesbezüglich nur eine unglaubliche Demut und eine tiefe Dankbarkeit dafür, dass ich das alles kann und tun darf. Schon Marcus Tullius Cicero sagte: „Anerkennung freilich tut wohl, wenn sie von Menschen ausgesprochen wird, die selber welche gefunden haben." Und ich suchte meine bei eben solchen, alles andere hatte wenig Gewicht, obwohl ich dankbar für jede einzelne Anerkennung bin.

Mit der inneren Annahme einer Anerkennung verhält es sich leider ähnlich wie mit der Verliebtheit: Hunderte können in dich verliebt sein, bekommt man aber keine Liebe von dem *einen* gewissen Menschen, von dem man sie sich so wünscht, ist die aller anderen fast bedeutungslos. Relativ spät in meinem Leben habe ich erkannt, dass ich eigentlich nur die Anerkennung einer einzigen Person haben wollte: meiner Mutter. Das ist an sich nichts Ungewöhnliches. Dennoch hatte es große Auswirkungen auf mein Leben – ich arbeitete mehr und mehr, schuf mehr und mehr, half mehr und mehr. Ohne den – wenn auch unterbewussten – Antrieb, die Liebe meiner Mutter zu bekommen, hätte ich so vieles vermutlich nicht geschafft. Daher habe ich damit, wenngleich ich ihre Anerkennung bis heute nie bekommen habe, Frieden geschlossen. „Wer lange um Anerkennung gekämpft hat, soll sich jetzt nicht mit Gleichstellung zufrieden geben, sondern zum Maßstab aller Dinge werden", schreibt Johannes Huber.

Bei so vielen KrebspatientInnen habe ich mir unzählige Fragen gestellt, denn Krebs überraschte mich immer wieder. Jedes Mal, wenn ich dachte, ich hätte diese Erkrankung begriffen, kam sie mit einem neuen Streich daher. Ich habe alle möglichen (inter-)nationalen Fortbildungen besucht und mir dabei stets Notizen gemacht. Nicht nur von dem, was die RednerInnen erzählten, sondern in erster Linie von dem, was mir währenddessen durch den Kopf ging. „Lernen und nicht denken ist unnütz. Denken und nicht lernen ist zwecklos", sagte einer meiner besonders geschätzten Bücherfreunde, Konfuzius.

Meine Notizen bewahrte ich jahrelang in einer Schachtel auf. Einmal beim Ausmisten fiel mir die Schachtel in die Hand und ich begann, mir all die aufgeschriebenen Gedanken durchzulesen. Plötzlich fügten sich die Ausschnitte zu einem großen Puzzle zusammen. Jahre später veröffentlichte ich dieses Puzzle auf meiner Website unter „Mein Traum von Krebs". Meine Hoffnung war, dass ein/e mutige/r WissenschafterIn die Überlegungen lesen und daraus etwas schaffen würde. Da ich in diesem Bereich so lange tätig bin weiß ich, dass immer mehr vom Gleichen produziert wird. Neue Ideen gibt es kaum, von den finanziellen Mitteln ganz zu schweigen. Die Pharmaindustrie hat kein Interesse an wirklich Neuem, solange man mit Altem „gutes" Geld verdient. Produziert sie doch beispielsweise den nächsten Kinasehemmer, denn dieser wirkt eine Zeitlang und die Zulassung eines solchen erprobten Präparates ist ihr sicher. Die meisten Medikamente sind jedoch keine Heilmittel, sondern behandeln die Symptome und zögern Krankheiten nur hinaus – so auch bei Krebs. Doch wen kümmert das, solange die Kassen klingeln? StudentInnen werden zu KlonInnen gemacht, um dort fortzufahren, wo ihre ProfessorInnen aufgehört haben. Doch: „Man kann niemanden überholen, wenn man in seine Fußstapfen tritt", schrieb François Truffaut.

Oft in der Geschichte mussten große EntdeckerInnen jedoch ihr Leben lassen, wenn sie etwas behaupteten, das nicht der zur jeweiligen Zeit gängigen Meinung entsprach. Irgendwann kommt es jedoch zwangsläufig zum Paradigmenwechsel. Aber da ich ohnehin keine Wissenschafterin bin, meine Meinung also nicht „zählt", konnte ich mein Puzzle vor einigen Jahren ungeniert für die Welt zugänglich machen, in der Hoffnung, dass ein/e WissenschafterIn es liest und etwas daraus macht:

Mein Traum über Krebs

Seit dreißig Jahren arbeite ich mit KrebspatientInnen. Ich bilde mich von Anfang an regelmäßig fort und stehe als Lehrende mit führenden WissenschafterInnen ständig im Austausch. Mein Vater ist jung an Krebs gestorben, ich war damals noch ein Mädchen. Krebs als Krankheit begleitet mich seit meiner Kindheit und in meiner Arbeit täglich. Als Resultat meiner permanenten Auseinandersetzung mit dieser Erkrankung hat sich mit der Zeit für mich immer klarer eine Idee herauskristallisiert, welche möglicherweise helfen kann, Krebs anders zu verstehen und zu behandeln, als dies bisher der Fall war.

Unlängst gab mir ein langjähriger Krebsforscher, ein Professor aus Großbritannien, die Gewissheit, dass meine Idee gar nicht so absurd ist, wie sie zunächst scheint und dass das, was ich mir vorstelle, auf molekularer Ebene sehr wohl umsetzbar wäre. Er hielt sich jedoch zurück öffentlich darüber zu sprechen, da der Sinn der Idee fast „ketzerisch" anmutet. Außerdem müsste noch viel geforscht werden, bevor definitiv gesagt werden kann, ob die Methode wirklich anwendbar ist.

Erlauben wir uns die Freiheit, einen Moment Folgendes durchzudenken: Die Evolution wehrt sich erfolgreich dagegen, uns darin zu unterstützen, der Krebszelle den Garaus zu machen, obwohl wir es mit allen Mitteln versuchen. Doch was wäre, wenn wir die Krebszelle nicht mehr als Fehler, sondern als Teil der Evolution betrachteten?

Krebszellen zerstören gesundes Gewebe und führen letztlich zum Tod des Organismus. Daher sind diese entarteten Zellen als böse eingestuft worden. *Die* Richtung der Krebsforschung seit hundert Jahren lautet: *Kampf* dem Krebs. Doch die Inzidenz und Prävalenz der Krebserkrankungen nehmen trotz all dieser Kämpfe zu.

Nehmen wir an, Krebszellen wären nicht böse, nur *anders*, und wenn man in der Lage wäre, sie *für* den Organismus arbeiten zu lassen, würden sie ein unglaubliches Potential darstellen. Man müsste aber das bisherige Denken vollkommen aufgeben.

Was, wenn man in der Lage wäre, die Krebszellen in den Organismus zu integrieren? Klingt das absurd?

Warum werden Krebszellen als böse angesehen? Sie sind im Vergleich zu den anderen Zellen des Organismus sehr einfach „gestrickt", vermehren sich nur unglaublich schnell und zerstören in Folge alles um sich herum. Warum? Weil sie sonst nichts zu tun haben – keine Aufgabe, keinen Job. Die Lösung: Geben wir den Krebszellen eine Aufgabe. Lehren wir sie, etwas zu tun. Nachdem sie so jung sind und sich so schnell vermehren, dass sie gar nicht alt und träge werden *können*, scheinen sie ein schier unerschöpfliches Lernpotential zu haben. Das heißt eine Krebszelle könnte jede beliebige Aufgabe erlernen, wenn man es ihr beibrächte. Man müsste sogar Wege finden können, sie dann dort einzusetzen, wo der Körper es individuell braucht. Was für ein unglaubliches Potential! Nahezu alle Mängel und Krankheiten könnten so behandelt werden: indem man Krebszellen lehrt, das zu tun, was der eigene Organismus aus irgendeinem Grund nicht (mehr) schafft.

Können wir einen Weg finden, dem Tumor beizubringen, sein Wachstum durch die Übernahme von Aufgaben selbst zu regulieren, um den Organismus nicht umzubringen? Könnten wir vielleicht durch eine Art „Veredelung", etwa so, wie es in der Blumen- und Obstzucht praktiziert wird, auch „wildgewordene" Zellen wieder erfolgreich integrieren? In meiner Phantasie isoliert man dazu einzelne Krebszellen, injiziert ihnen in vitro DNA-Sequenzen jener Zelle, die der/die individuelle PatientIn braucht, und schickt sie dann in den Tumor zurück, um sie dort den anderen Krebszellen „zeigen" zu lassen, wie sie dem Organismus nützen können. So könnten die Ressourcen, die der etablierte Kampf gegen Krebs verschlingt, anderswo eingesetzt werden.

Ich würde mir wünschen, dass die Wissenschaft beginnt, in diese Richtung zu forschen, weil ich davon überzeugt bin, dass es die richtige ist. Warum? Weil ein Eingreifen in die Natur *nur* durch Zerstörung *nie* die richtige Antwort sein kann. Die Evolution ist so viel weiser und um Millionen Jahre älter als wir. Jedes Mal, wenn wir radikal zerstört haben, was sie hervorgebracht hat, hat sie uns nur noch größere Probleme und Aufgaben geschickt. In ihrer Weisheit gibt sie uns aber auch immer neue Aufgaben. Was würde die Menschheit tun, wenn sie gar keine Aufgaben hätte, keine Rätsel lösen müsste? Sie würden sich nur furchtbar schnell vermehren und – wie Krebs – die Erde zerstören. Ein Plädoyer für interessensfreie, unabhängige Forschung.

Leonardo da Vinci sagte: „Mach dir nicht vor, du wolltest die Irrtümer der Natur verbessern. In der Natur ist kein Irrtum, sondern der Irrtum ist in dir." Platon sprach über das „Spiel der reduplizierten Ähnlichkeiten". Er garantiere, schrieb er, dass „jedes Ding in seiner größeren Stufenleiter sein Spiegelbild und seine molekulare Versicherung findet". Und wissen wir so genau, was beispielsweise die Aufgabe der Erde im Weltall ist? Wo endet eigentlich das Weltall? Eben.

Johannes Huber, ein namhafter Professor, Gynäkologe und Theologe schreibt: „Nicht nur Demokratie, sondern auch die Natur hat eine Verfassung. Diese Verfassung ist von der Evolution etabliert worden. Da stehen Millionen von Jahren dahinter, das ist eine hohe Autorität. Man kann nicht als Politiker und schon gar nicht als Naturwissenschaftler die Kaltblütigkeit haben, diese Verfassung außer Kraft zu setzen. Nur weil damit jemand

Geld verdient. Nur weil es modern ist. Oder nur, weil jemand glaubt, dass die Gesellschaft so toleranter wird."

*   *
*

Ich bin völlig kraftlos. Es ist zwei Uhr morgens. Ich bügle die Wäsche, da ich sonst nicht dazu komme. Vor lauter Müdigkeit laufen mir Tränen übers Gesicht. Plötzlich denke ich: „Du blöde Gans, wieso heulst du? Sei froh, dass du etwas zu bügeln hast. So viele Menschen besitzen keine Kleidung."

So rettete ich mich von Mal zu Mal. Irgendwann kaufte ich mir einen Walkman – mit Musik in den Ohren war das Bügeln dann nur noch halb so schlimm. Einige Zeit ging es so weiter, schließlich musste ich den Berg an Schulden, den mein spielsüchtiger Exmann mir hinterlassen hatte, zurückzahlen. Ich arbeitete rund um die Uhr – neben meinem Vollzeitjob im Krankenhaus auch in einem Labor und in einer Ordination. Dazu machte ich Nachtdienste in anderen Krankenhäusern. Irgendwie musste ich doch für meine beiden Kinder sorgen. Nebenher absolvierte ich ein Studium in einer Stadt, die zweieinhalb Autostunden entfernt war. Das war wirklich anstrengend. Manchmal schlief ich drei Nächte in Folge nicht, weil ich arbeiten musste, tagsüber hatte ich die Kinder. Ich suchte nach einem Weg, mit den zusätzlichen Nachtdiensten in den anderen Krankenhäusern aufzuhören – sie waren immer so furchtbar riskant und anstrengend. Also beschloss ich, mit dem Taxifahren zu beginnen. Mein Gedanke dahinter war, dass ich die Stehzeiten nützen konnte, um für mein Studium zu lernen. So fuhr ich also eine Zeitlang Taxi, nachts, in einer Millionenstadt.
Es ist gegen elf Uhr abends, ich warte am Flughafen in der Taxischlange, bis ich drankomme, als plötzlich mein

Sohn anruft. „Mama, meine Schwester und ich haben Körper getauscht," sagt er, und legt auf. Die Kinder waren alleine zu Hause geblieben. Sie liebten und vertrugen sich gut, außerdem hatte ich ihnen oft erklärt, wie wichtig es ist, dass sie ruhig und brav blieben, wenn ich nicht da war, und konnte eigentlich sicher sein, dass sie nicht stritten.

Ich versuche, zurückzurufen, doch er hebt nicht mehr ab. Ich weiß, er träumt oft sehr intensiv und manchmal redet er im Schlaf. Ich hoffe, dass es wieder so etwas ist, aber kann nicht sicher sein. Ich rufe meinen Chef an und sage ihm, dass ich nach Hause zu den Kindern muss. Ich lasse das Taxi am Flughafen wie üblich, nehme mein eigenes Auto und fahre so schnell ich kann nach Hause. Doch dann passiert es: Vor mir fährt ein Auto, das plötzlich explodiert. Einfach so. Die Einzelteile der Maschine fliegen in die Luft und eine riesige Schraube, ca. zehn Zentimeter lang, bohrt sich in meinen vorderen linken Reifen. Die Wucht ist so stark, dass sie mit ihrem stumpfen Ende auch die Felge durchbohrt. Ich muss stehenbleiben. Im Schock kommt mir der Gedanke, dass die Schraube, wäre sie ein paar Zentimeter höher geflogen, mein Ende hätte bedeuten können. Was wäre das für ein absurdes Ende gewesen? Von einer Schraube getötet! Und meine Kinder alleine zu Hause, ohne irgendjemanden, der sich hätte kümmern können. Das Auto vor mir brennt, Öl läuft über die Straße.

Dann sind auf einmal alle da: Polizei, Feuerwehr, Rettung. Alles abgesperrt, kein Weiterkommen. Ich zittere in Angst um meine Kinder. Bis die Einsatzleute mir helfen, meinen kaputten Reifen zu wechseln, vergehen gefühlt endlose eineinhalb Stunden. Endlich kann ich weiterfahren und schwöre mir: Bitte lass es bloß den Kindern gut gehen, dann werde ich auch nie wieder in der Nacht arbeiten! Als ich endlich nach Hause komme, schlafen sie seelenruhig. Ich lege mich zwischen sie und umarme sie rechts und ihn links. Ich habe selten so viel Glück empfunden,

wie in diesem Moment. Jetzt weiß ich: So kann es nicht
weitergehen. Scheiß aufs Geld, es ist das Risiko nicht wert.
Irgendwie wird es anders gehen müssen, auch, wenn ich
dann länger brauche, die Schulden zurückzuzahlen. Am
nächsten Morgen stehe ich auf und erschrecke vor meinem
Spiegelbild: Mein Haar war über Nacht weiß geworden.

Daraufhin habe ich etwas Entscheidendes getan, was
eine neue Phase in meinem Leben einläutete: Ich mistete
gründlich aus, ließ los, hörte auf, in der Nacht zu arbeiten, beendete einige „Freundschaften" und ging fortan
sämtlichen Parasiten aus dem Weg. Mein Energienotstand
verlangte von mir, mich von den Menschen und Dingen,
die mir nicht gut taten, zu distanzieren. Die durchbohrte
Felge samt der Schraube hob ich allerdings noch für die
nächsten fünfzehn Jahre auf – sonst würde mir die Geschichte schließlich niemand glauben.

Es gibt wenige wirklich edle Menschen auf der Welt.
Die chinesische Philosophie lehrt, dass die Menschen wie
Sand und (Halb-)Edelsteine sind. Erstere sind viel, viel
zahlreicher. Letztere schaffen es, zu überleben, weil sie
instinktiv einander suchen, erkennen und sich gegenseitig
helfen. Mittlerweile finde ich, dass es eine gelungene
Metapher ist. Mein Energielevel ist unglaublich gestiegen,
seit ich all die Vampire in meinem Leben losgeworden
bin. Und es waren viele. Ich scheine, solche Menschen
anzuziehen. Schon in meiner Jugend haben sie mich
scherzhaft „die Kirche" genannt, weil ich immer für alle
da war und mir jede/r die eigenen Probleme anvertrauen
konnte, ohne Angst zu haben, dass ich sie weitererzähle
und habe nach bestem Wissen und Gewissen versucht,
zu helfen. „Geh zur ‚Kirche'", sagten sie. Jeder Person,
der das bekannt vorkommt, empfehle ich den achtsamen
Weg zu sich selbst. Am besten stellt man sich die Frage:
Wann empfinde ich Kraftlosigkeit und warum? Dabei
geht es darum, die Wurzel der Ursache zu finden. Dies ist

das Einzige, was wirklich helfen kann. Natürlich gibt es viele Wege, von Mensch zu Mensch unterschiedlich mit uns selbst und unseren Nöten umzugehen. Sehr verbreitet sind dabei die Techniken des Ablenkens oder Negierens, sprichwörtlich den Kopf in den Sand zu stecken. Letztlich sind all diese Techniken aber nur unterschiedliche Gesichter der Verdrängung, des sprichwörtlichen „Unter-den- Teppich-kehren"-Verhaltens. So löst man jedoch keine Probleme. Bestenfalls vegetiert man vor sich hin, irgendwie, sich selbst und den anderen etwas vormachend. Der ganze Mist unter dem Teppich sammelt sich aber, und der Haufen wird immer größer, bis man irgendwann unweigerlich drüberstolpert – so oder so.

Hätte ich zu diesem Zeitpunkt nicht gehandelt, wäre ich entweder ins Irrenhaus eingeliefert worden oder hätte den totalen Zusammenbruch erlitten. Dabei hatte – und habe – ich die zwei besten Gründe, dies nicht zuzulassen: meine Kinder. „Wer ein Warum zu leben hat, erträgt fast jedes Wie", schrieb Viktor E Frankl. Es hatte zwar lange gedauert, bis ich begriff, nicht Everybody's Darling sein zu müssen, doch als es endlich so weit war, fühlte ich mich wie neu geboren. Frankl schrieb auch: „Niemand glaubt mir, dass der Mensch stärker sein kann als die Natur, seine eigene Natur inbegriffen." Instinktiv wusste ich, dass die Veränderungen, die ich beschlossen hatte, richtig waren. Wieder etwas später verstand ich, dass ich eigentlich gar nicht mehr von allen gemocht werden *will*. Heute sehe ich es als Kompliment, wenn mich manche Menschen nicht mögen – RassistInnen zum Beispiel. Lucius Annaeus Seneca erkannte: „Es kommt nicht darauf an, wie vielen, sondern *welchen* du gefällst." Mein Vater pflegte etwas ähnliches zu sagen: „Es ist nicht wichtig, *was* man sagt, sondern *wer* es sagt. Ärgere dich nicht über die Meinung jener Leute, die du selbst nicht um Rat fragen würdest."

Seit ich verstanden habe, dass die Leute, denen man *nicht* ehrlich seine Meinung sagen kann jene sind, die uns die Kraft rauben, war es relativ einfach, solche Kontakte zu meiden. Denn nicht authentisch sein zu können kostet sehr viel Kraft und Substanz. Das Tragen von Masken übrigens auch. Ich habe mich lange Zeit gefragt, warum manche Menschen auf uns wie Vampire wirken. Wenn sie weg sind, würde man sich am liebsten schlafen legen, so ausgelaugt ist man. Wenn wir aber näher hinsehen, sind das *stets* solche Menschen, denen wir nicht das sagen können, was wir *wirklich* denken. Aus tausend unterschiedlichen Gründen: um des lieben Friedens willen; weil es nichts bringt; weil man keine schlechte Nachrede haben möchte; weil man niemanden verletzen möchte; weil es uns nicht zusteht; weil wir keine sinnlosen Kämpfe führen wollen; weil die Person „eh nett" ist; und so weiter.

So passiert es auch, dass wir vor lauter künstlichem Lächeln auf so manchen Veranstaltungen Kopfschmerzen bekommen. Wenn man beispielsweise auf einer Party einer Bekannten über den Weg läuft, die sich jüngst die Lippen hat aufspritzen lassen und nicht glücklicher darüber sein könnte, sich jetzt gar unwiderstehlich findet. Man selbst findet, es sieht schrecklich aus, ihr einst natürliches Gesicht sei zu einer Fratze verkommen. Doch man kann es ihr nicht sagen. Warum? Erstens: Warum sollte man ihr die Illusion rauben, die sie glücklich macht? Man selbst muss ja nicht mit ihr leben. Zweitens: Geschmäcker sind unterschiedlich. Vielleicht hat sie recht und viele Menschen stehen drauf. Drittens: Was kümmert es mich eigentlich? Viertens: Sie würde es ohnehin nicht glauben. Fünftens: Man kann den Eingriff nicht mehr ungeschehen machen. Also sagt man nicht, wie schrecklich man es findet, sondern lächelt eben nur. Einige solcher oder ähnlicher Situationen an einem Abend und man spürt, dass sich die Kieferschmerzen, die man vor lauter verspanntem, maskenhaftem Grinsen hat, weiter nach hinten ziehen, bis man Kopfweh bekommt. Wenn man klug ist, stiehlt man sich nun möglichst schnell weg – irgendwohin, wo man authentisch sein kann: in die nächste Bar, um leidenschaftlich zu tanzen, oder auch in den kuscheligen Pyjama. Ganz egal.

Beruflich erlebte ich solche Situationen oft auf diversen Kongressen. Als junger Mensch wollte ich unbedingt „dazugehören". Als ich das geschafft hatte, wollte ich es nicht mehr. Das verlogene Spiel der Eitelkeiten bei diesen Veranstaltungen machte mich nach kürzester Zeit krank. Daher verschwand ich immer, sobald es möglich war, oder vermied es überhaupt, diese zu besuchen. Nietzsche sagte: „Irrtum ist nicht Blindheit, Irrtum ist Feigheit. Jede Errungenschaft, jeder Schritt vorwärts in der Erkenntnis, folgt aus dem Mut, aus der Härte gegen sich, aus der Sauberkeit gegen sich [...] denn man verbot bisher grundsätzlich nur die Wahrheit." Das ist leicht nachvollziehbar, denn Lügen sind weniger gefährlich als die Wahrheit. Süß die Lüge, bitter die Wahrheit – sagt man. Lügen sind mitunter auch unangenehm, nicht nur süß, doch es ist die Wahrheit, die oft richtig wehtut. Darum verschließen wir uns gerne vor mancherlei Wahrheit, denn wir können ihr nicht in die Augen sehen. Die Wahrheit kann aber auch befreien. Und für manche ist das ein noch schwierigerer, manchmal gar gefährlicher Aspekt der Wahrheit. Ich habe aber erfahren, dass man, trotz des Schmerzes, gut beraten ist, wenn man den Dingen, die man über sich nicht hören will, ganz besondere Aufmerksamkeit schenkt – auch dann, sollte man am Ende herausfinden, dass sie doch nicht wirklich wahr sind.

Menschen, die vorsätzlich lügen, haben es einfach: Sie zapfen jemand anderem Energie ab und kümmern sich dann nicht weiter darum, wie es ihrem Opfer geht. So erhalten sie sich und ihr krankes Ego am Leben. Doch: „Eine Lüge ist wie ein Schneeball: Je länger man ihn wälzt, desto größer wird er", stellte Martin Luther richtig fest. Doch irgendwann kommt ein Hindernis, das die Lüge in Tausende Stücke reißt, sie platzen lässt. Und sie platzt unweigerlich. Die LügnerInnen ziehen dann für gewöhnlich weiter und suchen sich ein neues Opfer, wie gefühlslose Roboter. Wie ich bei den Sterbenden jedoch festgestellt habe, ereilt sie meist ein sehr unglückliches Ende. Denn sie wissen dann doch, dass ihr Leben eine Lüge war. Wie schrecklich: Am Ende ist es so, als hätten sie nie gel(i)ebt.

Ich habe das Bedürfnis zu lügen nie verstanden. Sich selbst kann man ohnehin nicht wirklich belügen. „Wozu dann die Anstrengung?", fragte ich mich immer. Bis ich mich einmal dermaßen in einen Lügner verliebte. Ab da verstand ich, wozu das Lügen für solche Menschen gut ist. Sie schaffen es so, durch andere und von anderen zu leben. Wie Parasiten. Aus Faulheit, sich anzustrengen und selbst arbeiten zu gehen. Das ist eine Lebenseinstellung. Solche Exemplare sind für gewöhnlich mit sehr viel Charme und Esprit ausgestattet und empfinden das Manipulieren ihrer Opferwirte als ihren geleisteten Beitrag, quasi als ihre Arbeit. „Mein" Exemplar gab das auch offen zu. Er sagte, es wäre doch dumm, arbeiten zu gehen, wenn er auch so super durchs Leben kommt. Und ob ich denn wirklich glaube, das alles würde keine Anstrengung erfordern. Schließlich müsse er sich doch immer alles genau überlegen und stets die beste Strategie für sein jeweiliges Opfer parat haben! Man stelle sich das vor. Doch reden ist immer leichter, als zu handeln. Dennoch wage ich nicht zu behaupten, LügnerInnen könnten kein zufriedenes Leben führen. „Die wichtigste Voraussetzung für Zufriedenheit ist, dass ein Mensch das, was er ist, auch sein will", schrieb Erasmus von Rotterdam. Also: Wenn LügnerInnen ihre Art zu leben gut finden, dann steht der Zufriedenheit nichts im Wege. Zumindest bis die letzte Stunde schlägt.

Die Psychologie lehrt, dass extrovertierte Menschen unglücklicher als introvertierte seien und dies kompensieren müssen, indem sie sich selbst beweisen, dass sie zufrieden sind und ihr Leben genießen. Meiner Erfahrung nach gilt das nicht für jeden von ihnen, aber bestimmt für viele. LügnerInnen gehören übrigens immer zu den Extrovertierten. Aber: „Die meisten Menschen hasten so sehr nach Genuss, dass sie an ihm vorbeirennen," beobachtete Søren Aabye Kierkegaard. Man sehe sich beispielsweise Social Media an: Die Selbstinszenierung vor anderen ist eine Art und Weise, unterentwickelt, ja sagen wir *blind* zu bleiben, weil man sich und das eigene Leben virtuell immer besser darstellt, als es eigentlich ist – zuweilen Photoshop sei Dank. Solche Menschen unterliegen jedoch dem Irrtum, bereits dort angekommen zu sein, wo sie noch nicht mal im Entferntesten sind. Und diese Überzeugung alleine ist für sich schon eine Garantie, dass sie es niemals tatsächlich sein werden. Das an sich ist für sie selbst meist nicht so schlimm, weil es nicht wirklich weh tut. Höchstens meiden manche dann persönliche Treffen, weil sie wissen, dass sie dem Bild, das sie von sich projiziert haben, in Wirklichkeit nicht standhalten können. Aber es ist eine große Bremse für die Gesamtentwicklung der Menschheit. Für die weitere Schöpfung. Wieso das? Weil besagte Personen sich aus dem Grund, ein bereits so tolles Bild von sich zu haben, nicht mehr weiterentwickeln und damit die Weiterentwicklung des Ganzen bremsen. Leider hat dieses Verhalten virulente Maße angenommen. Es wird immer schlimmer, dekadenter und perverser und noch ist kein Ende in Sicht. Die Ich-Gesellschaft gedeiht prächtig und mit ihr die Dummheit. I-Telefon, I-Tablet, I-Wolke, I-Alles. Ein unlängst verstorbener, großartiger kroatischer Künstler, Oliver Dragojević, sang in einem seiner Lieder: „Es ist wahr, dass das Herz immer verliert, wenn es nur *sich* sieht." Jetzt ist sogar Facebook, wo man noch etwas schreiben kann, out. Instagram & Co., wo nur noch Bilder und Videos regieren, sind in. Nur die Verpackung zählt, fast niemand legt mehr Wert darauf, ob auch der Inhalt stimmt. Durch gefälschte Profile tauchen manche in die Anonymität ab und erlauben sich, alles zu sein, was sie in Wirklichkeit *nicht* sind. Und das Belügen und Betrügen gedeiht, so wie die eigene Blindheit. Die „Likes" werden gezählt und als Maßstab für das Selbstwertgefühl, die eigene Wichtigkeit sozusagen, genommen. Alleine aufgrund des Aussehens – wie unglaublich beschränkt. Wie oft ist es uns alleine schon passiert, dass man einer außerordentlich attraktiven Person begegnet, diese sich jedoch, sobald sie den Mund aufmacht, schlagartig in das unattraktivste Wesen verwandelt, sodass man schnellstmöglich zu entkommen versucht?

Darüber hinaus nehme ich wahr, dass unsere Gesellschaft immer unsensibler wird. Die stetig seltener werdende persönliche Kommunikation mache ich zu einem Großteil dafür verantwortlich. Jede/r starrt die ganze Zeit in Bus oder Bahn, sogar im Gehen auf der Straße, ins Telefon und merkt nichts mehr um sich herum. Viele *sehen* die Welt in Wirklichkeit gar nicht mehr. Auch das Internet ist dabei nicht unschuldig, so viel Gutes es uns gebracht haben mag. Wir sitzen sogar im Büro nebeneinander und schreiben uns gegenseitig E-Mails. Menschen unterhalten sich immer weniger persönlich miteinander. Spricht uns heute ein Sitznachbar im Bus an – was früher in den allermeisten Fällen nur höflich und menschlich war – sind wir überrascht, fühlen uns häufig belästigt oder gar irritiert. Damit zusammenhängend habe ich beobachtet, dass heute die jungen Leute, erteilt man ihnen in der Arbeit eine Aufgabe, diese nicht erledigen können, sobald nicht alle „Zutaten" dafür vorhanden sind. Die Fähigkeit des Improvisierens ist ihnen abhanden gekommen. Ich nenne sie die „*Enter-Generation*": Können sie bei einer Frage oder Aufgabe nicht auf den Enter-Knopf drücken, um die Lösung zu erhalten, sind sie verloren.

Jiddu Krishnamurti schrieb: „Wie unsensibel wir doch sind, wie sehr es uns an schnellen, adäquaten Reaktionen fehlt, wie wenig Freiheit wir doch haben, unvoreingenommen zu beobachten! Wie kann es ohne Sensibilität Flexibilität, rechte Wahrnehmung, Aufnahmebereitschaft und

Verständnis, das frei vom Bemühen ist, geben? Gerade das Bemühen verhindert ja jedes Verständnis. Verstehen entsteht durch große Sensibilität, aber Sensibilität ist nichts, was man kultivieren könnte. Das, was kultiviert wird, ist nichts weiter als eine Pose, eine künstliche Maske. Aber dies ist nicht die wahre Sensibilität, es ist ein Manierismus und je nach Einfluss oberflächlicher oder tiefergehender Art. Sensibilität ist nichts kulturell Erwerbliches, sie ist nicht das Ergebnis äußerer Einflüsse. Sensibel zu sein heißt nichts weiter, als offen und verletzlich zu sein." Ohne Sensibilität bleibt so vieles auf der Strecke. In unserem, aber auch im Leben anderer Menschen, mit denen wir in Berührung kommen. Doch ich finde, Sensibilität ist nicht *nur* angeboren, zumindest einiges kann man aus zwischenmenschlichen Begegnungen lernen, *wenn man achtsam ist*. Und nebenbei bemerkt, wenn jemand sagt: „Ich werde mich bemühen", sollte man nie darauf zählen. Entweder, man tut etwas, oder man tut es nicht. Genauso löchrig ist es, wenn sich jemand mit „Das habe ich gut gemeint" entschuldigt. Gut gemeint kann mitunter das Gegenteil von Gut bedeuten. Besser man überlegt vorher genauer.

Fehler sind, meiner Erfahrung nach, immer die Folge mangelnden Wissens um die Zusammenhänge des Lebens. Entscheidungen sollte man immer in Relation zum Gesamtbild treffen, doch *zuerst* muss man sich ungeachtet alles anderen fragen: Was *will ich*? Erst, wenn man das herausgefunden hat, sollte man alles andere in Betracht ziehen. Doch bedenken wir dabei immer: Unsere Gedanken kreieren unsere Erfahrung über die Realität des Lebens, also sollten wir unsere Gedanken zu unserem Freund machen! Alles im Leben ist Einstellungssache. Ich gehe also seither bei anstehenden Entscheidungen nach diesem Rezept vor: Zuerst machte ich mich daran, herauszufinden, was *ich* eigentlich will. Dabei muss man danach trachten, Wünsche und Bedarf in Einklang zu bringen. Nachdem man sich einen Gesamtüberblick verschafft hat, macht man sich daran, die vorhandenen Möglichkeiten einzugrenzen. Das gelingt am besten, wenn man sie gegeneinander abwägt. Dennoch lasse ich mir stets alles offen und folge meiner Intuition, wann immer es möglich ist. Denn Intuition betrachte ich als die Intelligenz mit überhöhter Geschwindigkeit.

Unreflektierten, ich-bezogenen Menschen kann man das jedoch nicht erklären, denn sie wollen es nicht sehen. „Blind" zu sein ist auf jeden Fall einfacher, gemütlicher und erfordert keine Anstrengung oder gar Schmerz. Dabei gibt es tatsächlich Blinde, die mehr sehen, als manch ein Mensch mit Augenlicht. Ich sage es immer wieder: Versuche nie, jemandem etwas zu erklären, was er/sie nicht begreifen kann. Wie wird man beispielsweise jemandem, der ihn noch nie erlebt hat, erklären, wie sich ein Orgasmus anfühlt? Oder jemand kinderlosem wie es ist, das eigene Kind zu lieben? Denn um zu verschleiern, dass er/sie es nicht versteht, deutet er/sie es lieber falsch und gibt es so weiter. So entstehen allerhand Fehlinformationen und Gerüchte. Dazu kommt außerdem, dass die meisten Menschen jegliche Information, die ihnen übermittelt wird, übernehmen, ohne sie zu hinterfragen. Das war mir in meinem Beruf immer ein besonderes Gräuel, denn hier geht es um Menschen, die zusätzlich unnötig leiden, wenn falsche Informationen weitergegeben werden. In der Medizin ist bekannt: Ein Standard von heute kann ein Fehler von morgen sein. Man denke nur an das Allheilmittel im Mittelalter: den Aderlass. So viele Kranke waren durch diese falsche Behandlung zusätzlich so geschwächt worden, dass sie nicht überlebten.

Vergessen wir außerdem nicht, dass die meisten Informationen interessengeleitet sind. Im Internet sollen, den Untersuchungen der Sozialwissenschaft nach, nur um die dreißig Prozent der Informationen *nicht* interessengeleitet sein. Meiner Erfahrung nach deckt sich das sehr genau mit dem Prozentsatz im realen Leben. Doch der Mensch hat das Bedürfnis, als wichtig wahrgenommen zu werden; sobald er daher über eine Information verfügt – ganz gleich ob richtig, verfälscht oder veraltet – wird diese weitergegeben, um sein „Wissen" und damit die eigene Wichtigkeit zu unterstreichen. Alles natürlich mit ruhigem Gewissen und in bester Absicht. Und diejenigen, die darauf angewiesen sind, können dann unter der (inzwischen) falschen Information leiden. Kein Problem, denn selbst leidet man ja nicht, sondern ist – mehr noch – ein selbstloser Mensch, der in bester Absicht sein „Wissen" teilt. Das ist auch der Grund warum Fortbildungen in vielen Berufen sogar gesetzlich verlangt werden.

Das mit dem Wissen ist überhaupt so eine Sache. Konrad Paul Liessmann erklärt sinngemäß, dass nicht die Ansammlung von Informationen über die man verfügt das Wissen ausmacht, sondern erst der vernetzende Sinn dahinter. Doch selbst zwischen Wissen und Erkenntnis liegen noch Welten, mag die Erkenntnis dann doch ein Ablaufdatum haben. Im Krebsbereich ist das meiner Erfahrung nach besonders schlimm. Wenn jemand erkrankt, weiß fast jede/r in der Umgebung ein tolles Rezept, hat den besten Tipp, den wertvollsten Rat, die dringendste Empfehlung. Es ist unglaublich, was den PatientInnen alles erzählt wird. Am besten wissen es natürlich diejenigen, die mit Krebs überhaupt nie in Berührung gekommen sind. Genauso, wie sich manch eine Schwangere endlos viele Tipps und Geschichten über Kindererziehung anhören muss – sehr oft von solchen Personen, die selbst keine Kinder haben.

Unterschiedliche Einstellungen und Prägungen spielen hier auch eine Rolle. Mein Exmann und ich haben beispielsweise, als unsere Kinder noch sehr klein waren, oft um ein Thema gestritten: Ich wollte, dass die Kinder, wenn wir unterwegs waren, ihren Müll in die dafür vorgesehenen Mülleimer werfen. Er wollte jedoch, dass sie ihn direkt auf die Straße werfen. Ich sagte immer: „Stell dir den Misthaufen vor, auf dem wir leben müssten, würden das alle tun!" Darauf er: „Wenn das alle täten, müsste die Stadt mehr Menschen eine Arbeit geben. Leute wie du aber rauben den armen Müllmännern die Arbeit!" Was für ein Argument. Als wären wir hier, um zu verpesten, statt zu pflegen. Er war jedoch so fest von seiner Ansicht überzeugt, dass kein Gegenargument half. Wir ließen uns jedoch bald scheiden – meine Tochter war zu dem Zeitpunkt ein Jahr alt – und meine Kinder benützen die Mülleimer. Wenn es ein Wort gibt, das zugleich den traurigsten und glücklichsten Zustand beschreiben kann, so lautet es wohl „Ex". Oscar Wilde schrieb: „Es ist schon merkwürdig, dass es nicht die Institutionen, sondern die Individuen sind, die den Lauf deines Lebens zum Bösen oder Guten hin bestimmen." *Alles steht und fällt mit den Menschen, die es tun.* Vorschriften, Gesetze und Situationen sind da fast einerlei.

III. KAPITEL

Über Reisen und (Nicht-)Ankommen

Das Fliegen ist inzwischen etwas so Selbstverständliches für mich, dass ich mir darüber gar keine Gedanken mehr mache. Und wenn ich mich erinnere, wie aufgeregt ich vor meinem ersten Flug war – und da war ich bereits erwachsen – kann ich heute nur milde darüber lächeln. Inzwischen habe ich die halbe Welt gesehen, alle Kontinente und viele Länder. Exzentrische Orte, ferne Kulturen, sagenhaft schöne Natur, archaische Traditionen und gnadenlose Wahrheiten. Das Fliegen selbst ist mir eher lästig geworden. Nur einen guten Moment gibt es – wenn das Flugzeug abhebt! Das genieße ich immer noch. Und ich mag Flughäfen. Meistens. Oder doch immer weniger. Es war eine Zeitlang sehr aufregend, andere Menschen zu beobachten. So viele verschiedene Völker und Sitten, alles so bunt, aufregend und neu. Inzwischen wurden jedoch so viele Vorschriften eingeführt, die für dermaßen viel Stress sorgen, dass das Gelangen von einem Ort zum anderen an sich meist keinen Spaß mehr macht. Und jede Flugkontrolle stört etwas anderes. Bei einer ist beispielsweise die Nagelschere kein Problem, die andere wiederum nimmt sie weg. Inzwischen überrascht mich gar nichts mehr. Zudem geht es wie in einem überfüllten Einkaufszentrum zu und man muss ohnehin alles alleine machen, zahlt aber trotzdem den vollen Preis. Wie in der Bank.

Apropos Bank: Sehen wir einmal, wie es sein wird, wenn Bargeld komplett abgeschafft ist. Sie kommt so sicher wie der Tod: die totale Kontrolle. Das wäre nicht weiter schlimm – wir alle sind ohnehin schon „durchsichtig", da brauchen wir uns keine Illusionen zu machen – wäre da nicht etwas, was man *Freiheit* nennt. Freiheit und Kontrolle mögen sich nämlich nicht besonders, können sehr oft gar nicht miteinander. Bedenken wir nur nebenbei: Man wird sich nicht einmal mehr ein Sexspielzeug kaufen können, ohne dass es alle Welt weiß. Das wäre aber noch das kleinste Übel.

Wir hatten einmal in einer hochkarätig besetzten Besprechung im Krankenhaus genau dieses Thema berührt. Einige der hochrangigen Professoren konnten nicht verstehen, dass ich etwas gegen die Abschaffung des Bargelds habe. Sie meinten, das sei der logische Schritt in die Zukunft und zum Glück käme nun das schmutzige Geld endlich weg. Meine Argumente und ganz besonders jenes der persönlichen Freiheit wiesen sie als Hirngespinste zurück. Ich war ziemlich bestürzt. Wenn nicht einmal diese hochgebildeten, vermeintlich klugen Menschen verstehen, worum es hier geht, wie soll man es dann einem Analphabeten erklären? Wobei, dachte ich gleich darauf, ich kenne Analphabeten, die um ein Vielfaches klüger sind, als so mancher Professor. Denn es gibt mehrere Formen der Intelligenz und die schulische ist bei weitem nicht die wichtigste. Karl Kraus sagte: „Bildung ist das, was die meisten empfangen, viele weitergeben und wenige haben." Verstehen wir uns richtig: Ich hätte lieber gar kein Zahlungsmittel, denn es macht uns zu Sklaven, aber die dahingehende Entwicklung unserer Gesellschaft können wir nicht ungeschehen machen. Das Bargeld ist dabei sehr wahrscheinlich noch das kleinere Übel. Es verhält sich ähnlich wie mit der Demokratie: Auch diese hat ihre Schwächen, doch jede Alternative ist in unserer Gesellschaft, wie sie sich bis dato entwickelt hat, tausendmal schlimmer. Ich glaube trotzdem, dass die Menschen Mittel und Wege finden werden, mit der bargeldlosen Situation umzugehen. Bereits heute gibt es Bücher, Dokumentationen und Filme, die dieses und andere Zukunftsperspektiven behandeln. Gut so: Je mehr Menschen darüber nachdenken, desto besser.

Die Entwicklung deutet aber ohnehin in Richtung

menschlicher Roboter, die unglaublich schnell alles lernen und wie Menschen aussehen und sprechen können. Bewundernswerte Forscher, die das zustande gebracht haben. Diese Art Roboter soll mitunter in der Pflege eingesetzt werden. Doch leider ist es meist so, dass die großen Entdeckungen und Erfindungen, von klugen Menschen in guter Absicht entwickelt, durch böse Menschen aber missbraucht und zweckentfremdet werden. Das wird garantiert auch hier passieren. Auf der anderen Seite lassen sich immer mehr Menschen diverse Chips einbauen, die „smarte" Funktionen erfüllen – ich habe einige Beispiele in meinem Bekanntenkreis. Alles, was uns ausmacht, droht zu verschwinden. Lassen wir es weiterhin zu, verschwinden wir ebenso – mit oder ohne Bargeld in der Tasche.

Ich sitze wieder am Flughafen. Diesmal in Los Angeles, Kalifornien. Ich freue mich, nach Hause zu kommen. Nicht, dass ich nicht gerne noch Zeit hier verbringen würde, es gibt noch so viel zu sehen, aber ich vermisse meine Kinder. In Boston hatten sie uns bereits zweimal in den Flieger gelassen, bevor der Flug plötzlich doch abgesagt wurde. In New York wartete ich dann die ganze Nacht auf meinen Anschlussflug – wartete und schrieb. Offenbar bin ich der letzte Methusalem, der noch immer gerne mit der Hand schreibt. Ansonsten tippen alle nur. Das ist zwar besser als nichts, jedoch kann sich das getippte Wort energetisch nicht im Entferntesten mit der Kraft des handgeschriebenen messen, behaupte ich felsenfest.

Ich beobachte einen Kofferschlepper. „Das ist ein Job", denke ich mir, „ständig schwere Koffer umzuladen." Der arme Mann schleppt und schleppt. Soweit ich sehen kann übernehmen diese Aufgabe hier nur Schwarze und Mexikaner. Ich male mir die vielen Stunden aus, die diese Männer damit verbringen müssen, all die schweren Koffer tagein, tagaus umzuladen. Ein Schauer läuft über meinen

Rücken. Ich hoffe, dass sie wenigstens anständig entlohnt werden. Ich friere, bin übermüdet. Mein linkes Ohr sticht ständig. „Kein Wunder", denke ich mir, „so wie ich erfroren bin in Kalifornien. Wer hätte das gedacht? Geschieht mir wohl recht." Ich habe mich nämlich gegen alle Zeichen entschieden, diese Reise durchzuziehen, komme was wolle. Und es ist dick gekommen.

Seit diesem Tag habe ich mir geschworen, künftig immer auf die Zeichen zu achten, die mich leiten wollen. Geplant war nämlich, dass ich gemeinsam mit einer Freundin fliege, welche im letzten Moment absagen musste, weil sie ihren Hund angefahren hatte. Das arme Tier biss sie im Schock, aus Schmerzen und im Wahn des Todeskampfs mehrere Male und durchtrennte ihr die Sehnen der linken Hand. Sie bekam einen Gips und musste unsere Reise absagen. Wir hätten in New York in der Wohnung ihres Bekannten unterkommen sollen. Da dies jetzt nicht mehr ging, wollte ich nicht alleine in New York bleiben und entschied mich, stattdessen zu meiner besten Freundin seit Kindheitstagen nach Los Angeles weiterzufliegen. Anschlussflüge waren aber nur schwer zu bekommen – so kurzfristig war alles ausgebucht gewesen. Doch mein sturer Kopf musste sich wieder einmal durchsetzen und letztlich schaffte ich es. Das hatte ich nun davon. Von sieben Urlaubstagen hatte ich fünf auf Flughäfen verbracht.

Es ist sieben Uhr Früh nach einer schlaflosen Nacht am New Yorker Flughafen. Mein Buch habe ich ausgelesen. Es ist Zeit, mich zu bewegen und etwas zu essen zu holen. Dann lasse ich mir die erste Maniküre meines Lebens machen – ich hatte mir einen meiner Nägel schmerzhaft eingerissen. Das Ergebnis ist zwar nichts Besonderes, dafür ist der Japaner, der sich um meine Hände kümmert, besonders nett. Mir steigen Tränen in die Augen, die ich nicht zurückhalten kann – wie immer, wenn mir jemand etwas Gutes tut. Der Mann ist von meiner emotionalen Reaktion sichtlich überfordert. „Bitte, bleiben Sie so lange in unserem Massagesessel sitzen, wie Sie möchten", versucht er, mich zu beruhigen. So nett. Ich danke ihm und verabschiede mich. Der Mann war so freundlich zu mir gewesen – nicht gut, wenn ich mich so elendig fühle. Ich würde am liebsten losheulen. Ich frage mich, wie ich morgen nur zurück in die Arbeit soll. Die paar Dollar in meiner Brieftasche reichen gerade noch aus, um später meine Koffer zu holen. Ich bin müde und möchte so schnell wie möglich nach Hause. Meine Kraft ist am Ende. Plötzlich wird mir übel. „Beruhige dich", sage ich mir. „Das ist nur die Müdigkeit." Fünf Tage in Flugzeugen und auf Flughäfen waren eindeutig zu viel gewesen. „Vielleicht bin ich jetzt von meiner Reiselust geheilt", denke ich. Eine Überdosis kann manchmal heilend sein.

Genau wie das eine Mal, als ich noch ein junges Mädchen war. Da gab es eine Kuchensorte bei unserem Dorfkonditor, die ich besonders liebte. Ich hatte allerdings nie genug Geld, um mir mehr als eine dieser Köstlichkeiten auf einmal zu kaufen. Da kam mir als Kind die Idee, zu sparen, bis ich mir ein ganzes Blech leisten konnte. Denn: Äße ich genug dieser Kuchen auf einmal, würde mir vielleicht schlecht davon und meine Lust endlich gestillt. Der große Tag kam: Ich hatte endlich das Ersparte beisammen und das Blech war mein. Ich aß zwei Drittel davon auf einen Sitz. Die Lust auf den Kuchen blieb aber doch – sie war nur eben gestillter, als sonst. Da verstand ich, dass ich nur sparen muss, wenn ich mehr will. Wollte ich aber fortan nicht, denn mir war aufgefallen, dass der Genuss sich mit vielen nicht gesteigert hatte. Im Gegenteil, seither war ich mit einem Stück Kuchen zufrieden. So verhält es sich auch mit den Männern in meinem Leben: einer zu seiner Zeit ist genug. Oscar Wilde formulierte es so: „Der einzige Weg, eine Versuchung loszuwerden, ist ihr nachzugeben. Widerstehe ihr, und deine Seele wird krank vor Sehnsucht nach den Dingen, die sie sich selber verboten hat."

Ich habe einige Lektionen auf dieser Reise gelernt: Man bekommt im Leben nichts *wirklich* geschenkt, gar nichts, nicht einmal den freundschaftlichen Gefallen von jemandem, den man von Klein auf kennt, oder auch nur ein nettes Wort. „Ja, gerne" würde er, mein Freund aus Kindheitstagen, etwas Zeit mit mir verbringen, während ich in jener New Yorker Nacht auf meinen Anschlussflug warten musste. Doch dann wollte er mehr – sehr viel mehr. Ich schaffte es doch wegzukommen – wenn man glücklicherweise Geld in der Tasche hat ist es stets einfacher, als ohne. Auch, wenn die schrecklich unfreundlichen TaxifahrerInnen mich hier nur abzockten. Trotzdem ging es mir gut: Ich hatte Zeit, über einiges nachzudenken und war dem Alltag entkommen. Das Neue, die veränderte Umgebung, all die frischen Eindrücke lenkten ab und brachten mich auf neue Blickwinkel – Reisen ist *immer* eine Bereicherung.

Aber egal, wohin es mich verschlägt, ich kehre wieder auf dieselbe Maxime zurück: Ich möchte von nichts und niemandem abhängig sein. Meine Selbstbestimmung ist für mich so wichtig wie das Atmen. Sich von jemandem oder etwas Bestimmtem, ganz besonders von äußeren Umständen, abhängig zu machen, ist sehr gefährlich und kann uns das Leben schlichtweg zur Hölle machen. Wir haben ohnehin alle unsere Probleme und Komplexe, doch auch immer die Freiheit zu entscheiden, welche Grundhaltung wir einnehmen: Wie begegne ich mir, jemandem, etwas? Welche Auflösungsmöglichkeit erlaubt mir meine emotionale Netzhaut? Meine ist offenbar sehr komplex. Doch lieber das, als blind durchs Leben zu gehen. Auch, wenn es mitunter schrecklich sein kann. Die Herausforderung ist nämlich, alles zu sehen und trotzdem ein Mensch zu bleiben.

Es ist an der Zeit, wieder auszumisten, Platz zu schaffen, damit etwas Neues in mein Leben kommen kann, überlegte ich. Es tut mir immer gut, wenn ich ein wenig vom Alltag wegkomme, ich verspüre dann neue Energie und Inspiration, auch dann, wenn die Reise so beschwerlich ist, wie dieses Mal. In Amsterdam habe ich, während ich wieder auf den nächsten Flug warten musste, im Wachsmuseum die vielen naturgetreu nachgebildeten Berühmtheiten betrachtet. Sie sind allesamt nicht annähernd so beeindruckend und hübsch, wie sie in den Medien wirken – das war eine ziemlich befreiende Feststellung. Wir vergleichen uns doch andauernd, bewusst oder unbewusst. Ich habe mich zwar inzwischen weitgehend davon befreit, aber in der Jugend fällt uns das nicht so leicht. Krishnamurti schrieb: „Habe keine Angst, dass du träge, selbstgefällig oder selbstzufrieden wirst, wenn du nicht mehr vergleichst. Sobald du die Unsinnigkeit des Vergleichens einmal erkannt hast, erlebst du eine große Freiheit. Dann wirst du dich nicht länger abmühen, etwas zu werden, sondern erlangst die Freiheit, wirklich zu verstehen."

Ich war danach noch zwei weitere Male in New York. Doch diese weltweit gefeierte Metropole, jene Stadt, in der angeblich Träume wahr werden, blieb für mich bisher nur mit schmerzhaften Erinnerungen verbunden. Darunter der tragische 9/11. Ich kann mich gut erinnern, wie ich mit den Kindern spielend am Wohnzimmerboden saß, während die Sendung, die gerade im Fernsehen lief, für eine Eilmeldung unterbrochen wurde: Ein Flugzeug war ins New Yorker World Trade Center geprallt. Ich traute meinen Augen nicht, doch danach kam gleich das zweite Flugzeug und ich verstand, dass es ein Attentat war. Unfassbar! Wer kann so etwas absichtlich tun? Was sind das für Exemplare der menschlichen Spezies?

Die zwei Riesengebäude stürzten daraufhin ein, als hätte ihnen jemand den Boden unter den Sockeln weggezogen.

Jedoch war mir sofort klar: Das ist auch nur Betrug! Wieso fielen diese Riesengebäude (beide!) wie Kartenhäuser in sich zusammen, nur weil ihnen einige „Karten" von oben abgeschossen wurden? Die Flieger waren ganz sicher nur eine Ablenkung für bestimmte politisch-strategische Schachzüge. Unmöglich? Wer kann überhaupt auf so eine abstruse, unmenschliche Idee kommen? Dann gingen mir all die perversen Horrorfilme, MassenmörderInnen, Kriegsverbrechen und ähnliches durch den Kopf. Und ich verstand plötzlich, wie so etwas möglich war: Die Guten können nicht glauben, dass so etwas als Betrug geplant ist, es entzieht sich ihrem Fassungsvermögen. Darum lassen sie sich so lange Zeit täuschen.

Welch Gräueltaten, zu denen die Menschen fähig sind! Ich war fassungslos und schüttelte minutenlang meinen Kopf, an all die unschuldigen Menschen denkend, die dort ihr Leben lassen mussten. Jemand von ihnen hätte womöglich heute das erste Date gehabt oder erwartete ein Baby. Meine Seele blutete. Wie fühlten sich die TäterInnen, als sie ihr Werk ansahen? Wie kann man mit so etwas umgehen? Ihre Wesen sind voller Fehler, doch sie wissen es nicht einmal. Erst dann, wenn es zu spät ist, nämlich, wenn sie an ihrem Totenbett liegen, werden sie es erkennen. Mensch, besinne dich! In solchen Momenten des Grauens zweifelt man an der Schöpfung. Ich weiß zwar nur wenig, aber dass ich im Angesicht solcher Taten friere, ist gewiss. Doch möglicherweise passiert ja noch etwas in diesem Leben, das mich mit New York versöhnen wird – wer weiß?

*   *
*

Ich bin mit meinen Kindern am Flughafen von Puerto Plata in der Dominikanischen Republik, wir warten bei unserem Gate aufs Boarding. Die Koffer sind bereits im

Flieger. Dann kommt eine uniformierte Angestellte des Flughafens auf mich zu und fragt nach unseren Tickets. Ich reiche sie ihr. Sie informiert mich darüber, dass sich der Abflug leider verzögert, da der Flieger von einem anderen Gate aus starten muss. „Folgen Sie mir, ich bringe Sie dorthin", fordert sie uns auf.

Schließlich nehmen wir auf den Sitzbänken des neuen Gates Platz. Die Dame verabschiedet sich. Es vergehen zwei Stunden, ohne, dass zum Boarding aufgerufen wird. Irgendetwas stimmt hier nicht. Bei der Information teilen sie mir mit, dass unser Flieger längst ohne uns, dafür mit unserem gesamten Gepäck gestartet ist. Die „Angestellte" hatte mich reingelegt. Erst jetzt sehe ich, dass die Boardingpässe der Tickets abgerissen sind. Die tatsächlichen Angestellten sind nicht einmal überrascht: „Das passiert hier leider öfter", erklären sie mir trocken. Nach einer gefühlten Ewigkeit organisieren sie uns endlich einen Flug nach New York – aber erst für morgen. Dann setzen sie mich mit meinen Kindern auf die Straße. „Wir müssen wenigstens die Nacht im Flughafengebäude verbringen, verstehen Sie das denn nicht?", frage ich aufgebracht. „Das ist verboten", sagt mir der Security trocken, und kehrt wieder um. Ich bleibe mit den Kindern draußen stehen, es wird dunkel.

Hätte ich dort nicht eine Freundin gehabt, die uns half, wäre ich mitten in der Nacht mit zwei Kindern auf der Straße gestanden. In der Karibik. Ich meine, nichts gegen die Karibik: Meine Freundin hatte dort ein Haus und ich durfte auf diesem Fleckchen Erde wunderbare Zeiten verbringen. Mitunter habe ich dort auch Wichtiges gelernt. Ein großer, drahtiger Maler beispielsweise entgegnete mir auf die Frage, warum in der Karibik alle immer zu spät seien: „Ihr Europäer habt die Uhr – *wir* haben die Zeit!" Doch eine blonde Frau fällt dort einfach auf. Einmal bin ich mit meiner Freundin aus einem Tanzlokal hinausgegangen, um nach Hause zu gehen. Am Ausgang traf sie zufällig noch jemanden und kam ein paar Minuten später nach, während ich bereits langsam vorausgegangen war. In der kurzen Zeit waren mir zwölf Männer gefolgt. Sie hatte sie gezählt, um mich damit aufzuziehen. Wir nahmen ein Taxi. Ich höre ihr helles Lachen heute noch, obwohl sie schon längst ihrer Krebserkrankung erlegen ist.

*　　*

*

Ich befinde mich in meinem wohlverdienten Urlaub in einem Ort auf Teneriffa. Es hat milde 25 Grad, die Vögel zwitschern, ich spüre die Meeresbrise. Ich klettere begeistert über Los Gigantes, die mächtigen schwarzen Felsen am Strand – riesig und wild. Ganz anders als die mir vertrauten weißen Felsen in Kroatien, auf denen ich als junges Mädchen herumgeklettert bin. Ich fühle mich trotzdem in diese Zeit zurückversetzt. Komisch nur, denke ich, dass meine Felsen inzwischen nicht mehr weiß und heimelig, sondern schwarz und riesig sind. Ich weiß nicht, was sich hinter dem nächsten Fels befindet. Tapfer und neugierig klettere ich aber weiter. Ich muss. Ich habe noch einige Dinge zu erledigen, vieles zu entdecken und zu begreifen. Der schwarze Sand glitzert unter meinen Füßen wie Millionen kleiner Sterne.

Manche der Felsen sind sehr steil, nass oder rutschig. Als mediterranes Kind bin ich es aber seit jeher gewohnt, bloßfüßig über Felsen zu klettern. Ich habe alles im Griff. Einige TouristInnen beobachten mich erstaunt. In deren verdutzten Gesichtern sehe ich die Angst, ich könnte ins Wasser stürzen. Andere denken sich wohl nur: „Was für eine Idiotin." Aber es ist mir vollkommen egal. Ich bin hier mit der Natur, nicht mit den Menschen.

Für mich war dieser Ort wie eine völlig andere Dimension. Alles so riesig, schwarz und wild. Beeindruckender waren bisher nur die Felsschluchten in China gewesen. In einem rostigen Bus, der seine besten Jahre schon lange hinter sich hatte, auf unbefestigten Straßen an einer 3.000 Meter tiefen Schlucht in halsbrecherischem Tempo entlang zu fahren – das war ein Erlebnis! Seither kommt mir jede andere Schlucht winzig vor.

In meiner Zeit auf Teneriffa wurde mir klar, warum die SpanierInnen ein so leidenschaftliches Volk sind: Es stehen dort so viele Gegensätze unmittelbar nebeneinander. Schwarz und Weiß, Schönheit und Grausamkeit, Tränen und Lachen, Zärtlichkeit und Härte. Aus einem gigantischen Felsungetüm wächst plötzlich die zarteste Blume, die man je gesehen hat. Eine Felsenblume. Eine ältere Souvenirverkäuferin bestätigte mir meine Theorie, indem sie sagte, dass bei dieser verrückten Gegensätzlichkeit tatsächlich niemand „normal" bleiben könne.

Eine ähnlich wichtige Erkenntnis gewann ich in der arabischen Wüste in Qatar, nämlich warum die Menschen dort lange Gewänder tragen und ihre Gesichter verhüllen: Es liegt am Wüstensand. Wird er vom Wind aufgewirbelt, sticht er so scharf wie tausend Nadeln auf jedem Zentimeter nackter Haut. Später machten einige der Menschen diese aus Not entstandene Kleidertradition zur Vorschrift und missbrauchten sie für religiöse oder anderwärtige Bedürfnisse und/oder Vorteile.

Es vergehen mehrere Stunden – immer will ich noch wissen, was hinter dem nächsten Felsen steckt. Plötzlich muss ich über meine Neugierde lachen, an diese meine fünf Patientinnen denkend. Dann entdecke ich das Herz eines der Ungetüme: ein richtig herzförmiges Loch, direkt in der Mitte. Und ich weiß: Danach habe ich gesucht. Schlagartig sind all die Felsen gar nicht mehr so bedrohlich, sie hatten mich schließlich zu ihrem Herzen geführt. Ich bin angekommen.

Ich gehe schwimmen. Die Wellen wirbeln den dunklen Sand auf und das Wasser sieht aus, als wäre es voller Schlamm. In Kroatien finde ich das Schwimmen viel schöner. Doch ich bin so dankbar, das alles hier sehen zu dürfen. Und atme. Und atme. Atme die Herrlichkeit unter den riesigen Felsen ein.

Als ich am Abend wieder in meinem Appartement ankomme, stolpere ich plötzlich über eine kleine Stufe an der Eingangstür und verstauche mir ordentlich den Fuß. Gerade den rechten, dessen Sehnen ich mir schon einmal gerissen hatte.

Ich lag also in meinem Urlaub da und konnte mich nicht bewegen. So schnell kann es gehen. Blöderweise passieren mir solche Dinge tendenziell immer im Urlaub. Andererseits konnte ich so zumindest ohne schlechtem Gewissen liegen bleiben, zur Abwechslung einmal, ohne hundert Termine verschieben zu müssen. Dennoch kam ich nicht umhin, mich zu fragen: Warum immer im Urlaub? In all meinen Jahren im Spital habe ich mich keinen einzigen Tag krankgemeldet, weil ich, wenn überhaupt, eben immer nur im Urlaub krank wurde. Mein alter, nun pensionierter Chefarzt, den ich sehr zu schätzen gelernt habe, würde mich jetzt fragen: „Welchen Schritt erlauben Sie sich *nicht* zu tun?"

Meinen verstauchten Knöchel rieb ich mit Honig und Zimt ein. Dann gab ich Ruhe. Kein Klettern mehr, kein Autofahren. Abgesehen davon, dass mein Fuß wehtat, war ich noch trauriger darüber, nicht mehr spazieren gehen zu können. Dabei hätte ich so gerne noch mehr von den spanischen Gegensätzen entdeckt. Die Bücher, die ich mitgenommen hatte, hatte ich schon ausgelesen. Dann war mir klar: Ich muss alles aufschreiben. Und so fing ich an.

Ich bin mit Freunden auf einem Segelboot in Kroatien. Gerade steuern wir das nächstgelegene Ufer an, um etwas trinken zu gehen. Als wir uns dem steinernen Steg nähern, klettere ich vom Boot hinunter, um es festzubinden. Dann passiert mir ein fürchterlicher AnfängerInnenfehler. Ich versuche, das Boot mit meinen Füßen davon abzuhalten, gegen den Pier zu klesen. Ausgerechnet ich, das Kind des Meeres, das so oft auf Booten gewesen war. Im selben Moment kann ich nicht glauben, was ich da gerade tue. Genau in der einen Sekunde meiner Unachtsamkeit erfasst eine Welle das Boot. Ich höre nur noch ein merkwürdiges Geräusch: Meine Sehnen reißen. Es tut so furchtbar weh, dass ich nicht mehr auftreten kann. Meine Freunde bringen mich ins Spital und ich bekomme einen Gips.

Ist das wirklich Zufall? Oder werden unsere „Schicksale" doch von irgendwoher gelenkt? Immer, wenn ich zu viel will, passieren mir solche Absurditäten. Mein alter Onkel sagte nach diesem Sehnenriss damals zu mir: „Als der liebe Gott gesehen hat, was du so alles vorhast, hat er dich verlangsamt, damit du mehr Zeit zum Nachdenken hast." Zu dieser Zeit hatte ich nämlich darüber nachgedacht, den Job im Krankenhaus aufzugeben und woanders mein Glück zu probieren. Doch diese Verletzung schien mich wirklich zurückhalten zu wollen. Dennoch ging ich mit Gips und Krücken arbeiten. Es waren schlimme Monate. Sobald ich aus meinem Sehnenriss-Urlaub zurückgekommen war, erfuhr ich, dass sich einer meiner engsten Arbeitskollegen, ein guter Freund, mit nur 42 Jahren erhängt hatte. In seiner Freizeit malte er leidenschaftlich gerne. Seine Bilder hängen bis heute in meinem Heim.

Gleichzeitig gab die Verletzung mir auch die Zeit, um über vieles nachzudenken. Auf Teneriffa nahm ich viele Bäder mit Aloe Vera. Immer, wenn warmes Wasser auf mich prasselt, fühle ich mich extrem wohl. Ich liebe das Wasser und es liebt mich. So ist es immer gewesen. Es ist ein Teil von mir, und wir teilen viele Eigenschaften.

Das vertraute es mir in einer Meditation an. „Ich bin die Mutter", sagte es, „ich beschütze und bei mir fühlt man sich geborgen. Ich bin stetig und stark, aber auch biegsam und kann schnell weichen, verdampfen oder zu Eis erstarren. Ich reinige und tränke, bin tief und geheimnisvoll, gleichzeitig aber klar und durchsichtig. Ich bin überall. Ist man gut zu mir, so bin ich in Bewegung, rein und schön. Behandelt man mich aber schlecht, so erstarre ich und verderbe." Daraufhin überlegte ich, mehr der zerstörerischen Eigenschaften des Wassers in mir zuzulassen. Einen Tsunami heraufzubeschwören, der alles reinigt und nur überlässt, was gut für mich ist. Über die Jahre hat sich unweigerlich viel Unrat angesammelt. Bei einer Gelegenheit extremer Gelenksschmerzen sagte mein Chefarzt, dass sich zu viele schlechte Informationen in meinen Knochen aufgestaut hätten. Das war nachvollziehbar, denn ich war jeden Tag im Krankenhaus und arbeitete fast nur mit todkranken Menschen zusammen. Ich habe ein so großes Bild vom Ganzen, so viele Puzzlestücke sind nach und nach dazugekommen. Obwohl ich in letzte Zeit nur mehr nachdenke. Und rauche. Warum? Vielleicht, weil auch mein Vater es tat. Er roch immer nach Rauch und ich verlor ihn so früh. Möglicherweise habe ich so irgendwo unterbewusst das Gefühl, dass er doch noch in gewisser Weise bei mir ist. Ich weiß es nicht wirklich, gewiss aber ist, dass ich im Moment noch nicht anders kann.

*   *
*

Cancún ist ein wunderschönes Fleckchen Erde. Ich erhole mich prächtig, aber es ist mir noch nicht genug. Ich würde wohl ein Jahr Urlaub brauchen, um mich wieder rundum wohl in meinem Körper zu fühlen – so lange, wie ich mich vernachlässigt habe. Der Tag hatte wundervoll begonnen, mit mildem Sonnenschein, einer leichten Brise, all der frischen Luft und ganz ohne Hast. Frühmorgens gehe ich barfuß im Sand spazieren, einige kleine Vögel folgen mir. Dann kreuzt sich mein Weg mit dem eines älteren Pärchens. Sie fragen mich, ob das meine Vögel seien und lachen dabei herzlich. „Ja, das sind sie wohl", lache ich zurück.

Später gehe ich zu den Maya-Stätten. Ich finde sie beeindruckend, genial und grausam zugleich. Das alte Maya-Volk hat einige wertvolle Erfindungen hervorgebracht – das binäre System beispielsweise, auf dem der Computer fußt. Und wer kennt ihren berühmten Kalender nicht? Andererseits wurden bei ihren Sportarten die Verlierer gelyncht. Grausam. Voller gegensätzlicher Eindrücke gehe ich zu einem nahegelegenen kleinen Strand, richte mir auf einem Felsen ein Plätzchen ein und gehe schwimmen.

Als ich aus dem Wasser herauskomme, sitzt plötzlich eine Riesenechse auf meinem Handtuch – was für ein Schock! Bestimmt hat sie die aufgeschnittene Wassermelone, die ich in einem Plastiksack neben meiner Tasche gelagert hatte, angelockt. Ich muss jedoch zu meinem Platz und den „Eindringling" vertreiben. Schließlich liegen all meine Sachen dort: Reisepass, Geld, Busticket, Kleidung. Ich im Badeanzug, nass von Kopf bis Fuß. Die anderen Badegäste in der Nähe, allesamt einheimische Jugendliche, genießen das Schauspiel sichtlich und lachen sich krumm. Ich lächle schwach und versuche so zu tun, als würde die Situation auch mich prächtig amüsieren. Dann klaube ich all meinen Mut zusammen und nähere mich der Echse. Ich knie mich vor ihr hin und strecke langsam die Hand in ihre Richtung aus, so, als würde ich sie bewundern und streicheln wollen. Ich fokussiere sie mit einem freundlichen, milden Blick und weiß selbst nicht, wie ich so viel Ruhe bewahren kann. Als ich nur noch wenige Millimeter von ihrem Kopf entfernt bin, läuft sie plötzlich blitzschnell davon und gibt mein

Handtuch frei. Die Jugendlichen rundherum jubeln und pfeifen bewundernd. Ich lächle nur und danke meinen Schutzengeln.

Als Kinder haben wir auch oft über „dumme TouristInnen" gelacht, die Sonne und Meer in unseren Breiten unterschätzten und bereits in der Früh Alkohol tranken. Oder über jene, die splitterfasernackt in einem FKK-Hotel Tennis in der Mittagshitze spielten – ein Bild zum Totlachen! Allerdings findet man überall auch schöne Menschen. „Der Nazismus wird mit Lesen geheilt, der Rassismus mit Reisen" – eine Weisheit von Miguel de Unamuno.

Man findet aber auch fast überall krasse Gegensätze. Reichtum und bittere Armut direkt nebeneinander. Wie ist das möglich? Wie ist das zu rechtfertigen? Worum geht es hier eigentlich? Diese Fragen stellte ich mir auf nahezu jeder meiner Reisen andauernd. Ich reiste weiter und weiter, las mehr und mehr. Und wenngleich ich jedes Mal bereichert nach Hause zurückkehrte, verstand ich dennoch stetig besser, dass mir für vieles das Verständnis noch immer fehlt.

Die beste Medizin für jedes Leiden ist die Veränderung. Sogar Topfpflanzen brauchen von Zeit zu Zeit neue Erde. Manchmal muss man sich nur weit genug weg von Zuhause begeben, um dieses wieder richtig schätzen zu können. Gäbe es aber eine Möglichkeit, das Urlaubsgefühl zu konservieren, einzupacken und mitzunehmen, wäre das großartig! Bedauerlicherweise holt uns der alte Trott nur allzu schnell wieder ein, sind wir aus den Ferien zurückgekehrt. Ein „Dauerurlaub" oder „Ausstieg" ist (leider) nur jenen Menschen vorbehalten, die keine Kinder oder andere Lieben haben, die unter dem Abschied leiden würden. Abgesehen davon, dass das Weglaufen meist sowieso nicht das bringt, was man sich davon erträumt – denn sich selbst muss man bekanntlich überall hin mitnehmen – ist es in den meisten Fällen egoistisch und man kann damit nicht restlos zufrieden werden.

Wenn ich aber eine Lektion gelernt habe, dann die folgende: Beim Reisen ist weniger nicht mehr, sondern tatsächlich weniger. Deutlich weniger. Das kann man interpretieren, wie man will – es stimmt auf jede erdenkliche Art.

IV. KAPITEL

Über Liebe und Sinnlichkeit

Anm.: Diesen Abschnitt widme ich all jenen, die unglücklich verliebt sind und die, genau wie ich, für die Liebe den Kopf verlieren und innerlich sterben, wenn sie im Gegenzug die gleiche Liebe nicht zurückbekommen. Mögen diese Zeilen ihnen helfen, aus dieser Energiefalle zu entkommen, um ihr Leben wieder genießen zu können.

Meine Ehe war eine Tortur gewesen. Ich hatte mich Hals über Kopf verliebt, sehr schnell und früh geheiratet. Jemanden, dessen Spielsucht mir das Leben zur Hölle machte – meinem Geldbeutel übrigens auch. Acht Jahre, eine gefühlte Ewigkeit, habe ich gekämpft, doch dann musste ich mich entscheiden: Kinder oder er. Wir konnten uns nicht einmal mehr ein anständiges Essen leisten, so weit hatte uns seine Spielsucht gebracht. Meine Tochter war ein Jahr alt und mein Sohn fünf, als ich mich endlich scheiden ließ. Er wollte keine Scheidung, ich wollte keinen Krieg und kein unnötiges Geld für AnwältInnen ausgeben – wir hatten ohnehin bereits nur noch Schulden. Ich war „Ausländerin", er rhetorisch eine Wucht. Die Entscheidung war klar: Ich übernahm alle seine Schulden, knapp eine halbe Million damals, und er überließ mir dafür das alleinige Sorgerecht. Er meinte, ich würde es alleine nie schaffen, ich hätte doch niemanden hier, ich würde zu ihm zurückgekrochen kommen und ihn darum betteln, mich wieder zurück zu nehmen. Ich zog es durch.
Etwa zwei Jahre nach meiner Scheidung lernte ich einen unglaublich tollen Mann kennen, einen Australier. Wir waren uns am Flughafen begegnet, und aus unserer Bekanntschaft entwickelte sich eine wunderschöne Liaison, die sich über längere Zeit erstreckte. Er war für

mich der erste Mann seit der Scheidung gewesen. Zwar trafen wir uns nicht oft, dafür aber überall. Beruflich war er viel unterwegs und ich besuchte ihn, wann und wo ich konnte: in Paris, London, Wien... Da ich mich am Ende aber nicht für einen Umzug nach Australien entscheiden konnte, endete unsere Romanze. Das ist nun über zwanzig Jahre her. Dennoch sind wir nach wie vor befreundet und haben regelmäßig Kontakt – obwohl uns Kontinente trennen. Inzwischen ist er verheiratet und hat zwei wunderbare Kinder.

Ich war nicht nach Australien gegangen, damit mein Ex-Mann seine Kinder weiterhin sehen konnte. Es wäre trotz allem, was vorgefallen war, nicht fair gewesen, so weit mit ihnen wegzuziehen. Etwa drei Jahre nach unserer Scheidung zog er mit seiner Neuen, einer siebzehnjährigen Schönheit – ach was, da war sie bereits zwanzig – nach Amsterdam und besuchte die Kinder nur mehr an Weihnachten. Tja, blöd gelaufen.

Dann, ungefähr zehn Jahre nach meiner Scheidung belegte ich einen Tanzkurs. Ganz dem Klischee folgend verliebte ich mich dabei in den Tanzlehrer – ein Klassiker. Er war ein Meisterverführer und genoss es, von Frauen angehimmelt zu werden. Dabei war er nicht einmal besonders gutaussehend. Doch er hatte ein Charisma, dem sich fast keine Frau entziehen konnte und bewegte sich so geschmeidig wie ein Panther. Er war eine aufregende „Blutmischung" aus vier Ethnien: Latino, Afrikaner, Asiate und Europäer. Auch ich verfiel ihm. Ich nannte ihn „meinen Indianer".

Als Kind liebte ich die Geschichten indigener Naturvölker.

Er behauptete, mich zu lieben, jedoch unmöglich dazu fähig zu sein, eine Beziehung zu führen. Trotzdem konnte ich ihm nicht widerstehen und hoffte, dass er seine Meinung ändern würde. Welch Torheit – *heute* weiß ich das. Ebenso wie ich weiß, dass er mir, würde ich ihm heute begegnen, nicht einmal mehr gefallen würde. Das liegt an der Reife und am dadurch veränderten persönlichen „Geschmack". Heute würde mir ein solcher Kauz nur noch ein müdes Lächeln entlocken. Möglicherweise nicht einmal mehr das. Damals dachte ich:

*   *

*

Es ist der 28.12. – heute ist unser Jahrestag. Ich bin gespannt, ob er sich meldet. So viele Menschen melden sich bei mir, aber es ist mir nicht wichtig. Es ist mir sogar komplett egal, solange es nicht er ist. Schon seit Tagen quäle ich mich wegen etwas, was ich bestenfalls als Hirngespinste seinerseits bezeichnen würde. Ich bin so böse auf ihn.

Am einfachsten ist es, in der eigenen Komfortzone zu bleiben und erst gar nicht darüber nachzudenken, was ein Wort oder eine Tat anrichten kann. Ist Energie jedoch einmal freigesetzt, verschwindet sie nicht mehr. Meistens kommt sie zurück zu ihrer Quelle, wie das Wasser – auch, wenn sie dabei oft ihren molekularen Zustand wechseln muss. Und ohne Quelle gibt es kein (Über-)Leben. Damals wusste ich natürlich noch nicht, dass ich dreizehn Jahre später an genau diesem Tag sterben sollte. Das finde ich, rückblickend betrachtet, sehr kurios.

In dieser schlimmen Zeit fragte ich mich oft, wie man jemanden, der so viele schlechte Eigenschaften hat, dermaßen lieben kann. Immer wieder sagte ich mir, einen Weg finden zu müssen, ihn zu vergessen. Ich vermisste ihn schrecklich, rief aber nicht an und ging nicht zu ihm. Seine krankhafte, gespielte Eifersucht stieß mich ab. Dieser Wesenszug entspringt aber nur dem Besitzdenken und der eigenen Unsicherheit. Die *echte* Eifersucht hingegen ist das zerstörerischste Gefühl, zu dem ein Mensch fähig ist. Nicht die Wut. Wut ist akut und verbrennt an ihrem eigenen Feuer. Genauso wie die heiße Verliebtheit. Doch die echte Eifersucht ist ein abwechselnd chronisches und akutes Gefühl. Es nagt die ganze Zeit an uns und kommt immer wieder zum Ausbruch. Ausbrüche mindern die Eifersucht aber nicht: Sie wechselt nur ihre Form, zur chronischen eben. Dann stellen sich die Betroffenen unentwegt die Frage: „Bei wem ist er/sie gerade?", bis ihnen übel wird. So fühlt sich in meiner Vorstellung das berühmte Fegefeuer an. Er hat mich nie so geliebt, wie ich ihn. Mit weniger konnte und wollte ich mich aber nicht zufriedengeben. Der resultierende Schmerz war überwältigend. Er überstrahlte einfach alles.

Die Bekanntschaft mit krankhafter Eifersucht machte ich schon bei meinem allerersten Freund: Er war ein Seemann gewesen und von seiner Kontrollsucht besessen. Als junges Mädchen von nur siebzehn Jahren war ich deshalb andauernd am Weinen und musste mich verteidigen – und dabei wusste ich nicht einmal wofür. Getan hatte ich schließlich nichts, was diese wecken könnte. Doch er ging an die Decke, sobald mich ein anderer Mann auch nur ansah. Dabei registrierte ich selbst gar nicht, dass mich jemand ansah, denn ich hatte Augen nur für ihn gehabt. Drei Jahre ließ ich mich auf diese Art quälen, bis das Fass endgültig überlief. Ich verließ ihn, obwohl ich ihn eigentlich noch liebte. Doch er hatte mir/uns das Leben zu lange zur Hölle gemacht. Danach war mir klar: Es kommt nicht infrage, dass mir das in Zukunft wieder jemand antut. Viel mehr noch, weil ich ein absolut monogames Wesen bin. Ich habe noch nie einen Freund betrogen, denn solange ich mit einem Menschen zusammen war, habe ich nur diesen geliebt und alle anderen waren schlicht uninteressant für mich. Das Kuchenblech aus meiner Kindheit hatte es mich gelehrt.

*   *

*

Ein befreundetes Pärchen hat mich zu meinem ersten Ball eingeladen. Ich wollte schon immer auf einen Ball gehen – bisher hatte sich das nie ergeben. Ein Jammer, dass ich in Gedanken trotzdem nur bei ihm sein kann. Es sind bereits drei Wochen ohne jeglichen Kontakt vergangen, nachdem er seine blödsinnigen, gespielten Eifersuchtsszenen hingelegt hatte. Plötzlich erstarre ich. Er steht in einem der Säle am DJ-Pult und legt Musik auf. Es zieht mir den Boden unter den Füßen weg. Beinahe breche ich zusammen. Bisher dachte ich, das wäre nur eine Metapher, ein Sprichwort, aber nein – das ist echt. Ich muss mich hinsetzen. Am liebsten würde ich hinlaufen und einfach nur seine Arme um mich spüren. Warum muss ich jemanden lieben, der es auf keinste Weise verdient? Es ist meine erste Ballnacht und ich fühle mich so elendig. Kurze Zeit später verschwinde ich nach Hause. Ich bin von dem Wunsch auf Bälle zu gehen befreit.

Wenn ich an diese Szene zurückdenke, weiß ich, dass mich mein Stolz, also mein sturer Kopf, gerettet hat. Ich wäre damals eher gestorben, als den ersten Schritt zu machen. Ich war fest davon überzeugt, dass es (wieder einmal) vorbei war. Doch in Folge sollte ich alles wieder vergessen, sobald ich in seinen Armen lag. Er schaffte es immer wieder, dass ich nachgab und all die Qualen von vorne losgingen. Jeden Tag fragte ich mich, wie lange das noch so weitergehen soll. Ich suchte wieder Mal Trost in Büchern, in Philosophie und Poesie. Einiges davon hatte ich zuvor nicht völlig verstanden. Nun verstand ich die Gedichte bis in den tiefsten Winkel. Bevor ich selbst eine solche Gefühlsintensität kennengelernt hatte, waren viele von ihnen bloß schöne Verse für mich gewesen. Um solche aber zu dichten, muss man das Geschriebene tief und wahrhaftig selbst gefühlt haben. Wie bei Erich Fried:

Meine Wahl (Erich Fried)

> Gesetzt ich verliere dich
> Und habe dann zu entscheiden
> Ob ich dich noch ein Mal sehe
> Und ich weiß:
> Das nächste Mal
> Bringst du mir zehnmal mehr Unglück
> Und zehnmal weniger Glück
> Was würde ich wählen?
> Ich wäre sinnlos vor Glück
> Dich wiederzusehen

Oder sein berühmtestes Gedicht, das mir so oft durch und durch ging:

Was es ist (Erich Fried)

> Es ist Unsinn – sagt die Vernunft
> Es ist was es ist – sagt die Liebe
> Es ist Unglück – sagt die Berechnung
> Es ist nichts als Schmerz – sagt die Angst
> Es ist aussichtslos – sagt die Einsicht
> Es ist was es ist – sagt die Liebe
> Es ist lächerlich – sagt der Stolz
> Es ist leichtsinnig – sagt die Vorsicht
> Es ist unmöglich – sagt die Erfahrung
> Es ist was es ist – sagt die Liebe

Nach zwei Jahren On/Off-Verhältnis, einem Labyrinth der Gefühle, hatte sich mein Schmerz verändert. Er war nicht mehr so heiß, zerstörerisch und fiebrig, wie im ersten Jahr. Stattdessen wurde er leiser, ruhiger, tiefer. Bis zu einem gewissen Grad war es daher auch leichter, mit ihm umzugehen, weil ich ihn nun besser verstecken konnte. Obwohl ich so litt, war ich noch nicht fähig, eine endgültige Entscheidung zu treffen. Und das, obwohl ich mir immer wieder sagte, dass es letztlich keine „richtige" oder „falsche" Wahl gäbe. Ebenso, wie die Frage „Was wäre, wenn...?" völlig sinnlos ist. Niemand hat eine Antwort darauf.

Der sicherste Weg, um herauszufinden, wo unser Widerstand sitzt, ist, ihn herauszufordern, indem wir uns auf etwas zu bewegen, das uns Angst macht. Einen Schritt nach dem anderen, und die Entscheidungen fällen sich von selbst. Davor tagelang zu grübeln bringt nichts. Im Gegensatz zu meinem Berufsleben tat ich mir privat allerdings immer schwer, Entscheidungen zu treffen. Meine beste Freundin sagte einmal: „Na, Waage eben. Es muss vorher immer alles durchdacht und gegeneinander abgewogen werden."

Oft führte ich sogenannte „Pro/Contra"-Listen, wenn eine Entscheidung bevorstand. Deuteten die Punkte auf meiner Liste beispielsweise eindeutig auf „Pro", hatte ich in dem Moment, wo ich meine Entscheidung kommunizieren musste, doch „Contra" gewählt. Oder umgekehrt. Während des Kommunikationsvorgangs ereignen sich nämlich oft wichtige Dinge, die uns den Weg weisen. Es kommt alles, wie es kommen soll – und das ist gut so. Was man nicht tun darf, ist Gefühle zu überhören, wegzukehren oder gar zu töten. Unsere Intuition, die offenbar im Bauch sitzt, leitet uns stets richtig. Hört und spürt man in sich hinein, dann weiß man es. Aus diesem Grund führe ich persönlich keine Listen mehr. Wenngleich ich sie weiterhin als ein gutes Hilfswerkzeug erachte.

Ich habe auch aufgehört, mich unnötig zu ärgern. Inzwischen habe ich mir dazu folgende Technik angewöhnt: Sobald ich merke, dass eine Situation anfängt, mich zu ärgern, steige ich binnen Sekunden meditativ aus meinem Körper, sehe mir die Situation von oben an und frage mich: „Wird mich das auch in fünf Jahren noch ärgern?" In 99 Prozent der Fälle ist die Antwort Nein.

„Es ist unmöglich, jemandem ein Ärgernis zu geben, wenn er's nicht nehmen will", wusste Friedrich von Schlegel. Wozu also Energie einbüßen? Sich über etwas zu ärgern, ist nur Rache an sich selbst. Denn: „Wer seinen Zorn runterschluckt, hat ihn noch lange nicht verdaut", hielt Sebastian Kneipp fest. Mit meiner meditativen Technik komme ich erst gar nicht in die Situation, etwas runterschlucken zu müssen. Und wie Jeremias Gotthelf schrieb: „Wenn Ärger im Menschen ist, so macht er selten das Klügste, sondern gewöhnlich das Dümmste." Das habe ich oft mit angesehen und auch selbst erfahren müssen. Immer wieder habe ich diese Mechanismen in diversen Sitzungen beobachtet, wenn hitzig um ein Thema diskutiert wurde. Wer lacht und gelassen bleibt, anstatt zu toben, ist immer am stärksten. Wirklich begriffen habe ich das, als ich meine Ehe beendete. All das jahrelange Kämpfen unterschiedlichster Art hatte nichts gebracht, dafür ein einziges, ruhiges, aber entschiedenes Wort schon: „Nein."

*　　*

*

Was ist es nur, das mich nicht zur Ruhe kommen lässt? Ich will ihn doch eh nicht so, wie er wirklich ist. Ich will in Wahrheit nur die Fantasie von ihm, die ich mir zurechtgelegt habe. Aber das ist unmöglich. Also meditiere ich.

Mein Hirn nimmt mein Herz bei der Hand und sagt ihm ruhig, aber nachdrücklich: „Komm mit, wir müssen ernsthaft miteinander reden." Das Herz aber sieht das Hirn nur mit großen, unschuldigen und gleichzeitig reuigen Augen an – so als ob es wüsste, dass es Unsinn angestellt hat. Bei diesem rührenden Anblick kann das Hirn nicht einmal böse auf das Herz sein. Stattdessen schüttelt es nur den Kopf.

Mein Verstand konnte leider noch so viele Argumente vorbringen, das Herz ließ immer noch nicht mit sich reden. Seit ich *ihn* kannte, hatte es sich taub gestellt und nur für ihn geschlagen. Es hatte sich entschieden, zu ihm zu wechseln und war den restlichen Organen im Körper kein guter Freund mehr. Oft spürte ich in dieser Zeit ein Stechen in der Brust, das bis in meinen linken Arm strahlte, sodass dieser ganz schwach wurde. „So ein Verräterherz", dachte ich. „Er will dich doch gar nicht, versteh das bitte endlich! Ich dagegen würde dich gerne zurücknehmen, dich hegen und pflegen, bis es uns beiden wieder besser geht. Bei mir würdest du es so gut haben. Tausendmal besser, als bei ihm. Aber offensichtlich hast du inzwischen Ohropax entdeckt. Was für ein Pech. Nun muss ich ewig warten, bis sie sich verbraucht haben oder du sie wieder entfernst. Echt unfair von dir."

Immer und immer wieder fragte ich mich, warum ich trotz allem nicht loslassen konnte. Jetzt glaube ich, es endlich zu wissen: Es war die (Sehn-)Sucht nach seiner Nähe, seinem Geruch, seinem Körper und der Energie, die er ausstrahlte. Die Sucht ist in meiner Gedankenwelt ein Wurm mit identischen Köpfen an beiden Enden: Jeder von ihnen zieht mit der gleichen Intensität in seine Richtung und jegliches Vorankommen scheitert – der Wurm windet sich nur am selben Fleck hin und her und die Sucht bleibt (be-)stehen. Sie ist eine Krankheit, die zwar schwer, aber doch heilbar ist. Dafür muss man den Wurm in einem ruhigen Moment in sich erwischen und seinen Körper der Länge nach „durchtrennen". Schneidet man ihn lediglich einmal in der Mitte durch, wächst er leider wieder. Solch halbherzige Versuche diesen Wurm loszuwerden bewirken nur, dass die Sucht immer stärker wird. Darum wird man sie auch so schwer los. Das habe ich im beruflichen Umgang mit Süchtigen jeglicher Art ausführlich studiert. Der erste, schwierigste, aber unvermeidliche Schritt ist es, sich die eigene Sucht einzugestehen. *Meine* hatte ich mir irgendwann schließlich eingestanden. Und daraufhin folgte der Entzug. In aller Freundlichkeit.

An der Sucht nach einem anderen Menschen, besser bekannt als Obsession, erkranken wir, wenn uns dieser Mensch effektiv manipuliert. Durch sein manipulatives Verhalten erlangt er Macht über uns. Dabei wendet er die „Technik der kleinen Bissen", wie ich sie nenne, an. Es werden uns immer wieder kleine Bissen zugeworfen, die gerade groß genug sind, um uns am Leben zu erhalten. Satt wird man aber nie. Das schreckliche Resultat ist ein ständiger Entzug. Obsession hat allerdings nichts mit wahrer Liebe zu tun. Sie ist nur ein Symptom der tief verwurzelten Unvollkommenheit unseres Seins. Eine vermeintliche Lösung, um Vollkommenheit zu erreichen. Daraus folgt, dass selbstsichere Menschen nicht von Obsession gefährdet sind.

Ich hatte nie geglaubt, dass es derart verdorbene Menschen geben konnte wie *ihn*. Menschen, die kein Gewissen haben, oder es nicht kennen wollen, bis der Tod näher rückt. Dann werden sie plötzlich Religiöse und haben nur Geistliche als Freunde. Auch er wurde später Zeuge Jehovas. Nur nützen wird es ihm nichts – gar nichts. Und ausgerechnet in so jemanden verliebte ich mich? „Was für eine Zeitverschwendung", dachte ich damals oft. Die Reue löscht möglicherweise die Fehler der Vergangenheit aus, sie ist aber keine Garantie für eine unbeschwerte Zukunft. Ohne Gewissen gibt es keinerlei wahres Wissen oder Verständnis.

*   *

*

Ich träume, dass ich auf der Krankenstation eines Gefängnisses arbeiten muss. Wenn ich dienstfrei habe, werde ich an einen elektrischen Stuhl gefesselt und permanent mit Elektroschocks gequält. Ab und zu darf ich mir die Füße vertreten und bekomme eine Tomate zu essen. Dann geht es wieder zurück auf den Stuhl.

Ich winsle und schaue meine Peiniger mit leidenden, flehenden Augen an, doch es ist ihnen gleich. Also setze mich freiwillig auf den Stuhl, sie brauchen keine Gewalt anzuwenden. Dennoch weiß ich, dass ich unschuldig bin, und warte auf Erlösung.

Als ich am nächsten Tag aufwachte, schlug ich im Traumdeuter alle Einzelheiten nach, an die ich mich erinnern konnte. Meine Träume haben mir oft den richtigen Weg gezeigt oder mich vor etwas gewarnt. Ich habe vor langer Zeit gelernt, sie ernst zu nehmen. Also las ich nach: Tomate bedeutet Liebe. Plötzlich musste ich lauthals lachen. Die Tränen quollen in mir hoch. Da wusste ich, was Knut Hamsun meinte, als er schrieb: „Ich lachte, lachte und schlug mir aufs Knie, lachte wie ein Rasender. Und nicht ein Laut kam mir aus der Kehle, mein Lachen war stumm und hektisch, hatte die Inbrunst des Weinens ...“

Ich bin auf dem Weg in den Urlaub, von Urlaubs-feeling aber fehlt jede Spur. Ohne ihn ist für mich alles glanzlos. Könnte ich zumindest eine Erklärung für all das finden, wäre mir deutlich leichter. Ich werde trotzdem versuchen, die Tage zu genießen. Hoffentlich streichelt die Sonne meine geschundene Seele und gibt mir die Kraft, die ich brauche, ihn endlich loszulassen, auf dass meine Wunden nicht von Neuem aufgerissen werden.

Ich war damals geflüchtet, weil ich bestimmt nicht fähig gewesen wäre, ihm zu widerstehen. Unsere Körper sprachen eine andere Sprache und ich hatte meinen noch immer nicht im Griff. Ich konnte mich seiner Anziehung nicht verwehren – die nötige Kraft dafür war einfach nicht vorhanden. Es sind die Illusionen, die die meisten von uns am Leben halten. Niemand will die ungeschönte Wirklichkeit sehen, solange man das nicht muss. Ich musste es aber irgendwie schaffen, schließlich bezahlte ich jede gemeinsame Stunde mit ihm mit mindestens einem Monat Leid. Die Traurigkeit war damals meine ständige Begleiterin. Nur meine Kinder, gute Musik, die Arbeit, ausgiebiger Sport und kluge Bücher gaben mir noch Halt. Dennoch liebte ich ihn. Und das erklärt, wie es solche Menschen überhaupt geben kann: Auch sie sind imstande, Liebe zu wecken und somit auch Inspiration und Kreation.

Die *männliche* Natur funktioniert relativ simpel: Was sie einmal ohne viel Mühe bekommen haben, ist ein selbstverständlicher neuer Zustand, der ihnen einfach zusteht. Die *menschliche* Natur hat einen ähnlichen Rahmen: „Was sich selbst anbietet, erfordert keinen Dank." Dazu fällt mir ein Witz aus meiner Heimat ein: Ein Bettler steht tagein tagaus am immer gleichen Platz und jeden Tag besucht ihn derselbe Mann, der gerade von der Arbeit kommt. Er gibt dem Bettler jedes Mal zehn Münzen. Nach langer Zeit sagt der Mann einmal zum Bettler: „Hör zu, ich muss jetzt sparen, um mir ein Haus zu bauen. Künftig werde ich dir also nur fünf Münzen geben können." Darauf entgegnet ihm der Bettler fassungslos: „Du wirst doch dein Haus nicht auf *meinem* Rücken bauen?!"

Frauen hingegen sind bereit, im Namen der reinen Liebe bedingungslos zu geben. Wird die gleiche Antwort jedoch vermisst, ist die Enttäuschung sicher und der Ärger verdoppelt sich, weil wir uns nicht nur über sie/ ihn, sondern auch über uns selbst ärgern. Das ist es, was Männer nicht verstehen. Zumindest habe ich noch keinen getroffen, der es tut.

*   *
*

Nach etlichen Tagen ruft er an. Am übernächsten wieder und am Tag danach auch. Wir reden bis drei Uhr Früh und vertragen uns wieder. Ich schaffe es nicht, ihn abzuweisen, beteuert er mir doch, wie wichtig ich für ihn bin, dass das zwischen uns etwas Besonderes ist, alle anderen Frauen bedeutungslos für ihn sind, dass wir nicht voneinander loskommen können, er mich so sehr liebt und nicht genug von mir bekommt. Er sagt, wir sollten endlich Kinder miteinander haben: „Alle sagen uns, wir sollen es lassen, aber wir können nicht ohne einander. Wir sind wie zwei Magnete, die sich unweigerlich anziehen."

Am Tag darauf ist wieder alles beim Alten. Er meldet sich nicht und kommt auch nicht vorbei. So, als hätten unsere letzten Gespräche nie stattgefunden. Irgendwann am Nachmittag läutet dann doch mein Telefon. Ich hebe ab. Am anderen Ende der Leitung höre ich aber nur merkwürdige Geräusche. Es ist wohl ein unbeabsichtigter Anruf – sein Telefon hatte sich selbständig gemacht. Plötzlich höre ich das Lachen einer anderen Frau und deren eindeutige Unterhaltung. Die beiden sind offenbar gerade beim Einkaufen, suchen Jeans und Hemden für ihn aus. Einige Zeit höre ich zu. Dann lege ich auf. „Was hast du erwartet, du blöde Gans?" schreit es in meinem Kopf. „Wieso sollte jetzt plötzlich alles anders werden?"

Ich fühlte mich, als hätte mich ein Boxweltmeister zu Boden gebracht. Dennoch war es faszinierend, dass dieser unabsichtliche Anruf kam, gerade als ich wieder angefangen hatte, zu glauben, dass es ihm diesmal wirklich ernst war. Als hätte mich jemand „von oben" schützen und davor bewahren wollen, mich aufs Neue hineinzusteigern. Als hätte man mir gesagt: „Er belügt dich die ganze Zeit und ist es ohnehin nicht wert. Er ist ein schlechter Partner, ein lausiger, selbstverliebter Parasit."

Die Gefühlsachterbahn, die ich in diesen Jahren erlebte, war unglaublich. Um die wilde Fahrt ein wenig bekömmlicher zu machen, fängt man unweigerlich an, ein Stück nach dem anderen vor sich zu vertuschen, verdrängen oder zu verleugnen. Man fängt an zu glauben, dass die Dinge so in Ordnung sind, und dass Schwarz eigentlich Weiß ist, man bisher nur blind gewesen war. Wir verbannen unseren inneren Radar, den uns die Schöpfung mitgegeben hat und der uns zeigt, was gut und schlecht ist. Daraufhin versteckt sich der verbannte Radar in irgendeinem Organ, sehr oft im Magen, gerne aber auch in der Blase. Frauen, die beispielsweise eine Affäre mit einem verheirateten Mann eingingen, bestätigten mir das nicht nur einmal. Sie schafften sich einzureden, dass die Tatsache, dass er seine Frau betrog, *sie* nichts anging. Schließlich war *er* derjenige, der betrog und daher ständig lügen musste. Gerne gebrauchten sie auch die Wendung: „Wenn *ich* es nicht bin, ist es eben eine andere, denn seine Ehefrau kann ihn nicht halten." Nach dem Sex mit ihm klagten genau sie oft über eine Blasenentzündung.

Verleugnet man den inneren Radar aus anderen Gründen, zieht er sich in ein anderes Organ zurück. Dieser Umstand ist durchaus ernst zu nehmen. Geht man ihm achtsam nach, wird man feststellen, dass er wahr ist. Krebs beispielsweise muss nicht, kann aber Ausdruck eines lange ignorierten unglücklichen Zustandes oder der Verleugnung eigener Bedürfnisse sein. Wie bei einer meiner Patientinnen, die immer gut gelaunt war, immer lachte. Einmal nahm ich ihr diese Fröhlichkeit aber nicht ab. Ich nahm sie bei der Hand und fragte sie leise: „Wie geht es Ihnen *wirklich*?" Sie fing zu weinen an und war lange Zeit nicht zu beruhigen. Ich ließ ihr die Zeit, reichte ihr ein Taschentuch nach dem anderen. Als sie sich wieder einigermaßen gefasst hatte, erzählte sie mir von ihrem Ehemann. Er war so aufmerksam, dass er ihr jeden Wunsch von den Augen ablas. Nur hatte sie das Gefühl, in seiner Gegenwart keine Luft mehr zu bekommen. Dabei war er doch ein so guter Mann und liebte sie so sehr, dass sie nicht wusste, wie sie ihm das sagen sollte. Diese Verleugnung ging so weit, dass sie sich sogar Ratten als „Haustiere" zulegte und mit ihnen baden ging, damit ihr Mann in dieser Zeit nicht ins Badezimmer kam. Er nämlich konnte Ratten nicht ausstehen, duldete sie aber ihr zuliebe. Da dieser Zustand aber über Jahre unverändert blieb und sie es nicht übers Herz brachte, ihrem Mann zu sagen, wie sie tatsächlich fühlte, flüchtete sie sich in die Krankheit.

Viele meiner PatientInnengeschichten zwingen derartige Schlüsse praktisch auf. Es sind nur etwa höchstens zehn Prozent der Krebserkrankungen (je nach Art) auf die Genetik der Betroffenen zurückzuführen. Und selbst bei jenen, die genetisch für diese Erkrankung vermeintlich prädestiniert wären, tritt der Krebs nicht immer auf. Man kann das Risiko also mit der richtigen Lebensführung und -einstellung mindern. Dazu müssen wir bewusst durchs Leben gehen und darauf achten, was uns gut oder nicht (mehr) so gut tut. Das Schlechte zu negieren führt nur dazu, dass es immer weiter gedeiht und letztlich das Gute erstickt. *Man erkenne also bei Zeiten, wovon man sich besser entfernt und was man lieber entsorgt.*

*   *
*

Diesmal ist er gespielt wütend und wirft mir vor, dass ich ihn wie einen Idioten behandle. Es ist die reinste Provokation, wie in einem schlechten Film: Würde er nicht gerade mir passieren, würde ich den Fernseher kurz und klein schlagen. Auf seinen Frontalangriff hin kann ich nur den Kopf schütteln. Ich will umdrehen und gehen, da packt er mich an der Hand und führt mich hinaus. Wir reden sieben Stunden lang. Das Ergebnis: Er möchte mehr Rücksicht auf meine Bedürfnisse nehmen, dafür will ich versuchen, ihn besser zu verstehen.

Lange halten die guten Vorsätze nicht: am nächsten

Abend benimmt er sich erneut wie ein unreifes, trotziges Kind. Ich kann das nicht mehr. Es ist alles gesagt. Ich weiß jetzt: Er will mich, aber nur, wenn ich komplett nach seinen Regeln spiele und alles akzeptiere, ohne es zu hinterfragen – also all seine Affären und sein Kommen und Gehen, wie es ihm beliebt. Dazu soll ich für seine riesige Familie alle Probleme lösen und sie finanzieren. Als alleinstehende Mutter von zwei Kindern und einer Unmenge an Arbeit. Denn: Der Herr verbringt immerhin etwas Zeit mit mir! Er betrachtet sich als ein Geschenk des Himmels an alle Frauen. Auch an Männer, aber hauptsächlich an Frauen. Nur weiß ich beim besten Willen nicht, wo Exemplare wie er ihr Selbstvertrauen hernehmen.

In aller Regel sind Menschen dieser Art fantasielos (außer im Erfinden von Ausreden), egozentrisch und absolut unempfänglich für die Bedürfnisse anderer. Nur sie selbst sind der Star und jede Person, die in ihrer Nähe sein darf, soll sich glücklich schätzen. Leider habe ich das nicht nur mit *ihm* erlebt. Mein Ex-Mann war genau so, und mir sollte zehn Jahre später schließlich noch ein dritter Mann dieser Art über den Weg laufen.

Diesmal war es allerdings jemand, den ich seit frühester Kindheit kannte und ihm daher blind vertraute. Ich ließ alles hinter mir und widmete mich ihm völlig. Ich wollte dieses geniale Verliebtheitsgefühl noch einmal spüren. Allerdings war er noch manipulativer, raffinierter und skrupelloser, als die beiden davor. Der einzige Vorteil: Dieses Mal brachte ich es relativ schnell hinter mich – die Beziehung dauerte „nur" sechs Monate. Danach war ich wie gelähmt. Ich brauchte einige Zeit, um mich wieder halbwegs zu sammeln. Mein Selbstwertgefühl als Frau war im Keller, denn für diesen Mann war ich sogar sexuell absolut uninteressant gewesen. Jedes Mal fand er einen neuen Grund dafür, warum er zu keiner Erektion imstande war – meistens soll es an meinem etwas in die

Jahre gekommenen Körper gelegen haben. Und ich, geblendet von der Fantasie unserer gemeinsamen Zukunft, sprach ihm auch noch gut zu und sagte, dass mir das nichts ausmache, Sex stünde in unserem Alter schließlich nicht mehr im Vordergrund. Wie dumm das war weiß ich heute. Näher darüber etwas später.

Beleidigungen benützen jene, die über keine Argumente verfügen, lehrte ich schon lange davor meine Kinder. Doch seine Worte haben mich trotz dieses Wissens in meiner Weiblichkeit tief getroffen und ich war unfähig, entsprechend damit umzugehen. Ich fand mich selbst nie besonders schön. Aber mir wird ständig vor Augen geführt, dass viele Männer das anders sehen. Ich bin sportlich und pflege mich ausgiebig, nur kokett war ich eigentlich nie, sondern immer eher der „Kumpeltyp". Das Weibchen konnte ich nie gut spielen. Dennoch: Ich hatte – und habe – immer Männer, die mir Angebote machen und ihr Interesse zeigen. Mein Aussehen also als Ausrede für die eigene Impotenz heranzuziehen, stand ihm einfach nicht zu.

Liest man Pitigrilli, so könnte man schnell glauben, dass jede Frau sehr schnell austauschbar wäre. Für diesen – zugegeben – genialen Zyniker sind sie nämlich alle gleich, eine wie die andere, und in der Dunkelheit ohnehin einerlei. Sie besitzen in der Regel eine eher magere Intelligenz, doch es gibt Ausnahmen. Diese weisen dann aber andere Schwächen auf, sind zumindest zeitweise dekadent, berechnend, aber vor allem: untreu. Und sind sie das *nicht*, dann sind sie absolut fad. Welch schlimme Erfahrungen muss dieser Mensch gemacht haben, um so zynisch zu werden?

Ich finde endlich die Kraft, dem Tanzlehrer zu erklären, dass es so nicht funktionieren wird. „Liebe und Treue sind in meiner Welt untrennbar", sage ich. „Wir leben im Europa des 21. Jahrhunderts. Sklaverei ist hier weitgehend

Geschichte, zumindest gesetzlich. Ich bin raus."

*   *
*

Ich merke, dass ich innerlich immer ruhiger werde. Es tut mir unendlich gut. Ich bedanke mich wieder und wieder dafür. Zwar ist etwas in mir erloschen, doch es hat aufgehört, so schrecklich weh zu tun.

Dieser Zustand birgt aber eine andere Gefahr: Man beginnt, sich wieder stärker zu fühlen, und fängt gleichzeitig an, Ausreden für den anderen und dessen Verhalten zu finden. Fehler sucht man bei sich selbst, typisch nach dem Schema: „Vielleicht hätte ich nicht ... vielleicht war das eine so und das andere so gemeint ... vielleicht hätte ich geduldiger sein sollen ..." *Vielleicht.* Was für ein Unwort! „Vielleicht" ist *gar nichts.* Nicht Fleisch und nicht Fisch. Weder duftet es, noch stinkt es. Es macht uns nur verrückt, ohne jegliche Erkenntnis zu bringen. Es verunsichert nur und bewegt uns dazu, uns erneut ins Unglück zu stürzen, indem wir anfangen, diese „Vielleichts" zu prüfen. Vermeintlich gestärkt und mühsam wieder aufgerichtet glaubt man diesmal wird alles anders. Doch die Abwärtsspirale nimmt von Neuem ihren Lauf.

Es ist Valentinstag, wieder so eine kommerzielle Erfindung. Doch wenigstens ist es nett, im Gegensatz zum Halloween. Er schickt mir Blumen und eine Karte mit einem Freundschaftsangebot. Heute Abend möchte er mich zum Essen einladen. „Das ist etwas Neues! Gut, lass uns versuchen, Freunde zu sein", denke ich, während mein Herz mein Hirn erneut zum Schweigen bringt.

„Ich bin so froh, dich kennengelernt zu haben", sagt er mir beim Essen. „Du bist etwas ganz Besonderes.

So schön. Ich könnte ewig in dein Gesicht sehen. Diese Augen. Dein Körper. Dein Charisma. Du kommst nicht nur irgendwo rein, du erscheinst. Deine Haut. Sie ist so zart. Keine riecht wie du. Ich vermisse dich so sehr. Ich weiß jetzt, was ich verloren habe. Aber ich bin ein anderer Mensch geworden. Ich will nur noch dich, lass uns bitte endlich ein Kind machen." Irritiert entgegne ich: „Was ist aus deinem Freundschaftsangebot geworden?" Er seufzt. „Ich kann niemals nur dein Freund sein, wenn ich so für dich empfinde."

Es folgen weitere Liebesbekundungen, wir leeren zwei Flaschen Sekt, und ich liege wieder in seinen Armen. Ein Kind zu machen, kommt aber nicht in Frage, bis er bewiesen hat, dass er eine Beziehung führen und Verantwortung übernehmen kann.

Diesmal wusste ich aber, was mich erwartete. Ich war darauf gefasst, dass nach ein paar Tagen alles wieder nach gewohnter Art ablief. Das, was mich dennoch verwirrte und wütend machte: Wie konnte er diese „Gefühle" *so* gut vorspielen? Und vor allem: Wie konnte ich schon wieder darauf reinfallen? Dann dachte ich mir, ich sollte aufhören, so viel nachzudenken, und das Leben einfach so nehmen, wie es ist. Die Zeit so gut es geht genießen, statt ständig alles zu hinterfragen. Das war die Zeit, in der ich im Alkohol einen Freund fand.

Ich war zwar nie jemand, der sich sinnlos betrank, aber mein Konsum wurde immer regelmäßiger. Für manche sitzt sich das Leben so eben leichter ab. Bald wurde mir aber klar: Nein. Das ist keine Option für mich. Ich will mein Leben nicht „absitzen", will nicht ausharren, warten, dahinvegetieren, mich betäuben und mir vormachen, dass „eh alles gut" ist, obwohl es das *nicht* ist – in der absurden Hoffnung, dass eines fernen Tages alles besser wird. Es ging mir nicht gut. Mit dem Vater meiner Kinder hatte ich das alles schon einmal durchgemacht. Nur war ich da jünger und meine Kinder mehr als die Entschädigung für all das Übel, das er verursachte. Offenbar hatte ich meine Lektion nach ihm aber noch nicht gelernt und musste erneut durch eine solche Krise. Das zweite Mal aber noch schlimmer, damit ich es endlich lernte.

Ich wünsche mir eine gegenseitig erfüllte Liebe. Ich lasse mich nicht zu einem Sexobjekt reduzieren – ich bestehe aus so viel mehr. Ist das zu viel verlangt? Leider (?) bin ich aber so gestrickt, dass ich nur Männer an mich heranlasse, in die ich aufrichtig verliebt bin. Sex ohne Liebe war nie mein Ding. Für viele meiner Freundinnen ist das anders: Sie sagen mir unentwegt, dass ich allerlei tolle Chancen verpasse und das Leben nicht zu genießen wisse. „One-Night-Stands sind für mich aber wie Fast-Food: Nach zwei Stunden hat man wieder Hunger", pflege ich darauf zu sagen. Außerdem macht übermäßiger Fast-Food-Konsum auf Dauer krank. Alexandre Jardin schreibt, die Anfangsphase der Verführung sei nicht das Köstlichste an einer Beziehung – dies sei ein großer Irrtum jugendlicher Illusion. Stattdessen erklärt er: „Die Liebe ist weit erhabener als der begrenzte Rausch einer Leidenschaft."

*   *
*

Einige Monate nach der Trennung beginne ich eine Affäre mit einem großartigen, allseits begehrten, einflussreichen Mann. Er hatte sich bereits zwei Jahre lang um mich bemüht. Wir gehen in die teuersten Restaurants, verbringen die schönsten Kurzurlaube, haben, technisch gesehen, den besten Sex. Er lädt mich in die Oper und ins Theater ein und macht mir etliche Geschenke. Er ist ein eiserner Geschäftsmann, mir gegenüber aber ein zärtlicher Beschützer. Er sieht toll aus, hat ein Six-Pack, ist intelligent und tüchtig. Darüber hinaus ist er galant, aufmerksam und ein großartiger Liebhaber. Schlicht der

Typ Mann, von dem viele Frauen ihr Leben lang träumen,
ein Sir Lancelot.

Er liebt mich immer und überall. Mit Champagner
und Erdbeeren. Unter Sonne und Wolken. Im Sand und
im Wasser. Zärtlich und stürmisch zugleich. Sage ich ihm,
dass weiße Tulpen meine Lieblingsblumen seien, steht
am nächsten Morgen ein Bote mit einem riesigen Strauß
weißer Tulpen vor meiner Tür. Erwähne ich beiläufig, dass
ich gerne Kirschen esse, bringt er mir Kirschen.

Ich versuche, die Zeit zu genießen, doch innerlich bin
ich trotz alledem nicht erfüllt. All die Aufmerksamkeit,
mit der er mich überschüttet, würde ich ohne zu zögern
für nur einen Tanz mit meiner echten Liebe hergeben.
Inständig hoffe ich, dass sich das ändert. Ich will ihn auf-
richtig lieben – er verdient nichts anderes – schaffe es aber
nicht. Als mir das klar wird, schicke ich ihn weg. Ich fühle
mich schrecklich.

„Man kann einen Mann verzweifelt lieben und trotzdem zu einem anderen gehen. Das Abenteuer ist nur eine
etwas raffiniertere Art von Selbstbefleckung, und danach,
auch wenn die Sinne erschöpft wurden, bleibt die Leidenschaft der Frau für das Individuum, das sein Leben für
alle Zeit mit dem ihrigen verschmolzen hat, unverändert",
schrieb Pitigrilli. Trotzdem: Ich habe sehr darunter gelitten, jemanden, der es auf keinste Weise verdient hatte,
so zu verletzen. Ich habe nicht nur Sir Lancelot, sondern
auch *mich* dadurch sehr unglücklich gemacht. Zwar hat
er mir, als wir zusammen waren, geholfen, mich als Frau
besser zu fühlen – schließlich war mein Selbstwertgefühl
nach meiner vorigen Erfahrung praktisch nicht vorhanden. Dennoch ist diese Eigennützigkeit nicht mein Ding
und ich kann sie absolut nicht weiterempfehlen. Zu dieser Zeit war mir durchgehend übel. Nie wieder würde ich
mich auf jemanden einlassen, dessen Gefühle ich nicht
in gleichem Maße erwidern kann, schwor ich mir. „Ich

möchte niemandem wehtun, will aber auch nicht mehr, dass man *mich* verletzt. Also werde ich wohl alleine bleiben." In mir begann eine Eiszeit.

Sir Lancelot hat es zum Glück einigermaßen schnell überwunden. Sechs Monate später war er in eine andere Frau verliebt. Ich wusste, es war gut so. Dennoch versetzt es mir immer einen kleinen Stich, wenn wir uns über den Weg laufen. Es tut mir bis heute leid, dass nicht *ich* diejenige sein konnte, die mit ihm glücklich ist.

*   *
*

Er ist wieder da. „Ich liebe dich", sagt er, „ohne dich ist mein Leben leer. Wir brauchen nur in der Nähe des anderen zu sein, müssen uns nicht einmal berühren, damit unsere Körper verrücktspielen. Empfindest du das nicht auch so, oder bin ich verrückt?" will er von mir wissen. „Ja", sage ich, „ich spüre es. Aber wenn es so einfach ist, warum können wir dann kein glückliches Paar sein? Leidenschaft alleine reicht nicht. Nicht einmal Liebe alleine reicht." Ich weine, er küsst meine Tränen und wiederholt immer und immer wieder: „Ich liebe dich."

Zu einer erfüllten Beziehung gehört mehr. Die Eigenschaften und Vorstellungen der Beteiligten müssen kompatibel sein. Beide Seiten müssen in einem ausgewogenen Verhältnis geben und nehmen können. Funktioniert das nicht, kann die Beziehung heutzutage nicht überleben – nach mittlerweile über 10.000 Menschen, die mir von ihren Beziehungen erzählt haben, kann ich das mit Gewissheit behaupten.

Es war damals für mich so absurd und ungerecht: Ich liebte einen Mann, den ich nicht einmal mehr schätzte, der von Anfang an nicht zu mir gepasst hatte und konnte ihn dennoch nicht aus meinem Kopf bekommen. Ich verging fast vor ständiger Sehnsucht nach ihm. Er hat mir tausend Gründe gegeben, ihn zu verabscheuen, gar zu hassen, aber ich konnte es nie. Und meinen Sir Lancelot, der mich liebte, konnte ich *nicht* lieben. Warum bloß?

Zu diesem Zeitpunkt hatte ich bereits drei Jahre meines Lebens mit Schmachten um den Tanzlehrer verschwendet. Und was hat es mir gebracht? Außer Schmerz rein gar nichts. Immer wieder hatte ich es satt, mit einem solchen Druck in Brust und Hals durchs Leben zu gehen, wollte mich lösen. Ich versuchte, irgendwie in meinen Kopf zu bekommen, dass er mich nicht verdiente – nicht einmal meinen kleinen Finger. Doch jedes Mal, wenn er wieder zu mir kam und zärtlich war, gab ich ihm alles, was er von mir wollte: Aufmerksamkeit, Sex, Geld, Energie. Dann war er wieder dahin und ich war vergessen. Sobald man merkt, dass es so läuft, sollte man schnellstmöglich das Weite suchen. Denn: Die Person ist nicht verliebt. Mehr noch: sie wird es nie sein. Egal, was man tut, wie man ist und wie viel man gibt. Damals war mir das aber noch nicht so klar. Ich dachte: „Wenn ich nur lange genug ausharre und er endlich begreift, wie gut ich für ihn bin, wird er ohne mich nicht mehr leben wollen." Heute kann ich nur milde darüber lachen.

Mit ihm ging es mir damals wie heute noch mit dem Rauchen: Ich höre auf, dann fange ich wieder an. Demnach muss ich ein schwacher Mensch sein, obwohl mir alle das Gegenteil versichern. Stark, schwach – was heißt das schon? Möglicherweise ist genau das die Stärke: Sich zu trauen, obwohl man weiß, dass es weh tun wird? Gewiss ist jedenfalls, dass ich diesen Schmerz letztlich aushalten konnte. Zigaretten waren hier eine große Hilfe. Dass sie mich vergifteten kümmerte mich nicht im Geringsten. Ich muss wohl der starrköpfigste, inkonsequenteste und unbelehrbarste Mensch sein, der je diese Erde bewohnt hat – egal, was ich mir sonst einrede. Wie diese Frau aus einem meiner Träume, über die ich nur den Kopf schütteln konnte, da sie sich am Flügel eines Flugzeugs festhielt und darauf bestand, so den Atlantik zu überqueren, obwohl nicht die geringste Chance bestand, das zu überleben. Sie tat es trotzdem – weil sie es dort, wo sie davor gewesen war, nicht mehr aushalten konnte.

Zu der Zeit meiner unglücklichen Verliebtheit haderte ich oft mit dem Konzept „Gott": Dass wir bestimmte Aufgaben bekommen haben, damit uns nicht fad wird und wir daher nicht noch mehr Unsinn anstellen, ist mir klar. Aber dass geschätzt 95 Prozent der Verliebten unglücklich sein müssen, weil sie sich die falsche Person aussuchen – das verstand ich nicht. Was sollen wir daraus lernen, oder in welcher Hinsicht soll uns derartiges Leid weiterbringen? Aus Leid entsteht sehr viel (Selbst-)Zerstörung. Wozu soll das gut sein? Andererseits: Wäre alles *nur* einfach, würde wohl viel Inspiration verloren gehen. Schließlich sind die schönsten Kunstwerke – und noch vieles mehr – der Liebe und dem Liebeskummer entsprungen. Ich muss über mich lachen: Ich stelle eine Frage und gebe mir gleichzeitig die Antwort – das ist mir neu.

Immer wieder machte ich mich also rar, um *ihm* nicht über den Weg zu laufen, damit er wieder um mich kämpfen würde. Einmal, als ich gerade wieder dabei war, ihn zu meiden, hatte ich mein Telefon in der Arbeit vergessen. Erst am nächsten Morgen blickte ich also aufs Display: 147 verpasste Anrufe zwischen Mitternacht und acht Uhr morgens. Ich konnte es nicht glauben, dachte, mein Gerät spinnt. Ich rief ihn zurück und er weinte fast, so erleichtert war er. Und die 147 Mal stimmten. Er dachte, mir sei etwas zugestoßen, weil ich nicht geantwortet hatte. „Denn du meldest dich immer, wenn ich anrufe."

Das war ein entscheidender Satz für mich, da er so viel bedeutete wie: immer erreichbar, immer da. Ergo absolut uninteressant. Genau das, beschloss ich in dem Moment, musste sich ändern. Doch später genauer nachgedacht korrigierte ich mich wieder, denn: hätte ich anfangen sollen, zu schauspielern? So zu tun, als wäre er mir egal, damit ich wieder interessanter für ihn werde? Das ist nur kindisch. Ehrlichkeit in allem war mir immer wichtig – immerhin sind wir erwachsene Menschen. Wozu sich gegenseitig etwas vormachen? Lew Nikolajewitsch Tolstoi schrieb: „Das Glück besteht nicht darin, dass du tun kannst, was du willst, sondern darin, dass du immer *willst*, was du tust." Die ganzen Lügen und die Maskerade kosten doch nur Kraft. Und dass ehrlich am längsten wahrt, ist sowieso Tatsache.

Offenbar musste ich aber noch viel über Männer lernen. Denn sobald er vorgab, selbst auch zu leiden, glaubte ich ihm jedes Mal aufs Neue. Ich konnte aus meiner Haut einfach nicht heraus. Ich bin ein von Grund auf emphatischer Mensch und versetze mich stets in mein Gegenüber hinein – selbst in Tiere. Dagegen kann ich einfach nichts tun, obwohl ich es oft des Selbstschutzes wegen versucht habe. Vermutlich ist genau das der Grund, weshalb die PatientInnen mich so gerne haben. Für mich selbst ist diese Eigenschaft nämlich nicht immer gut – oft ist sogar das Gegenteil der Fall: Alles andere kommt vor mir an die Reihe.

„Die größte aller Torheiten ist, seine Gesundheit aufzuopfern, für was es auch sei", sagte Arthur Schopenhauer, denn sie „überwiegt alle äußeren Güter so sehr, dass wahrscheinlich ein gesunder Bettler glücklicher ist, als ein kranker König." Oscar Wilde setzte noch eins drauf: „Gesundheit ist die erste Pflicht im Leben." Das kann ich nur allzu gut bezeugen. Stets arbeitete ich, als gäbe es kein Morgen, gab alles, ließ meine körperliche Gesundheit im Krankenhaus und meine psychische schenkte ich den falschen Männern. Über Jahrzehnte so praktiziert führte mein Lebensstil unweigerlich zu meinem Tod. Meine Lebenskraft war schlicht verbraucht. *Die Gesundheit ist zu schätzen und zu pflegen wie nichts anderes.* Nicht umsonst regiert sie bei allen Umfragen darüber, was uns im Leben wichtig ist, ungeschlagen an der ersten Stelle.

*   *
*

Er tanzt mit mir, als hätte er sich nichts sehnlicher gewünscht, als mich in seinen Händen zu halten. Es ist einer dieser seltenen Momente des Glücks. Beim Tanzen ist er wie meine zweite Hälfte. Wir bewegen uns in solcher Harmonie und Gleichheit miteinander, dass wir von den Menschen um uns herum laufend Komplimente bekommen. Das liebt er. Und ich liebe es, mit ihm zu tanzen. Ich vergesse dabei alles um mich. Ist er meine Bestimmung? Wenn ja, wieso funktioniert es dann nicht?

Immer wieder hatte er mich um Verzeihung gebeten. Ich habe keine Ahnung, wie viele Male schon. Unter dem Vorwand, er wäre doch so gerne in einer richtigen Beziehung mit mir, wüsste aber nicht, wie das geht, sei jedoch willig, zu lernen. Ich müsse „nur" Geduld mit ihm haben, bis er es gelernt hätte, wollte er mir weismachen. Ich sagte ihm, dass das absoluter Quatsch sei. Würde er mich lieben, so wüsste er genau, was zu tun wäre. Er solle endlich aufhören, mich für dumm zu verkaufen.

Ich konzentriere mich wieder auf die Arbeit. Wenn ich privat kein Glück haben kann, weil ich so voller Gegensätze bin, möchte ich wenigstens so viele Projekte wie möglich umsetzen, um den Menschen zu helfen. Ich muss mich zusammenreißen, muss Frieden mit meiner für immer unerfüllten Sehnsucht nach einer großen, gegenseitigen Liebe schließen.
Doch ich werde wieder ungeduldig. Wie eine Löwin gehe ich im Kreis und weiß nicht, was ich denken soll. Vertrauen und Zweifel wechseln sich ab. Dankbarkeit

und Sehnsucht. Zuversicht und Verzagen. Ich habe Hemmungen, den ersten Schritt zu machen. Als Frau bin ich nach altem Muster erzogen worden, liebe aber das Spiel mit dem Feuer. Und ich träume so gerne. Eine unverbesserliche Romantikerin.

Die ganze Zeit überlege ich, was ich tun soll. Wen könnte ich anrufen? Wie kann ich mich vom Grübeln ablenken? Ich kenne doch so viele Menschen. Doch niemand, der mir einfällt, zieht mich an. Es sind nicht sie, die ich wirklich will. Zudem will ich auch niemanden unglücklich machen und mich dann wie ein Lappen fühlen. Das würde alles nur noch schlimmer machen, das habe ich schon gelernt.

Warum muss alles bloß immer so kompliziert sein? Mein ganzes Leben lang schaffe ich es nicht, mit mir in Einklang zu leben. Immer fehlt „etwas". Die Liebe. Eine gegenseitig erfüllte Liebe. Nicht die Verliebtheit – wie blind diese ist, weiß ich schon lange. Eine hoffnungslose Verliebtheit ist wie ein Felsen, der sich nicht bewegen kann. Er ist darauf angewiesen zu warten, bis das Objekt seiner Begierde zu ihm kommt. Und sein Warten hat den Geschmack der Ewigkeit.

Wo ich auch hinsehe, alle scheinen ihr Glück mit jemand anderem gefunden zu haben. Offenbar ist genau das das Phänomen der selektiven Wahrnehmung: Wir sehen in erster Linie das, was uns im jeweiligen Moment beschäftigt. Will man beispielsweise ein Kind haben, ist die Welt voll schwangerer Frauen. Will man sich einen Tesla kaufen, sieht man plötzlich überall Teslas auf der Straße.

Ich sehnte mich nach der Zeit, in der ich nicht mehr seiner Macht unterliegen würde. Jene Zeit, in der ich endlich die Kraft haben würde, ihm zu widerstehen. Es zog sich aber hauptsächlich deswegen so lange hin, weil er mir eben immer einige Krumen hinwarf, anstatt sich, wie ein Ehrenmann, dauerhaft abzuwenden. Er hat nie wirklich verstanden, was ich ihm sagte. Inzwischen ist das jedoch egal. Ich hätte doch nicht ewig weiter darauf warten können, bis er sich entschied, ob ich gut genug für ihn bin, oder nicht. Genug gewartet.

Nach vier Jahren dieser Achterbahn der Gefühle konnte ich mich endlich dazu durchringen, mich endgültig zu trennen. Von einem Mann, den ich so sehr wollte. Absurd, aber es musste sein. Das war mein Liebesbeweis an ihn: ihm die Freiheit zu gönnen, so zu leben, wie er es wollte. Begreifen wird er das aber nie, dafür denkt er viel zu eng, stellt unentwegt dieselben Fragen. Jemandem, der die Liebe nicht spürt, kann man sie aber nicht erklären. Ich hatte nämlich ein für alle Mal beschlossen, dass *ich* so nicht mehr leben wollte. Ich wollte mich wieder freuen können, wieder konzentriert arbeiten, ehrlich lachen. Oder eben sterben. Aber so, wie es damals war, konnte ich jedenfalls nicht weitermachen.

Ich habe einen schrecklichen Albtraum. Ich bin gefangen in einem Konzentrationslager. Unentwegt hagelt es Schläge und Fußtritte. Ich spüre aber keine Schmerzen mehr. Plötzlich wird es still. Ich liege blutüberströmt am Boden, und empfinde nur noch leise Freude darüber, dass ich zumindest mein Augenlicht nicht verloren habe. Ich wache schreiend auf.

Das war mein allerletzter Entzug. Fortan gab es kein Zurück mehr. Ich hatte vier Jahre lang gelitten, gestritten, gewartet, gebetet, geliebt und alles mir mögliche versucht, um ihn für mich zu gewinnen oder aber aus meinem Herzen und meinen Gedanken zu verbannen. Ich konnte nächtelang nicht schlafen, arbeitete wie verrückt und aß kaum noch. Ich war in dieser Zeit so untergewichtig, dass man mich beim Einkaufen in die Kinderabteilung schickte. Ich hatte zugelassen, dass er mich verführte, benützte, ausnützte und demütigte. Ich war am Boden, Herz und Eingeweide zerfetzt, und er trat weiter zu. Es tut unheimlich weh, festzustellen, dass der Mensch, den man liebt, ein solcher Egozentriker ist.

Er betrachtete mich als eine Art Besitz – wertvoll, jedoch nur solange er Ertrag bringt. Er hat immer viel von mir bekommen. Damit meine ich nicht in erster Linie Materielles. Viel mehr Kraft, Selbstwertgefühl, eine Psychologin, Geliebte, Freundin, einen Mutterersatz, und ja, auch einen Geldbeutel. Und ich? Meine Bedürfnisse blieben stets auf der Strecke, weil ich, nachdem er wieder bekommen hatte, was er wollte, so von Schmerz erfüllt war, zu sehen, wie egal *ich* ihm eigentlich war. Es brachte mich dazu, mich so schrecklich armselig zu fühlen. Und das wegen jemandem, der nicht einmal halb so viel zu bieten hatte, wie ich – in jeglicher Hinsicht. War es eine Form der Selbstbestrafung, weil mein Selbstwertgefühl so gering war? Sind die Erfahrungen aus meiner Kindheit daran schuld? Hat mich jemand gar verflucht?

Das Leben hat mich in vielerlei Hinsicht gesegnet, das sehe ich jedes Mal, wenn ich auf Reisen bin. Ich hätte schon damals so glücklich sein können. Stattdessen schmachtete ich einem Egozentriker nach und fühlte mich wie tot. Welch Torheit! Es machte mich schwach, traurig und nachdenklich. Und wer will schon mit einem so armseligen Wesen seine Zeit verbringen? Dass ich das schnellstens ändern musste war mir die ganze Zeit über klar. Oft scheiterten meine Ideen für Veränderungen aber am „lieben" Geld. Es riss mich immer wieder in den finanziellen Abgrund. Also arbeitete ich noch mehr, obwohl ich schon bei mindestens achtzig Wochenstunden angekommen war.

Doch bis ich seinen Egoismus, seine Lügen, den manipulativen Charakter und all die Ignoranz klar vor mir sah, musste viel Zeit vergehen. Von mir hatte er alles genommen, was er kriegen konnte, ganz nach seinem Motto: „Was ich mir *errede*, muss ich nicht verdienen." Und es war sehr viel, was ich gegeben hatte. Ich bin von

Natur aus sehr großzügig und wenn ich liebe, gebe ich maßlos. „Selbst schuld", möge man sagen. Und es stimmt. Es ist immer noch meine Aufgabe, Grenzen zu setzen.

Das Loslassen-Können ist eine der größten Herausforderungen im Leben. Geben wir uns aber die Möglichkeit, loszulassen, folgt fast immer die persönliche Weiterentwicklung in vielerlei Hinsicht. Um besser mit der Trennung umgehen zu können, fiel mir nur eines ein: Helfen. Und zwar dort, wo es gebraucht wird. Damit mein Leben wieder etwas mehr Sinn hätte. Ich versuchte, die Krise als Chance zu sehen. Erst wenn man Ballast abwirft, kann der Ballon wieder fliegen. Ich wollte es vor allem für meine Kinder schaffen, wieder zu fliegen. Nähmen sie die Liebe, die sie kennen, multiplizierten sie mit Ewigkeit, potenzierten sie mit Unendlichkeit, dann wüssten sie, wie sehr ich sie liebe.

*　　*
*

Die Zeit ohne ihn vergeht. Endlich fühle ich mich wieder etwas stärker. Momentan hege ich nicht einmal mehr Groll gegen ihn. Er soll glücklich werden, aber ohne mich. Vorzugsweise mit einer Person, die alles ist, was ich nicht bin.

Es tat mir unendlich leid, dass meine große Liebe so enden musste. Zwar blieb eine gewisse Sehnsucht nach ihm noch lange bestehen, manchmal quillt noch immer die Traurigkeit über einen verlorenen Traum hoch. Ich versuche aber nach Kräften, positiv zu bleiben. Ich würde immer noch gerne wissen, wie es ihm geht, was er denkt und empfindet, aber das ist unmöglich. Außerdem würde es ohnehin nichts mehr ändern. Mittlerweile ist er für mich nur noch ein mieser Feigling. Sein falscher Stolz macht ihm das Leben schwer – denke ich. Vielleicht interpretiere ich aber auch nur etwas hinein. Vermutlich ist es ihm wirklich „scheißegal", wie er immer sagte, und ich mache mir nur etwas vor, weil ich eine derartige Gefühlskälte anderen Menschen gegenüber nicht nachvollziehen kann. Wie auch immer musste ich akzeptieren, dass es vorbei war. Das tat ich, gab wieder mein Bestes und ging weiter. Das Leben wartet nicht und ein glückliches kann nicht posthum verliehen werden. Möglicherweise will ich zu viel, doch ich will! Das ganze Programm, das ganze tolle Spektrum der Gefühle! Und ich bekomme immer mehr davon und lerne täglich dazu.

Irgendwie hat sich alles gelegt. Wenn ich daran denke, wie es mir damals ging, erinnere ich mich erneut daran, dass ich Vampire um jeden Preis meiden muss. Die Natur lehrt uns, dass wir uns vor Parasiten schützen müssen. Reflexartig erschlagen wir beispielsweise eine Gelse, wenn sie uns sticht. Oft sind sie aber so still und flink, setzen sich wie in einem Hinterhalt unbemerkt auf unsere Haut und stechen in aller Ruhe zu. Wenn man aber den Schmerz spürt, ist es schon zu spät – ihr Gift befindet sich bereits in unserem Körper. Meistens sind wir zu spät dran, um sie noch rechtzeitig zu erwischen. Ein Freund sagte mir einmal, er würde am liebsten alle Gelsen ausrotten, schließlich wären sie für nichts gut. „Doch," bemerkte ich, „denn wie sollten Menschen wie ich ohne ihresgleichen lernen, dass man manchmal auch etwas zerquetschen muss, wenn es einen sticht, ohne, dass man ihm etwas getan hätte?" So lernt man von der Natur die Lektionen des Lebens.

Ich zog mich also zurück, stürzte mich in die Arbeit, hob nicht mehr ab, wenn er sich meldete, meldete mich selbst nicht und mied alle Plätze, an denen ich Gefahr lief, ihm zu begegnen. Doch ich habe ihn jede einzelne Sekunde davon schmerzlich vermisst. Ich wusste: So kann ich nie glücklich werden. Beschäftigt man sich als Frau hauptsächlich damit, wie man für *ihn* sein soll, wie man *ihm* gefällt, was *er* mag, verfolgt man die falsche Fährte: Je mehr sie ihn bedient und sich vermeintlich anpasst, desto weiter rückt er weg – ganz gleich, wie attraktiv sie ist. Man lese Esther Vilars „Mathematik der Nina Gluckstein", wenn man mir nicht glauben will. Auch Wolfdietrich Schnurre schrieb: „Es ist wie mit dem Glück: Man muss uninteressiert an ihm sein, wenn es kommen soll."

Irgendwann ließ der Schmerz, der jahrelang meinen ganzen Körper ausgefüllt hatte, nach. Schließlich lehrt uns das Leben jeden Tag – jede Sekunde ist wertvoll. Ich bin aber von Natur aus ungeduldig und war nach diesen Jahren völlig ausgehungert. Jede Zelle meines Körpers schrie nach Liebe, doch ich konnte keine haben. Diesen Zustand auszuhalten, war enorm schwierig. Inzwischen weiß ich aber, dass mir ein Abenteuer zwischendurch nicht hilft. Deshalb bleibe ich lieber alleine – so gibt es zumindest keine unangenehmen Nebenwirkungen. Und ich mache niemanden unglücklich.

Ich ging in die Tiefe, in die Stille, leckte meine Wunden und hoffte inständig, dass das schlechte Gefühl irgendwann vorbeigehen würde. Stille ist Voraussetzung für die Kommunikation mit sich selbst. Gandhi beispielsweise pflegte einen Tag pro Woche nicht zu sprechen. Dass irgendwann alles vorbeigeht, ist ohnehin eine unverrückbare Tatsache. Man muss nur Geduld aufbringen, während man darauf wartet, dass die Gefühlsmisere ein Ende nimmt. „Geduld ist die schwierigste Form der Tapferkeit", heißt es. Auch George Sand schrieb: „Geduld ist nichts anderes als eine Art Energie." Auch ich muss mich in ihr üben, das erkannte ich als etwas, woran ich arbeiten wollte. Ich „funktionierte", arbeitete viel, machte Sport, ging ins Theater, besuchte Konzerte, ging tanzen. „Wäre doch gelacht", dachte ich. „Was ich schon alles durchstehen musste – und dann soll mich sowas brechen? Niemals!" Mein Kampfgeist erwachte wieder. Auch wenn ich wusste, dass es lange dauern würde, wieder Freude zu empfinden und positiv in die Zukunft zu blicken. Jemanden wegzuschicken, den man so liebt, ist als würde man den Menschen lebendig begraben. Doch wer weiß schon, was das Leben noch bereithält?

In meinen freien Stunden las ich hungrig in Büchern. Sie halfen mir sehr und tun es immer noch. Ich finde Trost in der Philosophie, in der Geschichte, in Sport, Musik und spiritueller Suche. Ich war auf der Suche nach Antworten auf die Frage, warum wir hier sind. Ich hatte damals keine Ahnung, warum ich hier bin und wozu all das Leid nötig war. Warum musste ich immer zwischen den Welten leben? Warum konnte ich mich nicht einfach in jemanden verlieben, der auch mich liebt? Ich habe viele tolle Männer abgewiesen und mich stattdessen unentwegt in solche verliebt, die gar nicht zu mir passten. Solche, die mich wie Blutegel aussaugten, bis nichts mehr da war. Als wären wir so programmiert, in unserem tiefen Inneren nur das zu akzeptieren, was wir unterbewusst zu verdienen glauben.

Ich dachte unentwegt über das Leben und die Menschen nach und fragte mich oft: „Was ist richtig, was ist falsch, und gibt es das überhaupt?" Die Stimmungen in meinem Innersten wechselten meist im Minutentakt. Sollte ich mich beugen, mich zufriedengeben mit dem, was ich bekommen kann? Mich arrangieren, mit Vernunft klarkommen, meine Träume und meine Leidenschaft vergessen? Oder sollte ich *ich* bleiben – stur, unbeugsam, kompromisslos in den Dingen, die mir wichtig sind? Ich hatte nach all der Suche noch keine Ahnung, aber eines wusste ich: Wähle ich *nur* die Vernunft, so würde ein wichtiger Teil von mir sterben und mein inneres Strahlen für immer verloren gehen. Ich hatte nie den leichten Weg gewählt, sondern war mir immer treu geblieben. Aber ist das wirklich erstrebenswert? Was ist besser: von etwas zu träumen, oder es tatsächlich zu tun? „Bilde dich nicht nur von außen, sondern auch von innen", flüsterte es in mir.

Von Goethe lernte ich unter anderem: „Hast du nach Innen das Mögliche getan, gestaltet sich das Äußere von selbst." Immer wieder sagte ich mir: „Lebe den Moment. Das Hier und Jetzt ist das einzig wirklich reale." Zumindest behaupten das alle spirituellen LehrerInnen. Blöd dabei nur: Jedes Mal, wenn ich den Moment lebte und genoss, bezahlte ich diesen nachher teuer.

Dann, nach unzähligen Erfahrungen über das Leben und die vielen Menschen, die mir über das ihre erzählten, des vielen Lesens, Suche und Studieren etlicher Philosophien, Religionen und Lehren kam ich an den Punkt, an dem ich sagte: „Das war's. Meine Suche nach dem Sinn hört ab sofort auf. Wenn es einen gibt, wird er mich schon finden, und zwar dann, wenn ich dazu je bereit sein sollte." Vorauszueilen bringt gar nichts außer Kummer. Und davon hatte ich in meinem Leben wahrlich genug abbekommen. Nietzsche schenkte uns den Satz: „Seit ich des Suchens müde ward, erlernte ich das Finden. Seit mir ein Wind hielt Widerpart, segl' ich mit allen Winden."

Alles, worum es im Leben *eigentlich* geht, ist die Liebe. Ist sie nicht erfüllt, so verliert alles andere an Bedeutung. Die schönsten Dinge sind ohne Liebe leer und glanzlos. Wir fühlen uns hohl, auch, sollte es uns an sonst nichts fehlen. Diese Tatsache ist für viele Selbstmorde verantwortlich. Wenn hingegen Liebe da ist, hören wir automatisch auf, uns leer zu fühlen – denn sie *erfüllt* uns. Sie ist die *Einzige*, die dies vermag. Deshalb suchen wir ständig nach ihr, irren uns zuweilen dabei und leiden. Doch die Liebe ist wie ein Schmetterling: bunt, zart, geflügelt. Sie lässt sich niemals festhalten. Es gibt auch keine Leine, die man einem Schmetterling umbinden könnte, damit man ihn immer wieder zu sich holen kann. Es ist auch keine Dressur möglich wie bei Tauben oder Adlern. Einmal gefangen stirbt der Schmetterling bald. *Frei* ist nämlich der essentielle Bestandteil von *freiwillig*. Glücklich sind jene, denen es vergönnt ist, eine gegenseitig erfüllte Liebe zu leben.

Was also sollen wir anderen tun? Wenn kein Glück mit, kein Glück ohne ihn/ihr möglich ist und wir stets auf Einbahnstraßen landen? Es bleibt uns nur zu lernen, mit der Leere umzugehen. Schwer fällt es, wenn man nicht mehr weiß, womit man sich trösten kann. Traurig werden wir auch, wenn wir nicht mehr wissen, was wir aus dem Leid noch lernen sollen. Traurigkeit ist eine Emotion, die ich bis ins kleinste Detail kennengelernt habe. Dann war offenbar die Resignation an der Reihe. Es ist schrecklich, dass ich so fühlte, habe ich doch so viel: großartige Kinder, intakte Gesundheit, eine sichere und sinnvolle Arbeit, die Möglichkeit, durch die Welt zu reisen, ein warmes Heim... Doch wegen einer einzigen anderen Person, die weder meine Gedanken noch mein Herz verdient, litt ich unsagbar.

*   *

*

Ich muss einen Weg finden, mit dieser Leere umzuge-hen und gehe schwimmen. Im Wasser geht es mir immer am besten – ich schwamm sozusagen, bevor ich gehen konnte. Ich liebe es in jeglicher Form. Intuitiv fange ich an, im Wasser zu meditieren. Das gibt mir Kraft. Plötzlich fragt mich das Wasser: „Du sagst, du liebst mich so. Wie kommt es dann, dass du dich selbst so wenig liebst? Du bestehst doch zu 85 Prozent aus mir!"

Dieses unglaubliche Erlebnis öffnete mir die Augen. Nun sah ich ein, wie töricht meine Minderwertigkeits-komplexe gewesen waren. Merke ich heute, dass ich in alte Verhaltensmuster zurückgleite, denke ich immer an diese Meditation. Das Wasser rettete mich. Leider kann man unsere festgefahrenen Überzeugungen nicht so leicht ausradieren. Man muss sich selbst gegenüber sehr achtsam sein, um sie überhaupt erst zu erkennen.

Er spukte mir noch eine geraume Zeit im Kopf herum. Meistens empfand ich dabei tiefe Enttäuschung, Trauer, aber auch eine gewisse Erleichterung und die Hoffnung, dass endlich alles ein Ende fände. Ich wusste nie, wie lange ich tatsächlich brauchen würde, um ihn auch aus meinem Kopf zu bekommen, doch eines war mir klar: Eine so selbstlose Liebe hatte ich bisher nur meinen Kindern entgegengebracht. Nie werde ich wieder so lieben können – doch es ist gut so. Einseitige Liebe ist nämlich die selbstzerstörerischste.

In einem Moment war ich sogar richtig böse auf die Schöpfung gewesen. Heute weiß ich, dass das töricht war und schäme mich dafür. Denn alles, was passiert ist, kann ich nur mir selbst, nicht der Schöpfung zuschreiben. Ich hatte zugelassen, dass meine Hormone mein Verhalten bestimmten. Das hatte bei mir nie gute Folgen nach sich gezogen, sondern nur Leid. Da stellt sich jedoch die Frage: Wie kommt es, dass körpereigene Teile zum eigenen Feind werden können? Diagnose: Autoimmunerkrankung „Feindliche Hormone" – höchstes Zerstörpotential. Durch sie erkrankt man an unglücklicher Liebe. Und alle, die sie einmal durchgemacht haben, wissen, dass es auf der Welt keine schlimmere Krankheit gibt. Viele Menschen sind an den Folgen eines gebrochenen Herzens gestorben – mich selbst eingeschlossen. Im Obduktionsbericht heißt es dann: „Syndrom des gebrochenen Herzens".

Ich lehnte alles ab, außer das, was ich mir in den Kopf gesetzt hatte. Besser gesagt nicht in den Kopf – der sagt ohnehin immer nur Nein – sondern in mein Herz. Inzwischen ist es voller Narben, doch es ist ein riesiger Schatz darin verborgen. Das habe ich in einer meiner Hypnose-Sitzungen gesehen. Langsam werde ich wohl verrückt. Von wegen „niemand ist eine Insel" – ich war das schon lange.

Das Leben ist so kurz, dennoch war ich so zögerlich.

Ein Augenblick nach dem anderen vergeht wie im Flug. Mein Gefühl sagte mir: „Geh deinen Weg und genieße den Rest deines Lebens, du hast doch schon so viel gearbeitet." Doch mein Gewissen ließ nicht zu, dass ich mein Wort brach, meine Freundinnen in der Arbeit im Stich ließ. Ich habe sie so lieb und bin jeden Tag dankbar, sie an meiner Seite zu wissen. Über die Jahre sind mir wirklich nur die wertvollen geblieben. Mit ihnen halte ich die Beziehung ganz nach Ebner-Eschenbach: „Das schönste Freundschaftsverhältnis: Wenn jeder von beiden es sich zur Ehre rechnet, der Freund des anderen zu sein."

Ich musste schleunigst zusehen, dass ich weiterkam. Meinem Leben wieder einen Sinn geben. Nach Coelho: „Ich bekam einen unbändigen Willen zu leben, als ich erkannte, dass der Sinn meines Lebens derjenige war, den ich ihm geben wollte." Ganz genau. Das Wort „Sinn" steckt ohnehin in so vielen verschiedenen Worten, die oft genau das Gegenteil bedeuten: Unsinn, Gleichsinn, Irrsinn, Machtsinn, Wahnsinn, Blödsinn, Sinnhaftigkeit, Besinnen, Sinngemäß, Sinnlichkeit, Sinnfrei, Sinnvoll. Sinnlos.

Ich würde nie mehr die Alte sein.

*   *

*

Ich nahm wahr, wie ich langsam wieder anfing, andere Männer anzusehen. Ein Zeichen der Besserung? Ich hoffte es würde nicht mehr lange dauern, bis jemand anderer fähig wäre, meine Leidenschaft zu entfachen. Leider ist das bei mir nicht einfach – ich bin furchtbar wählerisch. Es zählt nur die reine Chemie. Und die Intelligenz. Alles andere ist mir egal. Daher ist Online-Dating für mich keine Lösung. Ich muss den Menschen riechen können. „Papier" ist geduldig: So viel Zeit im Vorfeld zu verwenden, um dann erst recht wieder einen „Blindgänger" zu treffen, will ich einfach nicht. Liebe ist etwas, das meiner Ansicht nach einfach *passiert* – man kann sie nicht im Vorfeld planen, besprechen oder ausdiskutieren. Dennoch gönne ich es von Herzen allen, die es auf diese Art schaffen. Ich kenne einige Menschen, bei denen es so funktioniert hat – zumindest eine Zeitlang.

Er übte noch eine gewisse Anziehung auf mich aus, verliebt war ich aber ganz sicher nicht mehr. Es war einfach anders für mich geworden. All das Leid war offenbar nicht ohne Folgen geblieben. Heute bin ich unendlich dankbar, dass wir nicht zusammen sind – auch wenn ich damals nie geglaubt hätte, jemals so fühlen oder es gar aufschreiben zu können. Er hätte mich, bis auf wenige Momente, nie glücklich füllen lassen können. Das wusste ich schon lange, nur waren meine Gefühle einfach stärker und ich wollte dieser Wahrheit nicht ins Auge sehen. Mein sturer Schädel wollte es schlicht nicht akzeptieren. Andererseits hat mich genau dieser oft gerettet, ich trage es ihm also nicht nach. Endlich habe ich auch mit meinem Dickschädel Frieden geschlossen.

Einige Jahre später schickte er mir eine „Freundschaftsanfrage", wie man so schön sagt, über ein soziales Online-Netzwerk. Ich habe sie nicht akzeptiert. Ich sehe ihn heute so klar, dass er mich nicht mehr im Geringsten interessiert. Rückblickend kann ich gar nicht mehr verstehen, weshalb ich so verrückt nach ihm war. Ich empfinde jeden Tag eine tiefe Dankbarkeit dafür, dass diese schwere Lebensphase vorbei ist und verneige mich vor dem Schutzengel, der mich vor noch viel mehr Leid gerettet hat.

* *

*

Irgendwie ist alles okay, eigentlich sogar immer besser. Trotzdem bin ich nicht restlos zufrieden. Vielleicht bin ich einsam, ich empfinde es aber nicht so. Oder ist es das Los der wurzellosen Menschen, die zwischen den Welten und Kulturen leben? Immer hat man das Gefühl es fehlt etwas. Im Grunde meines Herzens weiß ich es aber: Es sind die Menschen, die ich immer weniger schätze. Das setzt mir zu, weil ich sie eigentlich liebe. Lange Zeit konnte ich deren Gesellschaft aber kaum genießen. Es war furchtbar. Ich habe so viele Enttäuschungen hinnehmen müssen, so viele schmerzvolle Erkenntnisse gemacht. Die Menschen neigen dazu, sich nach außen hin anders zu geben, als sie wirklich sind. Sehr oft geht es ihnen dabei um den eigenen Vorteil, oder um etwas, was sie von anderen haben können. Mir ist klar, dass ich dafür das perfekte Ziel bin. So, als stünde auf meiner Stirn „Geld" geschrieben. Dennoch ist diese Tatsache hart. Ich wollte also fast niemanden mehr in meiner Nähe haben, besonders Männer nicht. Eine weitere Enttäuschung könnte ich nicht verkraften. Ich zog mich zurück, um neue Verletzungen zu vermeiden, war aber rat- und rastlos. Und die ganze Zeit über war mir schmerzlich bewusst: Alle Gelegenheiten kommen in Form anderer Menschen auf uns zu.

Meine letzte Erfahrung war bisweilen die schlimmste. Vielleicht kommt mir das so vor, weil es sich dabei um einen Mann handelte, den ich, wie erwähnt, seit meiner Kindheit kenne. Ich glaubte fest daran, dass er mich nie verletzen würde. Letztlich war er jedoch schlimmer als die beiden davor, also mein Ex-Mann und der Tanzlehrer, weil er mit sehr viel Raffinesse und manipulativer Expertise agierte. Außerdem war er der älteste unter ihnen und hatte dementsprechend die meiste Erfahrung. Ich wollte aber dieses geniale Gefühl der Verliebtheit noch einmal spüren und ignorierte daher alle Zeichen. Wieder.

Mit der Zeit spürte ich trotzdem immer stärker, dass ich ihm eigentlich egal war. Hätte ich nicht so viel zu geben gehabt, hätte er mich wohl nicht einmal eines Blickes gewürdigt. Ein kleiner Teil meines Herzens hoffte dennoch, dass ich mich irrte. Ich interpretierte jede seiner

Aussagen und Gesten und vermutete stets einen tieferen Sinn dahinter. Von Freundinnen hatte ich oft ein ähnliches Benehmen mitbekommen, denn wir diskutierten solches oft gemeinsam. Tatsache bleibt aber: Wenn jemand wirklich auf uns steht, wäre es nicht notwendig, sich so viele Gedanken zu machen. Die Person unternimmt dann schließlich Schritte, um uns ihre Zuneigung deutlich zu zeigen. Und wir spüren sie.

So lebte ich also wieder in einer Traumwelt, empfand das aber immer noch besser, als dahinzuvegetieren und nur zu hoffen. Irgendwann schaukelte sich die Beziehung aber so sehr hoch, dass er mich letztlich nur noch ausnützte und verletzte. Ich konnte die Augen vor so viel Dreistigkeit nicht mehr verschließen. Eine blinde Verliebtheit ist wohl zu allem fähig.

Bekäme ich wenigstens ein bisschen der Energie, die ich in die Arbeit investiere, zurück, und könnte sie dann nur für mich nützen, wäre ich schon mehr als zufrieden. Ich könnte dann Dinge tun, die ich tun möchte, und würde viel schneller vorankommen. Ich könnte mich heilen – mein Zittern, mein RLS, meine Kreuz- und Gelenksbeschwerden. Endlich mir selbst helfen und nicht immer nur den anderen. Man verstehe mich nicht falsch: Ich helfe den anderen sehr gerne. Könnte ich mir eine Superkraft aussuchen, so wäre es das Heilen. Ich bewundere zwar alle tollen SchriftstellerInnen, MusikerInnen und KünstlerInnen. Doch würde ich das Heilen sogar dem Fliegen vorziehen, wenn ich eines davon wählen könnte.

*   *

*

Ich fliege gerade aus Dublin zurück nach Hause. Meine kleine Große ist zum Studieren dort geblieben. Wieder spukt mir der Mann aus der Kindheit im Kopf herum.

Noch dazu ist er nicht einmal wirklich frei. Zwar hat er mit seiner Freundin nie zusammengewohnt, dennoch sind sie angeblich seit fünfzehn Jahren ein Paar. Ebenso angeblich soll es in den letzten Jahren zunehmend Schwierigkeiten zwischen den beiden geben. Er meint, er wüsste nicht einmal, ob sie noch zusammen wären.

Die eine Hälfte in mir möchte ihn unbedingt an meiner Seite haben, egal wie. Die andere Hälfte fragt unermüdlich: „Willst du das wirklich? Du hast immer gesagt: ‚Ich bin eine ganze Frau und möchte einen ganzen Mann.' Er hat seine Freundin. Und jetzt willst du plötzlich teilen? Die versteckte Geliebte von jemandem sein, der dir nicht einmal etwas bieten kann? Schließlich musst du selbst alle Kosten für euch beide tragen. Wieder einmal. Hast du nicht bereits genug von solchen Erfahrungen? Wann bist du endlich einmal dran?"

Ich ließ mich dann doch, nach einigen Versuchen seinerseits und knapp zehn Jahren selbstgewählter Abstinenz, auf ihn ein und sagte ihm, er solle mich bitte wissen lassen, sollte sich die andere Beziehung doch wieder fortsetzen. Er wand sich immer raus. Er hatte richtig befürchtet, dass ich mit seiner Unfähigkeit, sich zwischen ihr und mir zu entscheiden, nicht umgehen konnte. Meine Freundinnen sagten, dass seine Partnerin *sein* Problem wäre, nicht meines. Ja und nein: Alles, was sein Problem war, betraf mich doch auch. Er wollte uns beide haben. Mein Bruder sagte, ich müsse Geduld haben. Meine inzwischen erwachsene Tochter sagte: Nicht zu viel und nicht zu wenig. Er gab mir durch seine Unfähigkeit sich zu entscheiden zu verstehen, dass ich um ihn kämpfen müsse. Das ist aber Unsinn. Liebe kann man nämlich nur geschenkt bekommen. Es nützt kein Kampf und keine Strategie der Welt. Und wenn doch, dann ist die Liebe nicht echt.

Inzwischen weiß ich, wie ich gestrickt bin: Aller

Reichtum dieser Welt ist ohne Liebe bedeutungslos für mich. Nur sind meine Narben da und ich vorsichtig, will keine erneute Enttäuschung, Ausnützung und Demütigung. In diesem Fall durfte ich mir nicht einmal wünschen, dass er bei mir war, denn dazu hatte ich eigentlich kein Recht. Schließlich gehörte er irgendwie immer noch zu einer anderen, die vor mir gekommen war und ihm fünfzehn Jahre ihres Lebens geschenkt hat. Wir werden alle nicht jünger.

Oft fragte ich mich also: Ist er eine Bereicherung oder ein Erschwernis für mich? Immerhin lebten wir fünfhundert Kilometer voneinander entfernt. Ich blieb also trotzdem alleine und musste mich auch weiterhin alleine um alles kümmern. Nur, dass ich jetzt nicht mehr nur meine, sondern auch seine Probleme und finanziellen Nöte auf der Agenda hatte. Ob wir denken, dass etwas schwer oder leicht ist: Man hat in beiden Fällen Recht.

Wie immer gingen mein Herz und mein Kopf getrennte Wege, wie zwei gegensätzliche Teile eines gleichen Universums. Nur diesmal hatte ich ein großes Anfangsvertrauen in diesen Mann gehabt, da wir uns eben schon seit der Kindheit kannten. Ich hätte die Hand dafür ins Feuer gelegt, dass er mir nie ein Leid zufügen würde. Ich habe mich getäuscht. Und diesmal kam es noch schlimmer als je zuvor, diese Enttäuschung wog doppelt. Und mein angeschlagener Rücken hielt dem nicht mehr stand. Eines Morgens war ich unter der Dusche, machte mir dann mein Frühstück und hätte in wenigen Stunden einen großen internationalen Vortrag halten sollen. Plötzlich konnte ich nicht mehr vom Frühstückstisch aufstehen. Es tat furchtbar weh.

Ich wurde ernsthaft krank. Nur weil ich zugelassen hatte, dass meine Verhaltensmuster aus der Kindheit unbewusst wieder das Ruder übernahmen, anstatt auf Vernunft und Bauchgefühl zu hören. Sie hatten mich nämlich ständig gewarnt. Ich hatte zu dieser Zeit mehrere wirklich schlimme Albträume. Manche davon sogar, während ich in seinen Armen lag – ich wusste es also die ganze Zeit über. Ich hatte aber vergessen, auf mein Innerstes zu hören, die Verliebtheit machte mich wieder einmal blind. Diese Lektion habe ich teuer bezahlt, in jeder Hinsicht.

Er aber war ein so überzeugender Redner, ein unübertroffener Charmeur. „Endlich ein Mann, der sich über alles zu unterhalten weiß", dachte ich anfangs. Doch jene, die zu viel reden, geben bloß das, was sie wissen – oder zu wissen glauben – wieder. Sie nehmen sich damit die Chance, zuzuhören und etwas Neues zu lernen. Ein italienisches Sprichwort besagt: „Parla poco di te e diventi più sicuro" – „Sprich wenig über dich und werde selbstsicherer." Nach einiger Zeit mit all seinen, immer wieder gleichen Geschichten dachte ich: „Bitte hör nur ein einziges Mal auf, zu reden, denn jedes deiner Worte lässt mich weiter von dir wegrücken." Dann sagte ich ihm: „Ich bin für dich wie ein Fisch wenn ich rede: Mund auf, Mund zu, und kein Laut dringt zu dir durch. Du hörst einfach nicht zu." Sobald man merkt, dass Menschen gar nicht zuhören können, sollte man zusehen, so schnell wie möglich wegzukommen, um keine weitere Energie auf sie zu vergeuden. Ich hatte das in der Arbeit schon längst erfahren, doch hier vergaß ich diese Lektion leider wieder. Ich fühlte mich unsicher und sicher zugleich. Rückblickend ließ mich das verstehen, wie nah alles beieinander liegt. Nur ein Augenblick reicht, um alles auf den Kopf zu stellen – manchmal sogar nur ein Bruchteil eines Augenblicks.

Er nahm schamlos alles von mir, was er bekommen konnte. In logischer Folge verlangte er bald nach immer mehr, und ich, geblendet vom Traum einer gemeinsamen Zukunft, gab bereitwillig. „Alles im Leben ist eine Lektion. Wenn man sich weigert, seine Lektion zu lernen, bedeutet das, dass die Lektion wiederholt wird, bis man sie gelernt hat", sagt Larry Winget. Ich musste das schmerzlich am eigenen Leib erfahren.

Er war ein Egozentriker sondergleichen, gehörte zu der Sorte Mann, die sich beim Sex umdrehen, sobald sie befriedigt wurden. Wie es den PartnerInnen dabei geht, ist ihnen gleich. Auch im Bett nahm er also immerzu so viel er bekommen konnte, gab aber nichts zurück. Nicht einmal etwas Zeit oder Aufmerksamkeit in den wenigen Tagen in denen wir zusammen sein könnten. An einem Morgen nach so einem „Sex" fragte ich ihn, ob er glaubte, ich sei eine aufblasbare Puppe. Er lachte nur, als hätte ich einen Witz gemacht. Ich konnte seine Selbstverliebtheit nicht fassen.

Ständig stand er vorm Spiegel und wollte von mir bestätigt haben, wie gut er aussah. Ununterbrochen machte er Fotos von sich und postete sie in diversen sogenannten „sozialen Netzwerken". Ich fragte mich wie das möglich sein konnte. Was gab ihm die Berechtigung, so selbstverliebt zu sein? Er war nicht im Entferntesten so toll, wie er dachte – mit Abstand der schlechteste Liebhaber, den ich je hatte. Außerdem kritisierte er mich unentwegt, sagte ich sei zu dick, ich solle wieder zum Frisör gehen, mich anders kleiden. Als Frau zerstörte mich das nach und nach vollkommen. Ich nahm wahr, wie unglücklich er mich machte.

Ich schwor also ein letztes Mal, dass ich so etwas nie wieder zulassen würde. Schließlich beendete ich schmerzvoll diese Parasitenbeziehung, versuchte jedoch, eine Freundschaft zu wahren. Immerhin kannten wir uns bereits unser ganzes Leben. Das ging aber nicht, da er trotzdem weiter nahm und ständig nach mehr fragte. Welch Ironie: Ein erwachsener Mann, groß, klug, charmant, lebt wie ein Parasit von anderen, arbeitet seit mindestens zwanzig Jahren nicht mehr, lebt mit sechzig Jahren noch bei seiner Mutter und erwartet von einer Alleinerzieherin, dass sie ihn finanziert, gar seine erwachsenen Töchter ständig beschenkt und sie und all seine FreundInnen immer einlädt.

Er hatte im Alter von 55 Jahren einen Herzinfarkt erlitten. Für mich war das ein Grund, ihm vieles nachzusehen, obwohl er sich weitgehend von diesem Rückschlag erholt hatte. Nur dürfte es in seinem Fall bloß zu noch mehr Egozentrik geführt haben. Für ihn gab es nämlich nur ihn selbst – ein Egomane der schlimmsten Sorte, ohne jeglichen Anstand und Empathie. Er benahm sich wie ein Adoleszent, der alle Rechte für sich will, einfach weil sie ihm durch sein pures Sein zustünden. Dazu wollte er die absolute Freiheit und keinerlei Verantwortung. Und das, obwohl es in unserer Gesellschaft zu einer guten Erziehung gehört, Kindern beizubringen, dass sich Rechte nur aus Pflichten ergeben können.

Ich zog also die Notbremse. Diesmal ohne Kompromisse. Ich sagte ihm: „Du bist so verliebt in alles, was ich bisher zustande gebracht habe, doch du übersiehst geflissentlich die Quelle all dessen. Alles, was mich ausmacht, siehst du einfach nicht. Nur das, was an der Oberfläche ist – das Unbedeutende. Das Wichtige bleibt dir verborgen, so wie allen anderen vor dir. Du bist keinen Deut besser als sie, obwohl du dich so siehst. Wie schlechte ÄrztInnen erkennst und behandelst du nur Symptome. Die Ursache kennst du nicht. Du bist nicht fähig oder willens, sie zu finden. Und es wird immer so bleiben. Deine Fähigkeit zu reflektieren reicht nicht aus, um sie zu erkennen, geschweige denn verstehen oder greifen zu können. Für dich ist alles gut, solange es an der Oberfläche bleibt. Die Tiefen sind dir ungeheuerlich. Du kannst mit ihnen weder umgehen, noch etwas mit ihnen anfangen. Finde eine Bessere, das wünsche ich dir von Herzen. Eine mit einer tollen Oberfläche – schließlich ist es das, was du suchst. Alles, was tiefer verborgen liegt und einen echten Wert hat, wirst du nie ergründen können, weil es dir schlicht zu mühselig ist. Alles Mühselige schiebst du von dir weg.

Doch dein Unterbewusstes weiß trotzdem, dass es die tiefsten Tiefen sind, die jede/n von uns ausmachen. Die Quelle ist der einzig wahre Ursprung. Daher wirst du auf diese Art und Weise zwar ein gemütliches, oberflächliches Leben führen, nie aber die Erfüllung finden, die die tiefe Verbundenheit mit dir selbst und anderen bringt."

Nach der Trennung erstarrte ich für eine ganze Weile. Es tat verdammt weh. Höllisch schlimm ist es, aufs Leben zu blicken und nur Kampf und Leid zu sehen. Immer das Soll, das Funktionieren-Müssen. Dabei habe ich noch dazu versucht, etwas wirklich Gutes zu schaffen. Ich bin offenbar eine sehr schlechte Menschenkennerin. In meiner Trauer fiel mir plötzlich ein, dass das erste, was mir wirklich an ihm aufgefallen war, seine „toten" Augen waren. Er gehörte zu jenen Menschen mit „weißem", nicht weisem Blick. Kein einziger Funken war in ihnen zu sehen. So gesehen hat mich mein Radar sofort gewarnt, ich habe ihn aber wieder einmal ignoriert. Warum? Das Ignorieren der inneren Botschaften hat mich schließlich all meine Kraft gekostet. Ich habe sie immer und immer wieder den falschen, unehrlichen Menschen gegeben. Jetzt stand mein Tank auf Null, ich konnte mich kaum noch bewegen. Ich saß tagelang nur da und starrte ins Leere.

Bis heute kann ich es nicht fassen, dass mir so eine Geschichte im Alter von fünfzig Jahren erneut passiert war. Ich begriff, dass ich mich geirrt hatte: Wenn es um Männer geht, habe ich noch immer nichts dazugelernt. Ich reagiere nur schneller – schicke sie also eher wieder weg –, mein Muster aber ist gleich geblieben. „Ich habe noch nie jemanden getroffen, der imstande war, die Leidenschaft zu zügeln", sagte Konfuzius. Dazu meine ich inzwischen verstanden zu haben: Die Pointe der Geschichte ist meist schon im ersten Akt versteckt.

Wieder kam alles zusammen: Liebeskummer, Geld-sorgen, Kindersorgen und diesmal auch meine ernsthaft angeschlagene Gesundheit. Doch Sorgen sind vergeudete

Zeit und ziehen nur schlechte Energie an. „Wenn manche Menschen keine anderen Sorgen haben, geben sie sich ein Steinchen in den Schuh", pflegte meine Großmutter zu sagen. Dies betrifft alle, die sich ständig im Voraus sorgen machen. Ein Telefonat mit einem meiner besonders engen, lebenserfahrenen Freunde, rief mir diesen Satz wieder ins Gedächtnis. Er rüttelte mich wach, indem er sagte: „Erst wenn ich wirklich weiß, dass ich mich sorgen muss, dann tue ich es. Niemals im Voraus." Ich hörte in diesem Moment auf, mir Sorgen zu machen. Die Erinnerungen an jene Zeit, in der ich mit meinen Kindern alleine in einer fremden Welt blieb, wurden wieder wach. Damals lernte ich auch, dass sich manche Probleme von alleine lösen und andere erst gar nicht wie zuvor befürchtet auftreten. „Let's cross the bridge when we are there", dachte ich immer, wenn ich merkte, dass ich mir wieder im Voraus zu viele Gedanken machte. Und weiter ging's.

Doch ich vermisse Zärtlichkeit und jemanden, der mich lieb hat. Eine Schulter, an die ich mich hie und da anlehnen kann. Zwei Arme, die mich ab und zu ganz fest halten, mich beschützen und wärmen. Offenbar habe ich aber etwas an mir, das dies nicht erlaubt. Ich wüsste so gerne, was es ist. Nicht, dass die Erkenntnis darüber mich befähigen würde, etwas daran zu ändern; doch das Wissen, woran es wirklich liegt, würde mir meine Freiheit zurückgeben. Endlich könnte ich dann verstehen, was mir helfen würde, meine Unsicherheit abzulegen und nicht immer wieder alles in Frage zu stellen, nächtelang nicht schlafen zu können, weil ich die unzähligen Fragen und Bilder in meinem Kopf nicht abstellen kann. Genau so wenig, wie ich die Sehnsucht nach Liebe abschalten kann, egal was ich sonst gerade tue. Ich bin immer beschäftigt, doch dieser nie erfüllte Wunsch in mir wird durch meine Ablenkungstaktik wohl nur stärker, damit ich ihm die nötige Aufmerksamkeit schenke. Ich *möchte* ja. Doch hat der Magnet in mir wohl eine ganz eigene Polarität und kann, wenn überhaupt, nur schwer einen passenden Partner finden.

„Von seinen eigenen Fehlern verfolgt zu werden ist ein weit schlimmeres Schicksal als der Tod", sagte da Vinci. Aber was soll's? Wir gehen und vergehen. Das, was eventuell überdauert, ist einzig das geschriebene Wort oder eine Idee, die jemand als erste/r hat und sie umsetzt. Die Liebe meiner Kinder, meine Bücher, wenige geschätzte FreundInnen und die wunderschöne Natur ist, was mir noch Schönes bleibt. Für sie werde ich immer weitermachen. Von den Männern lasse ich aber meine Finger. Lieber tue ich Dinge, die ich gut kann: arbeiten und den Menschen helfen. Ich musste Frieden mit meiner Sehnsucht schließen und loslassen. „Train yourself to let go of everything you fear to lose" hörte ich einmal. Ich versuche, es anzunehmen. Es bricht mir das Herz, oder das, was davon noch übrig ist. Das Problem dabei, auf diese Art mit schmerzvollen Dingen umzugehen, ist dass man immer weniger lebendig ist, immer mehr stirbt. Andererseits ist es eine gute Vorbereitung auf den Tod. Langsam wird einem/r alles egal – er/sie hat nichts mehr zu verlieren.

*   *

*

Nach und nach fange ich an zu glauben, eine Richtung gefunden zu haben. Mir ist klar geworden, dass ich nicht der Mensch bin, der sich mit Vernunftarrangements zufrieden geben kann. Ich würde sie nicht aushalten. Auch umgekehrt will ich nicht, dass jemand aus Vernunftgründen mit mir zusammen ist. Sei es, weil es einen Vorteil für die Person bringt oder weil es mit mir leichter ist, als ohne mich. Nur die gegenseitige Liebe zählt.

Ich habe die intensive Erkenntnis gehabt, dass alle Antworten bereits in uns sind – man muss nur lernen, auf sich zu hören. Im Grunde wusste ich von Anfang an, dass diese Männer nichts für mich waren. Mein Bauchgefühl hat mich unentwegt gewarnt, nur ich wollte eben nicht hören. Selbst als der Tanzlehrer und ich die Sexualität beiseite ließen und versuchten, Freunde zu sein, konnten wir nicht normal miteinander reden. Unsere Einstellungen waren wie Tag und Nacht, total gegensätzlich. Das hatte er, neben der Egozentrik, mit meinem Ex-Mann gemeinsam. Und der, der nach den beiden kam, war genau so: egozentrisch, ignorant, selbstverliebt. Wo finde ich sie bloß immer? Und warum kann ich nicht aus meinem Muster ausbrechen? Ich verstehe mittlerweile ja sogar, wie sie denken, doch es ist meilenweit weg von meinem eigenen. Für ihre Unreife, die Kurzsicht, die Ich-Bezogenheit, das Unreflektierte und Zerstörerische habe ich kein Verständnis. Um einen solchen Mann auszuhalten, müsste ich mich selbst komplett aufgeben. Das kann ich aber nicht, weil ich finde, dass ich ein hilfsbereiter, ehrlicher und authentischer Mensch bin. So, wie ich sein möchte. Außerdem sagt mir mein innerer Radar, dass es nicht richtig wäre, mich aufzugeben. Und ich glaube ihm, wie ich es immer getan habe – trotz allem.

Die positiven Seiten schwieriger Erfahrungen sind nicht immer gleich zu spüren, doch im Nachhinein weiß man, dass jedes Puzzlestückchen wichtig war. Ich hatte mich im Schmerz verloren und musste erst langsam wieder lernen, die Schönheit um uns herum zu sehen. Lernen, wieder all die kleinen Dinge zu bemerken, die das Leben so schön machen. Ich habe zwei der tollsten Kinder der Welt, einige wirklich großartige FreundInnen, Menschen, die mich lieben, Männer, die mich begehren – auch, wenn ich nicht mit ihnen zusammen sein kann oder will – eine spannende Arbeit, die ich größtenteils gerne mache, und ich habe bereits die halbe Welt gesehen. Die Riesenkiste mit Dankesbriefen meiner PatientInnen wird immer voller. Mein Job hat einen Sinn und macht für die Menschen, die in solch schwierigen Situationen zu mir kommen, wirklich einen Unterschied. Außerdem bin ich in der Lage, Projekte zu organisieren, die wieder anderen Menschen helfen, inzwischen auch international. Dafür bin ich dankbar, nicht zuletzt weil ich so immer mehr tolle und wertvolle Menschen kennenlernen darf.

Bei den Männern habe ich mich immer zurücknehmen müssen, mich dümmer gegeben, als ich bin und aufgepasst, damit ich ihren männlichen Stolz nicht verletzte. Ich dachte, das muss so sein, damit ich möglichst perfekt alles erfülle, was sich ein Mann von einer Frau wünscht. Doch es hat nicht funktioniert. Ich konnte aber nicht begreifen, warum es nicht reichte, und strengte mich noch mehr an.

Ich habe mich viel zu lange mit jenen Dingen gequält, die ich nicht ändern konnte. Insofern ist meine Resignation gut. Nur vermisse ich die Begeisterung, die mir mit der Zeit abhandengekommen ist. Ich habe mich also, um der Überforderung aus dem Weg zu gehen, immer mehr ins Alleinsein geflüchtet. Mittlerweile habe ich offenbar mehr Angst vor den Augen eines Menschen als vor jenen eines Wolfes. Ich habe mich auch in die Arbeit geflüchtet – sie war nie das, was mich überfordert hat, sondern immer nur die zwischenmenschlichen Beziehungen. Diese sind so komplex, sogar dann, wenn beide wohlwollend sind und selbstlos agieren. Meist ist das aber nicht der Fall und man kann sich schnell ausmalen, wie ungut so etwas werden kann.

Vielleicht ist es mein Weg, alleine zu bleiben. Wieder dieses Unwort „vielleicht". Ich denke nämlich auch, dass es mit mir nicht so einfach wäre, denn ich bin voller Gegensätze. Einerseits kann ich loslassen, vertrauen, genießen und tolerieren, andererseits bin ich stur, stolz, und in meinen Überzeugungen – aus vielen Erfahrungen resultierend – festgefahren. Ich bin zwar sehr dankbar, aber zufrieden bin ich noch nicht. Am besten geht es mir, wenn ich schlafe oder schreibe. Dabei komme ich mir wie ein Zitronenkern in einem Glas Sodawasser vor, der von selbst die ganze Zeit hinaufsteigt und wieder hinabsinkt. Sobald er unten ist, kommt er wieder hoch und wenn er oben ist, taucht er wieder unter. Wenigstens fad wird ihm so nie.

Ich will wieder Freude am Leben empfinden, richtige Freude! Das Leben verdient es. Allein all die Schönheit um uns herum! Und ich möchte, dass mich jemand so richtig lieb hat. Das wollen wir wohl alle. Ich will es ungefähr so wie im Film *Barfuß*. Vielleicht gerade so, weil ich es heute wie damals noch liebe, barfuß zu laufen. „Nichts Großes ist je ohne Begeisterung geschaffen worden", schrieb Ralph Waldo Emerson. Ich muss sie also wiederfinden, denn ich würde so gerne etwas Nützliches hinterlassen. Ich versuche also einen Moment nach dem anderen zu leben und alles anzunehmen, was auf mich zukommt, dankbar zu sein und mir möglichst wenige Sorgen zu machen. Denn Sorgen machen nichts besser, im Gegenteil. Und Dankbarkeit ist der *einzige* Weg, aus einer Misere wieder herauszukommen. Alles andere macht sie nur schlimmer.

Eines weiß ich sicher: Ich kann mich nicht verkaufen. Um keinen Preis. Ich will das allumfassende, das ultimative Gefühl. Jemanden für immer, oder nichts. Keine faulen Kompromisse mehr. Ich habe jetzt die Gewissheit, eine unverbesserliche Romantikerin und große Träumerin zu sein. Damit muss ich meinen Frieden schließen.

V. KAPITEL

Über Kinder und Wachstum

Ich trage meinen zweijährigen Sohn eines sehr frühen Wintermorgens kurz vor Weihnachten durch den hohen Schnee in den Kindergarten, bevor ich zur Arbeit muss. Am Abend zuvor hatten wir einen Brief mit seinen Wünschen an das Christkind geschrieben und am Fensterbrett hinterlassen – „damit das Christkind ihn holen kommt". Plötzlich fragt er mich, so warm eingepackt, dass nur sein kleines, kaltes Näschen gegen mein Ohr drückt: „Mama, wer ist der Boss vom Christkind?" Etwas verdutzt entgegne ich: „Ich weiß es nicht, warum fragst du das?" Darauf er: „Damit ich weiß, bei wem ich mich beschweren kann, wenn es mir nicht das bringt, was ich mir wünsche."

Ich konnte nicht glauben, dass diese Worte aus seinem Mund kamen. Ich werde sie nie vergessen. Ein eindrucksvolles Beispiel dafür, wie schnell und stark uns die Sozialisation prägt. Wenige Jahre später sollte ich ein ähnliches Erlebnis mit meiner Tochter haben: Im Alter von nur fünf Jahren hatte sie einen schriftlichen „Vertrag" mit ihrem vier Jahre älteren Bruder geschlossen. Darin ging es um einen Schokohasen aus ihrem Osternest, den sie ihm unter den festgelegten Bedingungen überlassen wollte. Alle sieben Bedingungen, wie etwa, dass sie „mindestens 2mal vom HAßEN abbeisen" durfte, waren aufgelistet. Beide setzten ihre Unterschriften ans Ende des Vertrags, dann segnete sie ihn mit einem Kinderstempel ab. Ich habe dieses Papier heute noch.

Zwei Kinder alleine großzuziehen war, abgesehen von allem anderen, eine immense Herausforderung, nicht zuletzt finanziell. Noch dazu erledigte ich viel zu viele Tätigkeiten ohne jegliche Bezahlung. Denn wenn ich fand, dass etwas getan werden musste, weil es eine gute Sache war, die vielen Menschen helfen konnte, tat ich es einfach. Das Geld war immer knapp, und es wurde jahrelang nicht besser. Ich arbeitete so viel, dass ich nicht mehr nachkam, war müde und antriebslos. Manchmal zitterte mein gesamter Körper vor lauter Müdigkeit und Erschöpfung. Und je älter ich wurde, desto intensiver spürte ich das.

Gerade aber, als ich dachte, es könne schlimmer nicht mehr werden, belehrte mich das Leben erneut eines Besseren. Diesmal war es mein Sohn, um den ich mir plötzlich große Sorgen machen musste. Er war gerade in die Pubertät gekommen, unglücklich verliebt und voller Leid. Das war die Zeit, in der er begann, abends auszugehen, Drogen zu nehmen, Schlägereien anzufangen und erst irgendwann nachts oder erst am nächsten Tag wieder nach Hause zu kommen. Ich war verrückt vor Sorge um ihn. Das relativierte all das eigene Leid aufgrund meiner gescheiterten Beziehung. Dieser Schmerz verlor plötzlich an Bedeutung, war er doch kein Vergleich dazu, das eigene Kind leiden zu sehen! Ich weinte überall – sogar auf der Straße. Nur vor den Kindern und in der Arbeit riss ich mich zusammen.

Ich bin unsagbar traurig. Mein Sohn macht mir zu schaffen. Ich mache mir große Sorgen. Alles scheint so sinnlos. Es zerreißt mir das Herz, ihn so leiden zu sehen. Ich würde all seinen Schmerz bereitwillig auf mich nehmen, bloß geht das nicht. Mir bleibt nur die Hoffnung, dass er daran wächst, anstatt zu zerbrechen. Er ist doch erst sechzehn Jahre alt.

Seit Stunden warte ich darauf, dass er nach Hause kommt. Es ist so schwer, zuzusehen und nichts tun zu können. Er kommt die ganze Nacht nicht. Wir wohnen in einer Millionenstadt. Ich kann nicht beschreiben, wie es mir geht.

Am nächsten Morgen kommt er endlich zur Tür hinein.

Ich erstarre. Er steht blutüberströmt und ohne Jacke da, sein ganzes Gesicht ist blutverschmiert – du meine Güte, hat er etwa ein Auge verloren? Ich wasche ihn und sehe, dass zum Glück „nur" eine Riesenwunde über seinem Auge klafft. Ich versorge ihn und lasse ihn schlafen. Meine Tränen wollen nicht versiegen.

In den Stunden des Wartens und Bangens in jener Nacht ist etwas mit mir passiert. Ich konnte nicht reden und war den ganzen nächsten Tag wie erstarrt. Zum Glück war es ein Sonntag und ich hatte frei. Es gibt nichts Traurigeres, als mitansehen zu müssen, aber nicht helfen zu können. Ich dachte immer, dass die Lösung für jedes Problem die Liebe sei – schließlich versetzt sie Berge, sagt man. Man kann sie allerdings weder verdienen, noch kaufen, aufzwingen, erbitten oder erpressen – die Liebe kann man nur geschenkt bekommen.

Ich versuchte, meinem Sohn all das beizubringen. Doch gerade zur selben Zeit ging ich durch meine eigene Liebesmisere. Außerdem ist in dem Alter alles, was die Mutter sagt, ohnehin Blödsinn. Wie oft musste ich mir an den Kopf werfen lassen, „keine Ahnung" zu haben, „nichts vom Leben und den Menschen" zu verstehen? Denn wie könne es sonst sein, dass sein Vater nie arbeitet, aber immer im großen Stil lebt, einen Mercedes fährt und ich selbst vor lauter Arbeit umkomme und wir dennoch nichts haben? Es war unmöglich, ihm zu erklären, dass sich im Leben nicht alles nur um Besitz dreht. Es kommt auf so viel mehr an. „Beatitudo ipse virtus – Glück selbst ist auch eine Leistung; und nur der Anständige kann wahrhaft glücklich sein", schrieb Frankl.

Mein Sohn war aber so mit seinem Kummer beschäftigt, dass er verständlicherweise für meinen blind war. Ich hoffte aber die ganze Zeit über inständig, dass er aus der Krise herauswachsen und erkennen würde, wo echte Werte liegen und wer seine wahren FreundInnen sind. Ich glaube sehr an ihn und es bricht mir das Herz, wenn ich sehe, wie er seine Lebenszeit verschwendet. Immerhin habe ich alles getan und so viel aufgegeben, um meine Kinder ohne jegliche Hilfe großzuziehen, mit unendlich viel Liebe und so, dass sie sich immer sicher fühlen konnten. Dann wurden sie älter und die Probleme begannen.

Immer wieder kam mein Ex-Mann ins Bild, der verschwundene Vater, der sich seit jeher völlig der Verantwortung entzogen hatte. Dennoch nahm er sich stets das Recht, alles zu kritisieren, etwa dass die Schulleistungen des Sohnes zu wünschen übrig ließen. Meist forderte er auch noch Geld von mir, da er und seine jugendliche Schönheit pleite waren. Ich hatte es so satt: Faule Säcke, die auf ihren faulen Ärschen sitzen und andere Leute kritisieren, die etwas tun – genau diese wollte ich künftig treten. „Sie sollen mich bloß in Ruhe lassen! Ich habe keine Angst, weder vorm Leben, noch vorm Tod!" dachte ich wutentbrannt. Eine weitere Emotion zusätzlich zur endlosen Traurigkeit zu fühlen, war erfrischend. Ich hoffte, dass meine Wut wahren würde.

*   *

*

Die *wichtigste* Entscheidung im Leben ist jene, mit wem man Kinder bekommt. Ich habe mir leider den falschen Partner dafür ausgesucht. Natürlich würde ich es niemals rückgängig machen wollen, dafür sind meine Kinder zu wertvoll, aber ich hätte ihnen einen besseren Vater gewünscht. Je älter mein Sohn aber wurde, desto mehr musste ich zusehen, wie er zunehmend in Richtung des Vaters entschwand und in dieser Zeit mehr seiner Wesenszüge übernahm.

Mein Sohn zieht um. Ich habe das Umzugsauto organi-

siert, der Plan steht schon lange. Mühsam hatte ich mir die Zeit zwischen all meinen Terminen freigeschaufelt, um ihm zu helfen. Ich komme also zu ihm in die alte Wohnung, um alles einzuladen, gehe durch die Tür und mich trifft der Schlag: Nichts ist vorbereitet. Nichts ist eingepackt. Überall liegt Gewand herum, alle seine Sachen sind durcheinander.

Ich bin so enttäuscht und wütend. Mein Gehirn und alles, woran ich glaube, sind zermartert. Ständig helfe ich, immer und überall, und am Ende bin ich jedes Mal die Dumme – sogar für mein eigen Fleisch und Blut.

Ich verstehe es nicht, werde es nie verstehen: Wie können sich junge Menschen mit einem solchen Potential so sehr vor Arbeit drücken? Hauptsache, sie kommen so leicht und mühelos wie möglich durchs Leben. Wie ein dreißigjähriger Bekannter von mir: Er sollte für viel Geld einen guten Auftrag erledigen, wollte aber nicht auf sein Arbeitslosengeld verzichten und war richtig verbohrt, einen Weg zu finden, das Arbeitslosengeld weiterhin behalten zu können. Er wollte nicht viel arbeiten, sagte er. Wie kann das sein? Ausschließlich in der Komfortzone bleiben, uninteressiert sein – Hauptsache das Geld geht sich für Bier und Joints aus, damit man wieder den Kopf in den Sand stecken kann.

So verplempern viele junge Leute die kostbarste Zeit ihres Lebens, verbrauchen sich und ihre Gesundheit und laufen vorm Leben davon. Dadurch tanken sie keine Energie nach und sterben oft eines frühen Todes. Klassischerweise ist eine solche Haltung an eine grundsätzliche Unzufriedenheit gekoppelt, die man auf die Umwelt projiziert: faule Ämter, blöde ÄrztInnen, unfreundliche Angestellte, dumme MitarbeiterInnen, korrupte Polizei, und so weiter. In der Arbeit werde ich gleichzeitig mit dem krassen Gegenteil konfrontiert: junge, metastasierte PatientInnen, die auch unter Chemotherapie noch arbeiten und studieren, um sich halbwegs normal zu fühlen.

Selten sind die Jungen von sich aus so. Es hat viel mit der Kindheit zu tun. Beispielsweise ist mir unverständlich, wie eine Mutter auf die Idee kommen kann, ihre Kinder zu verlassen, sofern sie nicht unumgänglich dazu gezwungen wird. Schon das „Abschieben" der Kinder zur Großmutter oder den Großeltern finde ich schlimm. Damit meine ich nicht ein paar Stunden oder Tage, sondern dauerhaft. Mit der faulen Ausrede, dass die Kinder es dort besser hätten – welch Unsinn die Menschen sich einreden können, wenn es ihnen dient, ihr Gewissen zu beschwichtigen! Manche brauchen nicht einmal das, Hauptsache, sie müssen keine Verantwortung tragen. Dann behaupten sie gerne noch: „Ach, es ist ein Segen für meine Eltern, mein Kind aufziehen zu dürfen. Das hat die Alten doch wieder zum Leben erweckt!" Solche Menschen haben ein Riesendefizit, das mit nichts aufgewogen werden kann: Ihr Ego hat ihr Gewissen getötet. Das ist ein irreversibler Schaden, der nicht nur sie selbst betrifft, denn sein Wirkungsradius ist enorm und richtet immense Schäden im Massenbewusstsein an.

Das Ergebnis ist, dass dieses dann in die zerstörerische, statt in die liebevolle Richtung gedeiht. Gemeinsam verlangsamen also all die EgozentrikerInnen, Egoman-Innen, NarzisstInnen und krankhaften EgoistInnen die Weiterentwicklung der Schöpfung bedeutend. Osho schrieb: „Die Egoisten werden sich selbst zum Gesetz machen. Egoistische Menschen machen sich zu Göttern." Leider ist die egoistisch programmierte Spezies weit verbreitet und die Schadenfreude seit langem eine salonfähige Eigenschaft: Mit Leichtigkeit erlauben wir uns selbst das, was wir den anderen verübeln. Dieses selbstverständliche Verbrechen zweier Maßstäbe ist in uns und überall um uns. Man denke nur an die einfachste, am weitesten verbreitete Form: Klatsch und Tratsch.

Das, was wir uns selbst erlauben, nennen wir dann einen Kavaliersdelikt, begeht ihn aber jemand anderer, ist es ein Verbrechen. Jane Austen ließ ihre Elizabeth Bennet sagen: „Ich könnte ihm seine Eitelkeit leichter verzeihen, hätte er die meine nicht verletzt." Ich musste dabei durch Tränen lachen. Der einzige Trost ist, dass das Massenbewusstsein veränderbar ist und sich mit jeder Sekunde wandelt. Inzwischen bin ich mir sicher, dass es immer mehr Menschen gibt, die es zum Guten beeinflussen können.

Eine meiner Patientinnen ist bei mir. Sie ist eine wunderbare Frau vom Land, sehr natur- und tierverbunden. Immer, wenn sie eine Entscheidung treffen muss, „pendelt" sie. Sie sagt, das erleichtert ihr die Entscheidung und manchmal dürfe sie so auch in die Zukunft spähen. Ich erzähle ihr von „selbsterfüllenden Prophezeiungen". Sie lacht und fragt mich, ob ich wolle, dass sie mir „pendle". In sorgenvollen Gedanken an meinen Sohn sage ich ja – schließlich kann es nicht schaden. Sie pendelt daraufhin zuerst eine Frage, die sie sich selbst ausdenkt. Dann sagt sie mir, ich solle mir meine eigene Frage denken. Staunend stelle ich fest, dass mich die Antwort des Pendels auf meine Frage irgendwie beruhigt. Ich frage sie, wieso sie erst selbst gependelt hatte, bevor ich an die Reihe kam. „Ich wollte wissen, ob Ihr Sohn ein Gfrast ist – ein von sich aus schlimmer Mensch. Dann hätte ich Sie nicht pendeln lassen." Das gebe es bei den Menschen, genauso wie bei den Tieren. Und da könne man nichts machen, sagt sie, „aber er ist kein Gfrast." Ich liebte diese Frau.

Damals nahm ich das Leben sehr schwer. Meine unerfüllte Sehnsucht machte mir nach wie vor zu schaffen. Mein Herz hat nichts von dem, was ihm wichtig gewesen wäre, bekommen, außer meine Kinder. Ich fühlte nichts mehr. Meine Tränen waren versiegt, denn ich hatte erfahren, dass man mit ihnen nichts löst, sondern nur das innere Feuer löscht. Ich befand mich in einem Vakuum. Wäre da nicht meine Tochter gewesen, so hätte ich geglaubt, ich sei tot. Es wäre mir sogar egal gewesen. Mich plagte ein unheimlich schlechtes Gewissen deswegen. Erst später verstand ich, dass dieses Vakuum auch nur eine der vielen Strategien des Verstandes ist, die helfen soll, schwere Zeiten zu überstehen. Meine Tochter war immer mein Lichtblick. So eine tolle junge Frau großgezogen zu haben ist das Schönste für eine Mutter. Besonders, wenn man so viele Enttäuschungen hinnehmen musste. Mindestens für sie musste ich weitermachen, irgendwie. Wenn nötig würde ich für sie und meinen Sohn zum Saturn reisen.

*   *
*

Heute ist mein Geburtstag. Ich bekomme so viele Anrufe, SMS, Blumen und Geschenke. Es ist eigentlich unglaublich, wie viel Zuneigung ich bekomme. Meine Tochter hat mir ein Gedicht geschrieben und eine Karte mit dem Hinweis: „Egal wie alt du wirst, meine Liebe für dich bleibt immer gleich!" Sie ist das beste Geschenk, das sich eine Mutter vorstellen kann.

Ich erhielt an dem Tag auch eine lange E-Mail einer meiner jungen, todkranken Patientinnen. So viel Sehnsucht nach Leben – sie schrie förmlich aus ihr. Ich dachte wieder über Leben und Tod nach. Ich habe das Gefühl, schon viele Male in meinem Leben gestorben zu sein. Zumindest fühlte ich, mit jeder neuen großen Enttäuschung ein Stück meiner Selbst zu verlieren. Gleichzeitig habe ich diese unglaubliche Neugierde, die immer wieder raus muss und mich dazu bringt, stur meinem inneren Ruf zu folgen. Mein Vater sagte mir oft: „Hör endlich auf, immer mit dem Kopf durch die Wand zu wollen!" Ich sagte ihm: „Papa, es ist mein Kopf und nicht deiner!"

Jahre später verstand ich, dass man Gefühle Gefühle sein lassen und warten muss, bis sie sich ändern. *Das tun sie nämlich mit derselben Gewissheit, mit der sich auch das Wetter ändert.* Zwar darf man sie keinesfalls ignorieren, sind sie wichtige Botschafter für uns, aber man darf ihnen auch nicht die Überhand lassen. „Wozu so viele Tode sterben, wenn ein einziger genügte?" fragt Coelho.

Es ist Neujahr! Tatsächlich fühle ich mich selbst von Grund auf neu, weil ich endlich zu meinem Wohlbefinden gefunden habe – zu diesem guten Gefühl, dass ich wieder eins mit mir bin. Ruhe und Alleinsein lösen Arbeit und Menschenscharen ab. Endlich verstehe ich, was Goethe meinte, als er schrieb: „Glücklich wenn die Tage fließen, wechselnd zwischen Freud' und Leid, zwischen Schaffen und Genießen, zwischen Welt und Einsamkeit."

Ich fing langsam wieder an, mich wie ein Mensch zu fühlen. Endlich hatte ich es geschafft, mich von allen, die mir nicht gut taten, zu lösen, loszulassen, Frieden zu schließen. Und vor allem: niemandem etwas nachzutragen. Letztlich waren all die Vorkommnisse Lektionen, die mich weitergebracht haben. Daher zerbreche ich mir endlich nicht mehr den Kopf darüber, wie andere Menschen mich sehen. Ich bin, wie ich bin – nicht perfekt, doch ich arbeite ständig an mir. Ich bin okay. Und ich werde weiterhin danach streben, in allem mein Bestes zu geben. Meine feste Überzeugung ist: Ist eine Arbeit wert, getan zu werden, ist sie es auch wert, *gut* getan zu werden. Alles andere ist eine Farce. Schade um all die verpfuschte Zeit und Energie.

Die Lehren der Qi-Philosophie erklären, dass sich alles in ständigem Wandel befindet. Jedes Element hat eigene Phasen: Wasser verkörpert den Winter, die Ruhe, den Zusammenhalt und das Festhalten. Holz steht für den Frühling, das Aktivieren, die Pläne, das Wachstum, die Wut, und die Richtungen von unten nach oben und von innen nach außen. Feuer entspricht dem Sommer, dem Geist, der Hitze, dem Lachen, der Liebe und dem Tod. Metall verkörpert den Herbst, das Zurückführen, die Ernüchterung, das Setzen von Grenzen, die Richtungen von oben nach unten und von außen nach innen, zurück in die Tiefe. Erde steht für Reife und Stoffwechsel, für Zwischenzustände, für Ernährung und Besonnenheit, für das Nachdenken, das Verharren, das Schweigen, die Meditation und die Mitte. In ihr manifestiert sich der Zustand der Weisheit, die Ausgewogenheit von Yin und Yang. Wer diesen Zustand nicht regelmäßig anstrebt, läuft Gefahr, auszubrennen.

Kinder brauchen Feuer, also Sonne und Liebe, Metall, also Schutz und Respekt, und Erde in der Form von Nahrung und Wasser. Zum Respekt gehört auch, dem Kind zuzutrauen, dass es selbst auswählen kann, und ihm die Lehre und Muße zu erlauben, wenn es diese möchte. In der Zeit, als mein Sohn die Pubertät durchlief und mit Rauschgift in Kontakt kam, fand ich Trost, wenn ich mir die ganzen RockmusikerInnen ansah, die all das auch hinter sich hatten und dennoch alt wurden. Ich hinterfragte mich damals stark: „Du verurteilst dein Kind, nur weil es nicht nach deinem Geschmack lebt? Wer sagt, dass du einen guten Geschmack hast?" In einer Situation, in der ich meinem Sohn gerade versucht hatte, zu erklären, dass es noch nicht zu spät sei, auf den richtigen Zug aufzuspringen, sagte er zu mir: „Das ist dein Zug, Mama, nicht meiner." Ich erinnerte mich an eine ähnliche Situation mit meinem Vater, nur war es bei mir nicht der Zug, sondern der Kopf gewesen. Da lernte ich, seine Entscheidungen zu respektieren. Er würde noch etwas Zeit brauchen, doch seine empfindsame Seele würde ihn leiten, davon war ich überzeugt. Winget weiß: „Was Kinder angeht, denken Sie stets daran: Sie wachsen aus allem heraus." Und genau so war es. Langfristig gesehen haben die meisten Dinge ohnehin keine größere Bedeutung. Also ist es oft nicht nötig, sich aufzuregen. Kinder brauchen nur Liebe, Schutz und Respekt. Ich sagte meinem Sohn also: „Lebe dein Leben, es ist ein Geschenk. Besinne dich auf deine Stärken, sei dankbar und wisse, dass ich immer der Fels in deiner Brandung sein werde."

Mein Sohn war ein spezielles und über weite Strecken schmerzhaftes Thema für mich. Er ist mein Ein und Alles. Doch auch er muss, weil er mir in einiger Hinsicht sehr ähnlich ist, durch viele schmerzhafte Erfahrungen gehen. Über die Jahre hatte er sich von mir entfernt, weil er mich unterbewusst als Schuldige sah. Und ich konnte dagegen nichts tun. Als er mit neunzehn Jahren aus der Schule draußen war und zu arbeiten begann, kam plötzlich sein verschwundener Vater zurück ins Bild. Daraufhin kündigte mein Sohn seinen Job und ging zu ihm. Für mich war die Tatsache, dass ich ihn diesem „Vater", der sich nie um etwas gekümmert, sondern unser Leben nach der Scheidung nur zusätzlich erschwert hatte, als fast erwachsenen Menschen „schenken" musste, schlimmer als der Tod. Schließlich wusste ich, dass sein Vater ihn nur aussaugen würde, wie er es immer mit allen getan hat. Sobald nichts mehr übrig wäre, würde er ihn vor die Tür setzen. Und genau so war es. Vier Jahre später kam mein Sohn völlig ausgebrannt zu mir zurück. Dennoch war ich so erleichtert, da ich endlich spürte, dass alles gut werden würde. Zwar taumelte er noch einige Zeit, doch er fand zurück zum Urvertrauen und entwickelte sich zu einem großartigen Mann.

Meine Tochter ist mein größter Schatz und der einzige Grund, warum ich nach allem, was geschehen ist, noch am Leben bin. Nur ihretwegen konnte ich mich dazu durchringen, die schweren Zeiten durchzustehen. Denn sie ist ein Geschenk des Himmels und verdient es. Ich bin so begeistert von ihr, ihrer Persönlichkeit, ihrer Reflexion, ihrem tollen Herzen und ihrer Intelligenz.

Das Universum hat ein Meisterwerk vollendet, zu dem ich, so hoffe ich, auch ein klein wenig beigetragen, aber jedenfalls immer alles gegeben habe, was ich nur konnte. Immer, wenn mich jemand nach ihr fragt, sage ich: Hätte ich die Freiheit gehabt, mir beim Universum eine Tochter nach meinen Wünschen und Vorstellungen bestellen zu können, ich hätte sie nicht besser beschreiben können. Es ist das schönste Geschenk für eine Mutter, eine solche Tochter zu haben.

*   *
*

Ich räume meinen großen Kasten im Schlafzimmer aus. Plötzlich finde ich eine vertraute Kiste wieder: Sie enthält unzählige Briefe aus meiner Jugend, die ich über all die Jahre aufbewahrt hatte. Ich beginne sofort, sie zu lesen. Einen nach dem anderen.

Es ist unglaublich, wie viel man über die Jahre vergisst. Diese alten Briefe gaben mir Hoffnung. Sie erinnerten mich daran, dass alles irgendwann vorbeigeht – wie meine Großmutter immer zu sagen pflegte: „Morgen ist ein neuer Tag." Irgendwann erscheint uns alles weit entfernt, und das ist gut so. Die Briefe sind nun, wo ich dieses Buch schreibe, bereits um die dreißig Jahre alt. Krishnamurti schrieb: „Nehmen wir an, du hättest seit Jahren Briefe gesammelt. Nun blickst du in die Schublade und liest Brief um Brief noch einmal durch. Einige behältst du, andere wirfst du weg. Die, die du behalten hast, liest du noch einmal, und sortierst noch einmal aus, bis die Schublade leer ist. Gleichermaßen solltest du dir jedes Gefühls bewusst sein, seine Bedeutung verstehen und es noch einmal bedenken, wenn es wieder auftaucht, da du es dann noch nicht völlig verstanden hast."

Richtiges Denken entsteht durch Selbst(er)kenntnis.

Solange man sich selbst nicht versteht, hat man keine Grundlage für das eigene Denken. Ohne Selbst(er)kenntnis ist das, was man denkt, nur eine Illusion. Die Männer meiner gescheiterten Beziehungen beispielsweise hätten heute nicht einmal mehr die winzigste Chance bei mir. Damals aber dachte ich, ich müsse sterben, wenn ich nicht jeweils mit *ihm* zusammen sein kann. Doch wenigstens sind meine Kinder einer großen Liebe entsprungen. Zwar fand sie ein Ende, in den Momenten ihrer Zeugung war sie jedoch überwältigend.

Als ich die Briefe wieder las, ist mir überraschend aufgefallen, dass ich als junge Frau viel klüger, sogar weiser war, als heute. Offenbar ist es so, dass die Lebenserfahrung den Menschen die Sicherheit, den Glauben an sich selbst, und die Lebensfreude nimmt. Das Leben ist ein Labyrinth: Mit jeder unweigerlichen Sackgasse in unserem Leben sammeln wir neue Erfahrungen. Einer meiner engen Freunde leitet ein riesiges Unternehmen. Immer, wenn er sich einer Entscheidung nicht sicher ist, treffen wir uns und reden darüber. Er sagt, ihm steht seine Erfahrung in manchen Situationen im Weg. Daher möchte er die Meinung einer Person hören, die mit der Materie nichts zu tun hat. Genau so sind Kinder oft die besten RatgeberInnen: Für ein Kind ist die Lösung immer einfach, während Erwachsene alles Mögliche in Betracht ziehen, sobald sie mit einem Problem konfrontiert sind. Sprichwörtlich sehen wir dann vor lauter Bäumen den Wald nicht mehr, während wir nach einer Lösung suchen.

Irgendwann aber findet man sich wieder, denn man lernt – und das ist die gute Nachricht – ständig dazu. Früher oder später wissen wir endlich, was uns entspricht und was nicht (mehr). Die Voraussetzung für diesen Lernprozess ist die lückenlose Übernahme der gesamten Verantwortung für *alles*, was uns im Leben passiert (abgesehen natürlich von höherer Gewalt) und die Bereitschaft, neue Wege zu gehen. Daher habe ich kein

Verständnis dafür, wenn Menschen diese Verantwortung abgeben. So geben sie nämlich gleichzeitig jede Chance, selbst darauf Einfluss zu nehmen, mit ab. „Der Weg zum Ziel beginnt an dem Tag, an dem du die hundertprozentige Verantwortung für dein Tun übernimmst", schrieb schon Dante Alighieri.

VI. KAPITEL

Über Psychologie und Leben

Es ist meine allererste Sitzung bei einem Berufs-psychologen überhaupt. Dieses eine Mal habe ich eine solche Supervision beantragt, die Tätigen im onkologischen Bereich zusteht. Ich erzähle ihm, was mich belastet. Sein Resümee: „Ihre Gefühle sind ganz normal, dann alles was Ihnen passiert ist, war einfach scheiße. Da gibt es nichts schönzureden. Shit happens. Aber jetzt ist es vorbei."; „Sie sollen aufhören, immer Mutter zu sein – außer für Ihre Kinder!"; „Sie sollen egoistischer werden!"; „Sie sind nicht auf dieser Welt, um einen Mann glücklich zu machen!"; „Wenn ein Mann da ist, fragen Sie sich, ob dieser Ihr Leben im positiven Sinne bereichert, es schöner macht. Wenn nicht – Finger weg!"

Ich muss lachen über diese typische No-na-Psychologie. Zehn Einheiten wurden mir zugesprochen, doch er sagt, er könne mir nicht mehr sagen, als bereits getan. Nicht schlecht, oder? Ich gehe genau drei Mal hin.

Alle suchen nach vollkommenen MeisterInnen, doch auch diese sind nur Menschen. Das zu akzeptieren fällt uns schwer. Immerhin hätten wir alle gerne göttliche ProphetInnen. Inzwischen finde ich es eine Schande, wer sich heutzutage aller MeisterIn oder LebensberaterIn nennt. Maßlose Selbstüberschätzung. Coelho sagte: „Was ist ein Meister? Meine Antwort ist: Ein Meister ist nicht derjenige, der etwas lehrt, sondern derjenige, der den Schüler dazu inspiriert, das Beste von sich zu geben, um herauszufinden, was er schon weiß."

Trifft man einmal wirklich *echte* HelferInnen oder MeisterInnen, kann das großartig sein. Leider sind aber die, die nichts taugen, die Mehrheit. In vielen Fällen habe ich sogar erlebt, dass eine sogenannte psychologische Unterstützung mehr Schaden anrichtete, als zu helfen. Den Menschen wird allerlei Stuss eingeredet – ich nenne es Kochbuchpsychologie – alles wird über einen Kamm geschert. Nichts aber ist falscher, wenn es um Menschen geht. Wir alle sind Individuen mit eigenen speziellen Geschichten. Natürlich gibt es Ähnlichkeiten, jedoch gleicht keine Geschichte aufs Haar der nächsten. Man prüfe daher genau, bei wem man sich mit den eigenen Problemen Hilfe sucht.

Wie bei vielen von uns hat auch meine Kindheit später für unbewusste Beziehungsmuster gesorgt, die ich alleine nicht entwirren konnte. Da ich den Schmerz irgendwann nicht mehr aushielt, suchte ich mir Hilfe. Ich hatte zwei PsychologInnen. Interessanterweise hieß der Mann Rios und die Frau Ria. Zu ihr ging ich erst, als ich nicht mehr zu ihm ging. Sie wussten nichts voneinander. Er: immer ruhig und korrekt, in weißem Hemd und dunklem Sakko, stets pünktlich. „Zufälligerweise" kam er aus demselben Land wie meine große unglückliche Liebe. Während unserer Sitzungen tippte er unser Gespräch in seinen Laptop, wobei er mir ständig eindringlich in die Augen sah. Sie: wild, laut und unbändig. Mit ihren sechzig Jahren hatte sie Dreadlocks und schrieb kein Wort von dem auf, was ich ihr erzählte. Oft aber umarmte und schaukelte sie mich, immer wieder stellte sie die geschilderten Situationen nach wie eine professionelle Schauspielerin. Sie schlüpfte in jede Rolle und fragte danach immer: „Etwa so?" Ich musste immer lachen und bejahen – sie erfasste es genau.

Rios und Ria: Namen, die die Bedeutung des Flusses und des Fließens in sich tragen. Nach zwei Jahren bei *ihm* – länger konnte ich mir die Therapie nicht leisten – kam er zu folgendem Fazit: „Sie haben die Integration von Gut und Böse nie gelernt. Bei Ihnen ist alles entweder Gut oder Böse – dazwischen gibt es nichts. Aber Sie müssen lernen, dass das Leben aus vielen Grautönen besteht, sonst werden Sie nie glücklich sein können. Diese übertriebenen moralischen Ansprüche, die Sie an sich und andere stellen, werden Sie nie Erfüllung finden lassen. Entscheiden Sie, dass Sie ab sofort damit aufhören werden; Sie sind nicht da, um allen eine Mutter zu sein, außer Ihren Kindern. Hören Sie auch *damit* auf, sonst werden auch die Männer in Ihnen schnell nur eine Mutter sehen und die Erotik geht verloren; Sie werden immer größere Projekte umsetzen und immer mehr Menschen helfen, aber das wird Sie nicht glücklich machen. Ihr Glück liegt in *Ihnen*. Sie müssen und werden es finden, wenn Sie bereit sind, tief hineinzusehen; Sie selbst können entscheiden, ob Sie rauchen oder nicht – alles ist eine Frage der Entscheidung.“

Bei Ria war ich nicht so lange, ihr Fazit sah so aus: „Sie sind so ein Mensch: Da kommt jemand in Ihre Wohnung und scheißt Ihnen mitten auf den Teppich. Sie glauben es erst nicht, sehen sich dann die Scheiße an und denken: ‚Na ja, vielleicht waren das früher Nüsse, Shrimps, oder sogar Erdbeeren ...‘ Sie warten, bis diese Scheiße zu Gold wird, aber das wird sie nicht! Scheiße ist Scheiße und stinkt bis zum Himmel – also hören Sie auf damit!“

Doch egal, was uns jemand anderer sagt, sei es auch in bester Absicht, bezahlt oder unbezahlt, unseren Weg können letztlich nur wir selbst finden. Darum funktionieren Therapien meist nur kurzfristig, wenn überhaupt. Diejenigen, die es schaffen, dauerhaft etwas in uns zu bewirken, sind jene, die etwas in uns berühren. Dem widmen wir dann unsere Aufmerksamkeit und können daran arbeiten.

Inzwischen finde ich sind die schlimmsten Probleme im Leben eines jeden Menschen diejenigen, auf die er keinen Einfluss hat. Etwa wenn das eigene Kind plötzlich erkrankt und operiert werden muss, weil es sonst sterben würde. Man selbst kann nur beten und hoffen, dass alles gut geht. Oder die Machtlosigkeit bei einer unerfüllten

Liebe – egal, was man sich einzureden versucht, das (Verräter-)Herz ist immer stärker. Ob aber Menschen, die es immer schaffen, nur nach ihrem Verstand zu leben und immer alles im Griff zu haben, glücklicher sind, weiß ich nicht mit Gewissheit, und kann es auch nicht glauben.

In schwierigen Lebensphasen ist die Zeit der beste Ratgeber. Innezuhalten, sich neu zu orientieren, loszulassen und zu vertrauen, dass alles gut wird. Das Leid ist ein fantastischer Lehrer. Am wichtigsten sind dabei die Erkenntnisse über uns selbst. Im Idealfall zweifelt man im Anschluss weniger an sich, achtet wieder mehr auf die eigene Gesundheit und lernt es zu schätzen, schöne Träume zu haben. Denn Träume gehören nur uns und tun niemanden weh.

*   *

*

Die Mängel damals hatten eigentlich nur mit mir zu tun. Bis heute muss ich an der Verantwortung mir selbst gegenüber arbeiten. Oft bringe ich nicht die nötige Konsequenz für Dinge auf, die nur mich betreffen – etwa, mit dem Rauchen aufzuhören, weniger zu arbeiten oder mehr Sport zu machen. Andererseits denke ich, dass es nicht richtig ist, nur nach strikten (Zeit-)Plänen zu leben. Doch meine Art zu leben war offenbar auch nicht die richtige, da sie zu oft zu Verletzungen und Schmerz geführt hatte. Das wollte ich ändern. Allen voran wollte ich nicht mehr so viel Information über mich preisgeben, nicht mehr so ehrlich sein, denn ich fand mich zu durchsichtig. Menschen, die gleich beim ersten Treffen bis in den letzten Winkel durchschaubar sind, finden wir meist langweilig. Ähnlich geht es uns mit Aufgaben, die leicht lösbar sind, Wettkämpfen, die wir ohne Anstrengung gewinnen oder Dingen, die wir gratis bekommen. PatientInnen beispielsweise äußerten oft Zweifel an Studienmedikamenten, weil sie kostenlos waren. Bei Menschen wie mir ist immer alles klar und man kann sich darauf verlassen, wie unsere Reaktionen ausfallen. Das macht unser Verhalten vorhersehbar, uninteressant und langweilig. Doch vorzuspielen, anders zu sein, konnte ich nicht mit mir vereinbaren. Daher verwarf ich diese Gedanken gleich wieder.

Das, was ich wirklich ändern musste, war vielmehr das übertriebene Vertrauen in das Gute im Menschen. Fast alle enttäuschten mich früher oder später. Am meisten macht mir zu schaffen, dass sie Gutmütigkeit oft mit Blödheit verwechseln. Es ist so demütigend. Außerdem ist das Wort „Gutmensch" mittlerweile ohnehin zu einem Schimpfwort verkommen. Die Mehrheit mag keine guten Menschen, es sei denn, sie brauchen etwas von ihnen. Gute Menschen führen den weniger guten nämlich vor Augen, wie schlecht sie selbst sind – und das ganz ohne Absicht. Das mag niemand. Die Guten sind pünktlich, halten ihr Wort, begegnen ihren Mitmenschen mit Respekt und helfen, wo sie können. Die Pünktlichkeit beschrieb Gotthold Ephraim Lessing als den „besten Beweis einer guten Erziehung". Sie hat nämlich sehr viel mit Respekt anderen gegenüber zu tun. Mit guten Menschen ist es einfach, weil sie alles verstehen und nicht nachtragend sind. Irgendwann läuft aber auch für sie das Fass über, sie zeigen ihre Grenze auf und werden im Gegenzug sofort als „eingebildet" abgestempelt. Dann heißt es für gewöhnlich: „Sie hat sich so zu ihrem Nachteil verändert", oder „Er ist auch nicht mehr das, was er einmal war." Gut so! Man ist gezwungen, Grenzen zu setzen. Die anderen werden immer versuchen, so viel wie möglich zu bekommen. Daher liegt es an uns, im richtigen Moment zu sagen: „Bis hierher und nicht weiter." Und dann zu gehen.

Niemand darf unsere persönlichen Grenzen definieren. *Das müssen wir selbst tun.* Nicht einmal Eltern haben das Recht, diese für ihre Kinder zu setzen. Doch die persönlichen Grenzen klar zu definieren ist unbedingt nötig. Spüren unsere Mitmenschen nämlich keine, ist es so, als würde man samt den eigenen Bedürfnissen gar nicht existieren. Dabei muss man darauf achten, dass man in einer Sprache kommuniziert, die das Gegenüber auch wirklich versteht. Nette Hinweise wie: „Ich muss jetzt wirklich aufhören zu telefonieren, mein Essen wird anbrennen" reichen nicht. Oft kommt nämlich zurück: „Ach, es wird schon nichts sein. Also, was ich dir unbedingt noch erzählen wollte..." Und die Grenzüberschreitung geht munter weiter, immer und immer wieder aufs Neue. Mit ihnen verhält es sich ähnlich wie mit Unkraut: Man muss es so früh wie möglich an der Wurzel packen und (raus)ziehen, solange es noch leicht geht und ein größerer Schaden gar nicht erst entsteht.

Rachegelüsten nachzugeben ist allerdings *nie* der richtige Weg. Muss man sich unbedingt rächen, darf man es nur in Form guter Taten oder persönlichen Wachstums tun. Jede andere Art der Rache ist einer großen Seele nicht würdig. Das bedeutet nicht, dass man seinen Mitmenschen alles verzeihen muss – das ist nicht unsere Aufgabe. Vergebung müssen sie woanders finden. Unsere Aufgabe aber ist es, Frieden mit der Sache zu schließen. Oscar Wilde schrieb: „Die höchste Form von Seelengröße ist, es nicht nötig zu haben, jemandem zu verzeihen, weil man sich nicht gekränkt gefühlt hat. Denn verzeihen bedeutet in gewisser Weise immer, sich überlegen zu fühlen, denjenigen zu erniedrigen, dem man verzeiht."

Ich habe in meinem Leben durch so viele Sümpfe waten müssen, so viel Leid gesehen und selbst erfahren. Jetzt aber kann ich endlich sagen, dass alles gut war und ist. Ich habe viele verdorbene Menschen kennengelernt, aber auch einige wirklich wertvolle. Das hat mich zu einem Menschen geformt, den ich letztlich zu schätzen gelernt habe. Ich hätte mich selbst gerne als Freundin – diese Feststellung gibt mir die Kraft, weiterzumachen.

Meine Tochter und ich fahren in mein leerstehendes Elternhaus am Meer. Hier tanke ich immer die mächtige Kraft des Ursprungs. Im Haus ist es kalt, die kleinen Elektroheizkörper reichen nicht aus, um uns warmzuhalten.

Ich träume vom Tod. Ich liege verletzt am Boden und bin blutüberströmt. Sogar mein Mund ist voll davon, doch ich kann es nicht ausspucken und ersticke daran. Ich muss sterben.

Am folgenden Tag wachen wir beide krank auf. Wir sind stark verkühlt, haben Fieber, Schmerzen und fühlen uns schwach.

Ich weiß nicht, wie ich früher unter diesen Bedingungen leben konnte. Damals aber war das so selbstverständlich, ich habe nicht einmal etwas vermisst. Diese Erinnerungen lassen mich mein Leben heute erst so richtig schätzen. All die Dinge, die mittlerweile selbstverständlich für mich geworden sind, wie ein warmes Heim, fließendes Wasser, ausreichend Licht, die Möglichkeit, mich zu waschen, wann immer ich möchte, und immer genügend Essen Zuhause zu haben, waren nicht immer gegeben. Als Kind musste ich auf vieles verzichten. Ich habe nicht einmal einen Löffel geschenkt bekommen, musste mir alles erst erarbeiten.

Trotz des eisigen Wetters ist es wunderschön hier. Das Meer ist kristallklar und seine glänzenden Farben unglaublich. Es ist unmöglich, dass diese Schönheit jemals irgendjemanden kalt lassen könnte. Alles ist so ruhig, noch rein und unberührt. Der Regen setzt den Duft der Nadelbäume frei, ich kann gar nicht genug davon einatmen. Überall blühen die ersten Frühlingsboten. Ich bin froh, hergekommen zu sein. So kann ich mich wieder besinnen.

Nicht, dass ich für die Liebe nicht nahezu alles geben würde – aber sie muss gegenseitig sein. Muss ich aber dauernd das Gefühl haben, nicht genug zu sein so, wie ich bin, ist es nach kurzer Zeit bestimmt wieder aus. Ich habe noch immer keine Ahnung, was das Leben für mich bereithält. Im Moment gibt es mir aber diese wunderschönen Bilder hier und dafür bin ich unendlich dankbar.

Beim Frühstück beobachte ich meine Tante. Sie ist einer der gutmütigsten Menschen, die ich kenne. Ihr Leben lang aber steckt sie in einer unglücklichen Ehe fest und ist unfähig, daran etwas zu ändern.

Leider gibt es solche Beispiele sehr oft – ich habe einige davon in meinem engen Bekanntenkreis. Einerseits spielt hier die Harmoniesucht mit, andererseits die Ängste vor Veränderung und Verlust. Manche wollen nicht alleine sein, andere haben finanzielle Ängste. Manche wollen keine Verantwortung übernehmen, andere sind bequem, geizig, oder missgünstig. Letztere lassen dann beispielsweise nicht zu, dass „er/sie alleine genießt, was wir aufgebaut haben. Ich habe dafür geschuftet und jetzt soll es womöglich noch jemand anderer genießen? Kommt nicht in Frage!" Es gibt Tausende Ausreden, sich nicht zu trennen.

Das kann ich bis heute nicht nachvollziehen, denn das einzige, was ich lange Zeit glaubte, in meinem Leben wirklich bereut zu haben, war die Tatsache, dass ich mich nicht früher von meinem Ex-Mann habe scheiden lassen. Der Grund war, dass ich ihn noch liebte und nicht aufgeben wollte. Dafür kämpfte ich mit allen Mitteln: Verständnis, Streit, Seidenunterwäsche, Candle-Light-Dinner und Unterstützung in jeder Hinsicht. Dabei unterdrückte ich alle meine Bedürfnisse, denn ich wollte keine Niederlage akzeptieren. So ein Quatsch, weiß ich heute. Andererseits: Hätte ich zu schnell aufgegeben, so hätte ich womöglich im Nachhinein das Gefühl gehabt, nicht mein Bestes gegeben oder alles versucht zu haben. Vielleicht hätte ich es also bereut, vorschnell gehandelt zu haben. Es hat wohl alles im Leben seinen rechten Zeitpunkt. Mittlerweile halte ich es wie Elbert G. Hubbard: „Verschwende keine Zeit damit, verschwendeter Zeit nachzutrauern." Auch Goethe half mir: „O, was ist der Mensch, dass er über sich klagen darf! Ich will, lieber Freund, ich verspreche dir's, ich will mich bessern, will nicht mehr ein bisschen Übel, das uns das Schicksal vorlegt, wiederkäuen, wie ich's immer getan habe; ich will das Gegenwärtige genießen, und das Vergangene soll mir vergangen sein."

Auch bei meinen PatientInnen habe ich diesen Zustand häufig beobachtet: Um sich und anderen die Illusion des „perfekten" Lebens zu erhalten, verdrängen und verleugnen sich die Menschen selbst, ihre Bedürfnisse, und besonders Ereignisse, in denen sie sich ihrer Verantwortung entzogen haben. Die Kinder beispielsweise wurden regelmäßig vom Vater mit dem Ledergürtel verdroschen – ich selbst war mehrmals dabei, als es geschah. Jahre später sagen diese Mütter jedoch: „Aber nein, das stimmt doch nicht." Das ist keine absichtliche Lüge, die Betroffenen glauben das wirklich. Sie könnten nämlich nicht weiterleben, gäben sie zu, gegen ihren Mutterinstinkt gehandelt und ihre Kinder nicht geschützt zu haben.

Das menschliche Gehirn entwickelt solche Verdrängungsmechanismen, um überleben zu können. So entstehen nach extremen Erfahrungen auch viele Traumata und psychologische Erkrankungen, wie etwa PTSD (Post-Traumatic Stress Disorder), Schizophrenie, und andere. Wird Kindern in solchen Situationen aber kein Schutz gegeben, so rächt sich das *immer*. Dafür sorgen die Kinder dann selbst, indem sie zu Süchtigen, zu CholerikerInnen, oder zu Menschen werden, die immer auswärts Ausreden für ihr Handeln suchen und ihre Wut überall – mit Vorliebe aber an der Mutter – auslassen. Die Mütter leiden darunter, nehmen aber alles hin und widersprechen nicht. Denn in ihrem tiefen Inneren wissen sie, trotz unterbewusster Leugnung, dass ihr eigenes Verhalten von damals dazu geführt hat. Wie kann man dabei zusehen, dass irgendjemand – sei es der Vater oder ein Fremder – die eigenen Kinder schlägt, und nichts dagegen tun? Es ist eines der größten Verbrechen an kleinen, hilflosen Kindern – schlimmer noch, als die Schläge selbst: der Verrat der Mutter. Hätte mein Ex-Mann es nur ein einziges Mal gewagt, die Kinder anzufassen, hätte ich ihn umgebracht. Zum Glück war er ihnen gegenüber nie aggressiv. Er brauchte nur Geld für seine Spiel- und Drogensucht, dann war er zufrieden, oder zumindest ruhig.

Wir kreieren uns die Welt, wie sie uns gefällt.

Unser Kurzurlaub ist zu Ende. Es war wichtig, sich wegbewegt und einen Abstand geschaffen zu haben. Das möchte ich mir im Herzen bewahren und immer daran zurückdenken, wenn schwierige Tage kommen. Alles andere wird sich weisen.

Wir kommen wieder Zuhause an. Jetzt kommt es mir so vor, als wäre die Zeit für die Dauer unseres Ausflugs stehen geblieben. Als wären meine Tochter und ich für kurze Zeit in eine Seifenblase eingetreten und würden jetzt einfach wieder weitermachen.

*   *
*

Eigentlich hatte ich den Wind nie gern gehabt. Er zerstörte meine Frisur, trieb mir Tränen in die Augen, brachte mitunter meinen Kreislauf durcheinander, wenn er vom Süden kam und blies alles davon, was man festhalten wollte. Aber diesmal höre ich ihm zu. Er ist wie eine sanfte Musik, ein nur für mich bestimmtes Flüstern. Heute ist er mein Liebhaber, der sanft meine Haut streichelt und dennoch eine ungeheure Kraft besitzt, sodass er mich, wenn ich mich ihm überließe, ganz leicht zu sich nähme. Es scheint, als würde er sagen wollen: „Entspanne dich und genieße. Ich bringe dir alles was du brauchst, ganz natürlich und leicht. Du musst mir nur vertrauen."

Ich liege in meinem „Loch", einer Felsbucht am Strand, und träume vor mich hin. Alles ist so wunderschön und ich bin derart mit Dankbarkeit erfüllt, dass ich gar nicht weiß, wie ich es der Schöpfung je gebührend danken kann. Ich glaube nicht, dass sie sich dafür interessiert, ob ich faste oder zur Messe gehe. Gefallen würde ihr eher, denke ich, wenn ich dieses Gefühl der Dankbarkeit weitergebe. Indem ich jemand anderem helfe, es auch zu spüren.

Es geht mir heute gut. Ein Schritt nach dem anderen, wie mein Vater zu sagen pflegte. Entspannen, immer das Beste geben und der nächste Schritt ergibt sich von selbst. Ich blicke hoffnungsvoll in die Zukunft – denn nur wer gar nicht hoffen kann, ist wahrhaft unglücklich.

„Die Zeit heilt alle Wunden", heißt es im Volksmund. Das stimmt. Sie ist aber eine miserable Kosmetikerin. Die Narben bleiben und entwickeln eine eigene, störende Energie. Arbeitet man nicht daran und „versöhnt" sich mit ihr, kann sie das seelische Wohlbefinden empfindlich stören. Darüber hinaus bremst sie uns – „ein gebranntes Kind fürchtet schon den Rauch."

Regelmäßig sollte man sich fragen, wofür man am meisten dankbar ist. Ich bedanke mich jeden Tag für die Gesundheit meiner Kinder, für meine eigene, und dafür, dass ich mir letztlich immer treu geblieben bin. Denn: „Wenn wir Zufriedenheit nicht in uns selbst finden, ist es zwecklos, sie anderswo zu suchen", schrieb La Rochefoucauld. Und Benjamin Franklin wusste: „Zufriedenheit ist der Stein der Weisen. Zufriedenheit wandelt in Gold, was immer sie berührt."

Immer wieder dachte ich, dass ich vielleicht hier bin,

um die Welt – wenigstens in meinem kleinen Kreis – ein wenig besser zu machen. Das ist nämlich immer meine Motivation gewesen, wenn ich unentlohnt arbeitete. Ich hatte immer mehr unbezahlte als bezahlte Arbeiten auf meiner Agenda. Das verstand niemand – ich auch nicht. Ich fühlte mich dabei immer wie eine Marionette, deren Fäden jemand „von oben" zog. Das Problem an einer solchen Verhaltensweise ist nicht, dass man viel Zeit, Kraft und Eigenmittel in solche Projekte investiert, sondern die Tatsache, dass die Menschen es als selbstverständlich erachten, dass man es tut. Nach relativ kurzer Zeit überschreiten sie dann sämtliche Grenzen, weil sie nie genug bekommen. Als wäre man nur da, um anderen zu dienen. Als wäre man für ihr Leben bestimmt und nicht für das eigene. Und hat man einmal keine Energie mehr und sagt Nein, ist man bestenfalls eine Heuchlerin, die bloß vorgibt, helfen zu wollen, eigentlich aber „nichts" für andere tut. Mit der Zeit hat mich genau diese Haltung anderer von derartigen Projekten entfernt. Eine Zeitlang taumelte ich, haderte innerlich beispielsweise mit superreichen Eltern einiger junger PatientInnen von mir, die nicht einmal einen einzigen Euro für die Hilfsorganisation spendeten, die ich für Betroffene wie sie ins Leben gerufen habe – trotz all der Sorge und Pflege ihrer kranken Kinder.

Dennoch kann ich nicht anders und arbeite bis heute an meinen wohltätigen Projekten weiter. Doch auch diese Erfahrungen waren notwendig, denn durch sie erkannte ich, dass es weitaus sinnvoller ist, die eigenen Projekte zu verwirklichen – egal, was andere tun. Schließlich sind sie für ihr Leben zuständig und ich für meines.

Da kommt er wieder, der alte Mann, der am Strand Maiskolben verkauft. Seine Stimme ist schon ganz heiser. An dem immer gleichen, karierten Hemd mit den kurzen Ärmeln fehlen drei Knöpfe. Er übernimmt jene Seite der

Halbinsel, auf die die Sonne erbarmungslos hinunterknallt, damit seine Frau im Schatten ihre Maiskolben verkaufen kann. Sie hat schon fingerdicke Krampfadern an beiden Beinen.

Er erzählt mir, dass sie abzüglich der Kosten für Ware und den Bus zum Strand mit mageren zehn Prozent Gewinn nach Hause gehen. Vierzig Jahre hatten er und seine Frau gearbeitet, doch von der mickrigen Pension können sie nicht leben. Die Kinder seien außer Haus und mit sich selbst beschäftigt. Außerdem sei der älteste Sohn ohnehin eine Katastrophe: „Hat acht Kinder mit sechs Frauen und verspielt alles Geld, das er zu fassen bekommt", sagt der alte Mann in bitterem Ton. „Aber da ist nichts zu machen, er war schon immer furchtbar. Man kann ihn nicht einmal zur Rechenschaft ziehen, er kommt einfach nach der Großmutter meiner Frau." Er vertraut mir seinen größten Wunsch an: einen Rekorder, der statt ihm „Kukuruz, Kukuruz" schreit, damit er seine Stimme wieder schonen könne.

Werden wir mit Menschen konfrontiert, die am Limit leben, rückt es unsere eigenen Probleme wieder in Perspektive. Als der alte Mann den Rekorder erwähnte, ergriff mich die Scham. Gleichzeitig gab es mir aber auch Kraft. Wir alle haben Zeiten, in denen sich das Leben auf ein einziges, riesiges Fragezeichen zu reduzieren scheint. Dennoch müssen wir weitermachen und das Urvertrauen haben, dass das Leben weiser ist, als wir selbst. Hermann Hesse brachte es so trefflich auf den Punkt:
Stufen (Hermann Hesse)

Wie jede Blüte welkt und jede Jugend
Dem Alter weicht, blüht jede Lebensstufe,
Blüht jede Weisheit auch und jede Tugend
Zu ihrer Zeit und darf nicht ewig dauern.
Es muss das Herz bei jedem Lebensrufe

Bereit zum Abschied sein und Neubeginne,
Um sich in Tapferkeit und ohne Trauern
In andre, neue Bindungen zu geben.
Und jedem Anfang wohnt ein Zauber inne,
Der uns beschützt und der uns hilft, zu leben.

Wir sollen heiter Raum um Raum durchschreiten,
An keinem wie an einer Heimat hängen,
Der Weltgeist will nicht fesseln uns und engen,
Er will uns Stuf' um Stufe heben, weiten.
Kaum sind wir heimisch einem Lebenskreise
Und traulich eingewohnt, so droht Erschlaffen;
Nur wer bereit zu Aufbruch ist und Reise,
Mag lähmender Gewöhnung sich entraffen.

Es wird vielleicht auch noch die Todesstunde
Uns neuen Räumen jung entgegen senden,
Des Lebens Ruf an uns wird niemals enden,
Wohlan denn, Herz, nimm Abschied
und gesunde!

Und Tolstoi schrieb: „Ich muss endlich aufhören, vom
Leben Überraschungsgeschenke zu erwarten und das
Leben selbst gestalten." Den Rekorder brachte ich dem
alten Mann übrigens im folgenden Sommer.

VII. KAPITEL

Über Menschen und Unmenschen

Die Zeit zieht dahin. Letztlich fand ich, dass ich mir den Glauben ans Gute trotz allem nicht wegnehmen lassen *will*. Egal, was andere tun oder sagen. Ich möchte nicht durch mein Leben gehen, ständig erwartend oder befürchtend, dass jemand hinter der nächsten Ecke lauert und mir eins über den Schädel zieht. Das kann nicht richtig sein. Was wäre das für ein Leben? Ich möchte das Leben eines Menschen leben, nicht das eines flüchtenden Hasen oder einer giftigen Schlange. Meinen Kindern versuchte ich immer zu erklären, dass wir *alle* diese Entscheidung frei treffen können.

„Die Neigung in anderen immer das Gute zu sehen, zeugt von einem großen Herz", sagte Thomas von Aquin. In meiner Jugend bekam ich ein großes Kompliment von einer strengen Lehrerin. Sie sagte, ich hätte ein Herz so groß wie die Terazije – das ist der Hauptplatz der serbischen Hauptstadt Belgrad. Ich hoffe, dass mein Herz immer noch so groß ist, auch wenn es inzwischen viele Narben zeichnen. Doch *nur* das Gute zu sehen und ständig zu geben geht nicht lange gut. Nach relativ kurzer Zeit ist man völlig ausgelaugt. Nietzsche schrieb: „Ohne den Nehmenden gäbe es den Gebenden nicht." Warum aber kann es nicht öfter zum Rollentausch kommen: Einmal geben, einmal nehmen wir? Also ein wechselseitiges und ausgeglichenes Geben und Nehmen. Die Mitte ist der Weg. Will man viel tun, muss der Prozess in beide Richtungen verlaufen. Wir müssen auch wieder auftanken, wenn wir viel tun wollen, uns trauen, etwas zu nehmen, damit wir wieder geben können. Trotzdem bin ich eindeutig besser im Letzteren. Ebner-Eschenbach riet: „Überlege einmal, bevor du gibst, zweimal, bevor du annimmst und tausendmal, bevor du verlangst." Genauso verhält es sich in meinem Leben. Nur dass ich manchmal gar nicht überlege, bevor ich gebe. Es ist eher ein Reflex

Seit ich verstanden habe, dass meine Emotionen nur etwas mit mir zu tun haben und ich nicht das Recht habe, andere für sie verantwortlich zu machen, geht es mir wesentlich besser. Die Verantwortung übers individuelle Leben liegt immer in den eigenen Händen. Dumm ist, diese Verantwortung jemand oder *etwas* anderem zu übergeben. Wir tun das jedoch sehr oft, etwa indem wir alle möglichen Ausreden finden, weshalb etwas so ist, wie es ist. Diese Ausreden dienen aber nur dazu, uns von unserer Schuld reinzuwaschen. Gleichzeitig nehmen sie uns die Macht über das Handeln und die Möglichkeit, etwas zu ändern, wenn es uns nicht gefällt. „Wer ja sagt zu seinem Schicksal, den führt es voran; den Widerstrebenden aber schleift es mit", wusste Seneca. Ja zum „Schicksal" zu sagen erfordert aber, die komplette Verantwortung fürs eigene Leben zu übernahmen. Sobald die ursächlichen Einstellungen und Gedanken beseitigt sind, verschwinden die Konsequenzen. Leider geht es auch in der modernen Medizin in den seltensten Fällen darum, der Ursache an die Wurzel zu gehen, sondern nur darum, Symptome, also Begleiterscheinungen des eigentlichen Problems, zu beseitigen – eine Tatsache, die mir in meinem Berufsalltag zunehmend zu schaffen macht.

Zu jammern und sich zu weigern, die Verantwortung zu übernehmen, vernichtet jegliche Chancen auf Erfolg. In diesem Sinne schrieb Konfuzius: „Der Edle verlangt alles von sich, der Primitive stellt nur Forderungen an andere." Trägheit und „Aufschieberitis" sind die größten Hindernisse auf dem Weg zum Erfolg. Bei Frankl las ich etwas, das mich sehr beeindruckt hat: „Wir müssen lernen und die verzweifelnden Menschen lehren, dass es eigentlich nie und nimmer darauf ankommt, was *wir* vom Leben noch zu erwarten haben, vielmehr lediglich darauf:

was das Leben von *uns* erwartet... Leben heißt letztendlich nichts anderes als: Verantwortung tragen für die rechte Beantwortung der Lebensfragen, für die Erfüllung der Aufgaben, die jedem einzelnen das Leben stellt, für die Erfüllung der Forderung der Stunde. Diese Forderung und mit ihr der Sinn des Daseins wechselt von Mensch zu Mensch und vom Augenblick zu Augenblick. *Nie* kann also der Sinn menschlichen Lebens allgemein angegeben werden, *nie* lässt sich die Frage nach diesem Sinn allgemein beantworten... Bald verlangt seine konkrete Situation von ihm, dass er handle, bald wieder, dass er von einer Gelegenheit Gebrauch mache, erlebend (etwa genießend) Wertmöglichkeiten zu verwirklichen, bald wieder, dass er das Schicksal schlicht auf sich nehme." Sage nicht alles, was du weißt, aber wisse alles, was du sagst. Er wusste, wovon er sprach.

Ich habe dreißig Jahre lang zugesehen, wie ein kleinwüchsiger, doch sehr erfolgreicher Mensch langsam immer größenwahnsinniger wurde und sich letztlich zu einem vermeintlichen Fast-Gott entwickelte. Er hält sich für ein höheres Wesen, einen Anführer und Auserwählten. Das ist vollkommen abgehoben, doch so viele Menschen glauben daran – weil er selbst so fest davon überzeugt ist und die Menschen gerne eine so entschiedene Person in ihrer Nähe haben. Solche Beispiele gab es in der Geschichte viele. Wenigstens ist mein Bekannter kein böser Mensch und versucht, anderen zu helfen. Da habe ich zum ersten Mal *wirklich* verstanden, was der Glaube – in diesem Fall auch an sich selbst – bewirken kann. Mein Bekannter meint, er sei geschickt worden, um andere Menschen an der Hand zu nehmen. Mag sein. Doch nur gegen Bezahlung, was die Menschen heute als ganz selbstverständlich empfinden. Mehr noch: Wenn eine Leistung nichts kostet, so glauben wir, dass es sich dabei um Unfug handeln muss. Hilfe *muss* teuer sein, damit wir glauben, dass sie einen echten Wert hat. Doch erinnern wir uns: Die „Geschickten" in der Menschheitsgeschichte, die es wirklich wussten und heilen konnten, verlangten *nie* Bezahlung für ihre Hilfe.

Andererseits habe ich gleichzeitig gesehen, wie ein wirklich großer und sehr kluger Mann – ein genialer Manager, Stratege und Rhetoriker – von einem Moment auf den anderen in aller Öffentlichkeit „zerstört" wurde, weil er den anderen Mächtigen ein Dorn im Auge war. Je höher der Flug, desto tiefer der Fall, sagt man. Darum wahre man sich nie in Sicherheit – es gibt immer jemanden, der mächtiger oder „größer" ist. „So groß die Schar der Bewunderer, so groß die Schar der Neider", sagte Seneca. Und Ludwig Fulda schrieb: „Auf zweierlei sollte man sich nie verlassen: Wenn man Böses tut, dass es verborgen bleibt und wenn man Gutes tut, dass es bemerkt wird." Das Buch des Lebens ist schon lange geschrieben, nur ist es für die Menschheit aus gutem Grund (noch) unlesbar. Nichts ist Zufall; sogar das einzige, was per Zufall funktioniert, ist nicht zufällig so.

*   *

*

Wir hatten einmal im Büro eine unschöne Teamsituation: Gehässige, rassistische E-Mails zweier Kolleginnen gelangte irrtümlich an eine andere Kollegin, die lesen musste, wie sie aufs Übelste beleidigt wurde, bloß weil sie anderer Herkunft ist. Die beiden Zicken, die hinter diesen Beleidigungen steckten, hatten über fast alle Teammitglieder schreckliche Dinge geschrieben, wie sich aus dem weiteren Mailverlauf erschloss. Einzig über den Chef hatten sie kein Wort verloren – sonst wäre es hier sicher nicht nur bei einer Verwarnung geblieben.

Aufgrund des Vorfalls hatten wir jedenfalls eine Teambesprechung, in der unser Chef jede/n von uns fragte, was wir von der Situation hielten. Das Problem bei solchen gemeinsamen Besprechungen ist, dass sich die meisten Anwesenden entweder nicht trauen, etwas zu sagen, oder nicht das sagen, was sie *wirklich* denken, um niemanden zu verletzen oder sich gar FeindInnen zu machen. Um des guten Klimas willen oder weil sie von Grund auf konfliktscheu und harmoniebedürftig sind, halten sich die meisten daher gerne raus. Bei unbedeutenden Angelegenheiten ist das gut so. Bei wichtigen Dingen aber muss man Farbe bekennen, sonst führen die ÜbeltäterInnen das Wort. Im Volksmund sagt man: „Der Klügere gibt nach." In Bosnien sagt man darauf: „Würde der Klügere immer nachgeben, würde diese Welt nur von Dummköpfen regiert." Ich erzählte also ein Gleichnis:

Vor einigen Jahren hatte ich eine alte Couch auf meinen Balkon gestellt. Nach einiger Zeit nisteten sich darin Wespen ein. Meine Kinder fühlten sich unwohl, weil die Wespen immer wieder kamen und stetig mehr wurden. Sie wollten nicht mehr mit mir am Balkon sitzen, obwohl wir dort immer unsere schönsten Stunden gemeinsam verbrachten. Ich sagte ihnen: „Keine Angst, sie sind nützlich und tun euch nichts, solange ihr sie in Ruhe lasst."

Eines Samstagmorgens ging ich hinaus, um meine Blumen zu gießen. Aus heiterem Himmel wurde ich dabei mehrere Male gestochen – die Schmerzen waren furchtbar. Ich ließ alles stehen, flüchtete zurück in die Wohnung und verschloss die Balkontür fest. Zumindest hatten sie mich und nicht meine Kinder erwischt. Im Internet erfuhr ich dann, dass ein Wespennest von einem professionellen Kammerjäger entfernt werden müsse – sobald die Insekten nämlich Nachkommen produzieren, betrachten sie das Gebiet ums Nest als ihr Territorium, das unbedingt verteidigt werden muss. Spätestens dann könnten wir uns unseren Balkon also abschminken – die Wespen würden uns sofort attackieren. Mir blieb daher nichts anderes übrig, als einen Profi zu engagieren, der mich viel Geld kostete und in voller Montur das Nest entfernte, das bereits die Größe eines Fußballs hatte. Das war mir eine Lektion: Nicht alles ist *nur* gut und ich habe das Recht, meine Kinder und mich zu schützen und das Übel von uns fernzuhalten. Mehr noch: Erkennt man das Übel, packt es sogleich an der Wurzel und entfernt es, richtet man viel weniger Schaden an, als wenn man zusieht und wartet, wie es immer größer wird. Erstens muss man dann viel mehr davon entsorgen, zweitens wird es stärker und kann Überhand nehmen, bis man es gar nicht mehr loswird.

Meine Anspielung war klar: Ein solches Verhalten könne nicht toleriert, sondern müsse sofort unterbunden werden. Bringe man die Kolleginnen nicht auseinander, würden sie womöglich noch mehr Teammitglieder mit ihrem schrecklichen Vorurteile-Mobbing-Virus infizieren. Folglich hätte man unmöglich noch konstruktiv zusammenarbeiten können. Die Eine wurde versetzt, die Andere ging von alleine.

Wir sollten zusammenhalten, voneinander lernen und uns gegenseitig helfen. Müsste jede/r das eigene Essen selbst töten, würde ein großer Teil der Menschheit verhungern – mich eingeschlossen. Wenn ich mir vorstelle, wie schlimm es wäre, wenn es niemanden gäbe, der uns in Zeiten der Not hilft – wäre uns das allen bewusst, so hätten wir andere Prioritäten. Wir betrachten uns aber als unverwundbar, solange alles funktioniert. Niemand ist jedoch davor gefeit, irgendwann krank zu werden oder in eine Notlage zu geraten, die Hilfe erfordert. Und genau dann hätten wir *alle* gerne jemanden, dem das nicht egal ist. Ich habe inzwischen aber alle meine Illusionen abgelegt. Kaum etwas, was von den Menschen kommt, ist imstande, mich zu überraschen. Erst recht nicht positiv. Leider, denn diese Welt ist voller Ignoranz. Es ist freilich immer bequemer, den Kopf wegzudrehen, als etwas Unangenehmes zu konfrontieren (vor allem dann, wenn es uns nicht selbst betrifft), ebenso, wie sich für etwas

Rätselhaftes, Neues zu öffnen – etwas, was man noch nicht kennt.

Inzwischen sehe ich die Menschen als Nägel mit einem stumpfen und einem spitzen Ende. Offenbar ist es uns so zu eigen, dass wir ein stumpfes Ende haben, wenn es um unsere Mitmenschen geht, und ein scharfes, sobald wir selbst betroffen sind. Oder unsere Lieben. Räder sind die wenigsten. Hauptsächlich gibt es auf der Welt nur Nägel. Wären die Menschen nicht so verdorben – wie schön wäre es auf der Welt! Auch Ebner-Eschenbach schrieb: Wenn jeder dem anderen helfen würde, so wäre allen geholfen." Eigentlich ganz einfach. Was tun wir hingegen? Wir zerstören alles um uns herum: andere Menschen, Tiere, Pflanzen...unsere gesamte großzügige Mutter Erde. Das macht mir zunehmend zu schaffen.

Ich möchte ja positiv bleiben, aber dafür werde ich zu häufig enttäuscht. Dennoch muss ich meiner Kinder wegen versuchen, mich auf das Wesentliche zu konzentrieren: eben meine Kinder und meine Arbeit. Ich habe schon längst aufgehört, fernzusehen oder Zeitung zu lesen. So viel Schlechtes, ich hielt es nicht mehr aus. Tränen liefen mir über die Wangen wenn ich wieder las, wie viele Tote es am Vortag irgendwo gegeben hatte, von Kinderpornografie und sonstigen Gräueltaten hörte, zu denen nur der Mensch fähig ist. Rassismus, Nazismus, Perversion, Gier, Kriege, Korruption, Hungersnöte. Es ist unfassbar. Ich weiß, wie erwähnt, nicht viel über Politik, das einzige, was mir in den Sinn kommt: Wenn zwei Elefanten kämpfen, leidet darunter immer das Gras. Das ist mehr oder weniger alles, was ich über Politik weiß und wissen muss. *Weisheit und Realität sind fast immer ein Spiegelbild des anderen.* Weisheit ist mit Wohlwollen und Achtsamkeit erworbenes Wissen. Manche nennen die Meisterschaft der Weisheit die Erleuchtung. So verstehe ich das. Also müssen wir Menschen noch sehr viel lernen, um diese Realität schöner werden zu lassen und kein unnötiges Leid mehr zu verursachen oder zusehen zu müssen.

VIII. KAPITEL

Über Studieren und Lehren

Ich liege mit einem meiner Kindheitsfreunde am Strand. Er war nie eine Leuchte in der Schule gewesen, mittlerweile hat er aber vieles geschaffen, was ihm damals niemand zugetraut hätte. Ich beobachte ihn: Er hat die Arme hinterm Kopf verschränkt, seinen Blick richtet er in die Ferne. „Was machst du?" frage ich ihn. „Ich denke. Weißt du, das richtige Denken ist so wichtig. So viele sind immer herumgerannt, während ich ‚nur' gedacht habe. Sieh jetzt, wo sie sind, und wo ich bin. Sie sind wie Fliegen, die man erschlägt, sobald sie einem mit ihrer sinnlosen Fliegerei auf die Nerven gehen. Viel zu rennen ohne nachzudenken bringt gar nichts."

Gedanken sind schöpferisch und bestimmen was wir (er)schaffen, sofern sie absichtslos – also ohne Hintergedanken – sind. Ich erzähle diese Geschichte immer meinen StudentInnen, sage aber stets dazu: „Nicht zu viel und nicht zu wenig. Wie mit allem anderen im Leben." Meine weise Großmutter sagte: „Alles, was zu viel ist, ist nicht gut – egal in welche Richtung." Auch John Lennon wusstc: „Life is what happens when you're busy making other plans."

„Du kannst entweder bestrebt sein, eine Lösung zu erschaffen oder du kannst dir ganz einfach der Lösung bewusst werden, die bereits erschaffen worden ist", sagt Neale Donald Walsch. „Denken ist die langsamste Methode, etwas zu erschaffen. Dein Verstand braucht Daten, um erschaffen zu können. Dein Sein braucht überhaupt keine Daten. Denn Daten sind Illusion. Sie sind das, was du aus ihnen machst, nicht das, was ist. Sei bestrebt aus dem, was ist, zu erschaffen, statt aus einer

Illusion heraus. Erschaffe aus einem Seinszustand statt aus einem Geisteszustand." Die eigenen Ziele sollten nie zu gering sein. Der Mensch sollte stets nach mehr streben, als er greifen kann. Wofür wäre sonst der Himmel da? Als Kinder wollten wir vom Fenster aus einen Stern mit dem Finger berühren. Meine Mutter sagte mir dann immer: „Sei bescheiden, du bist doch ein Mädchen." Sei bescheiden... Ich trage es ihr nicht mehr nach, sie wusste es einfach nicht besser.

Meinen StudentInnen sage ich auch, dass sie sich nicht entmutigen lassen dürfen, wenn ihnen wieder jemand sagt, dass ihre Ideen oder Vorhaben Blödsinn seien. Die meisten Menschen sind faul, bleiben gerne in ihrer Komfortzone und müssen erst ihren Hintern hochkriegen, um etwas zu tun. Konfuzius lehrte: „Die Menschen stolpern nicht über Berge, die Menschen stolpern über Maulwurfshügel." Steckt man seine Ziele hoch genug, sieht man die Maulwurfshügel gar nicht, sondern fliegt regelrecht über sie hinweg. Ich finde, Ziele können eine Inspiration sein, solange sie uns nicht blind für den Rest machen. Das aber lässt sich nur individuell, von Mensch zu Mensch beantworten. Oft im Leben passiert es, dass wir unsere Ziele überdenken und die Richtung korrigieren müssen. Denn der Schöpfung sei Dank befindet sich das Leben nie im Stillstand. Die Umstände ändern sich andauernd und Bogenschützen wissen: Will man ein bewegliches Ziel treffen, so schieße man nicht dorthin, wo es ist, sondern dorthin, wo es sein wird. Und Friedrich Schiller wusste: „Allzu straff gespannt zerspringt der Bogen."

Ich sage meinen StudentInnen auch: Man muss nicht alles können. Konzentrieren wir uns auf unsere Stärken, holen wir uns für den Rest Hilfe, bleiben wir aber immer diejenigen, die unsere Richtung bestimmen. Lassen wir uns nicht etwas einreden, das sich für uns nicht stimmig anfühlt, nur, weil es uns womöglich eine „Fachkraft" rät. Lasst uns nicht darauf hören, wenn jemand, der etwas nicht ist, uns erzählen möchte, wie man es wird. Das gilt für was auch immer. Wir sollten nicht einmal auf uns selbst hören, wenn wir schlecht über uns denken oder gar reden. Man sollte danach streben mit tollen, interessanten und neidfreien Menschen zusammenarbeiten, wenn immer möglich. Dazu empfiehlt es sich, das eigene Team zu scannen und nur mit jenen Personen zu verbleiben, mit denen man gerne die Arbeit teilt. Nur dann kann man den höchsten Grad an Erfolg, gepaart mit Zufriedenheit, im Job erreichen. Es ist nicht immer der Kopf des Projekts, der geniale Ideen oder Konstruktionen liefert, sondern andere Teammitglieder, sofern sie die Freiheit haben, das tun zu dürfen. Wo andere Probleme sehen, sehen solche Chancen. Einen richtigen Misserfolg gibt es ohnehin nicht, weil auch dieser immer eine neue Chance birgt. Thomas Edison entgegnete auf die Frage, wie oft er beim Versuch, die Glühbirne zu erfinden, versagt hatte: „Ich habe nie versagt, ich habe doch tausend Wege gefunden, wie es *nicht* funktioniert." Eine bewundernswerte Antwort, ungeachtet der Tatsache, dass es in Wirklichkeit Nikola Tesla war, der sie erfand.

Meine StudentInnen hören von mir auch: „Lernt, wie ihr die richtigen Fragen stellt: was, wann, wo, wer, wie und *warum*. Hört mehr zu, als ihr sprecht, und lernt unbedingt, Verantwortlichkeiten klar zu definieren. Sind zwei verantwortlich, ist keiner verantwortlich." Publilius Syrus wusste: „Wenn der See ruhig ist, kann jeder das Steuerrad halten." Wir müssen es auch in Sturmzeiten halten können, wenn es unser Leben und unser Ziel ist. Den Menschen sollten wir stets eine zweite Chance geben. „Man durchschneide nicht, was man lösen kann", wusste Joseph Joubert. Gute Teammitglieder halten Andersdenkende aus! Die Masse des Ganzen ist immer größer, als die der einzelnen Teile, weil sie durch reine Energie miteinander verbunden sind. Diese Energie kann durch Spaltung freigesetzt werden und hat eine unglaublich zerstörerische Kraft. Atomkraft beispielsweise entsteht genau so. Zuweilen muss es aber so laufen. Im Management unseres Lebens oder unserer Projekte hilft manchmal nichts anderes als die sogenannte „Bombenwurftechnik". Wirft man eine „Bombe", bedeutet das jedoch nicht, dass es aus ist. Der Phönix steigt bekanntlich aus der Asche empor. „Wenn die anderen glauben, man ist am Ende, so muss man erst richtig anfangen", sagte Konrad Adenauer und nach etlichen „Bomben" weiß ich, dass uns diese Position eine ganz andere Perspektive erlaubt. Auch wenn unser „Atomfeuerwerk" aus Verletzungen stammt, die uns unsere Nächsten oder liebe Menschen angetan haben, so mag dies nicht aus böser Absicht passiert sein. Vermutlich wussten sie es nicht besser, wie meine Mutter, denn auch sie haben eine Geschichte, die sie geprägt hat. Detlev Lilienkorn meinte: „Die Rose fühlt ihre Dornen nicht." Man lerne also, zu verstehen – sowohl sich selbst als auch die anderen.

Doch nicht immer ist uns das möglich. Manchmal müssen wir urteilen, auch wenn wir, wann immer es geht, anstreben sollten, das nicht zu tun. Jedoch nicht um jeden Preis. Tut jemand beispielsweise meinen Kindern etwas an, ohne dass sie jegliche Schuld trifft, hört das Nicht-Urteilen auf. Anderenfalls würden sich unsere Naturprägungen, unsere Elterninstinkte, der Arterhaltungsdrang und die Synapsen in unserem Gehirn ad absurdum führen. Man könnte hier freilich einwenden: „Nun, vielleicht steckte auch hier keine böse Absicht dahinter." Allerdings kommt es immer darauf an, worum es geht. Keine böse Absicht zu haben bedeutet nicht, dass uns jede Tat nachgesehen wird. Man überlege *vorher*. Unwissenheit schützt vor Strafe nicht. Ich habe es daher satt, ständig Entschuldigungen zu hören. Hätte die Person vorher das Gehirn genützt, das ihr geschenkt wurde, gäbe es nun keine Notwendigkeit, sich zu entschuldigen, weil sie jemanden hat leiden lassen. Man verzeihe mir Wut und Spott, vielleicht empfinde ich zu viel Aufregung im Begehren, dass die Menschen im Sinne der Gesamtschöpfung ihr eigenes Licht erkennen.

Beruflich lerne ich ständig neue Leute kennen. Ich habe ein Lehrbuch geschrieben, halte inzwischen Vorträge und unterrichte in mehreren Ländern. Die Arbeit wird immer interessanter, ich bin oft und viel unterwegs – die Kinder sind schon groß. Ich habe eine Hilfsorganisation gegründet, die jungen Menschen mit Krebs hilft, inzwischen international. Eine Hilfsorganisation - eigentlich ein absurder Begriff, weil solche Organisationen gar nicht erst nötig sein sollten – die Menschen sollten einander ganz selbstverständlich helfen. Trotzdem: Die viele gute, sinnvolle Arbeit hält mich. Meine StudentInnen fragen oft, wie ich alles gleichzeitig schaffe. Ehrlich gesagt weiß ich das selbst nicht so genau. „Einen Schritt nach dem anderen", sage ich ihnen dann immer. „Sich immer voll und ganz darauf konzentrieren, was man gerade tut und wenn man zu der nächsten Aufgabe eilt zwischendurch unbedingt abschalten. Dazu gebe ich mir beispielsweise immer meine Musik in die Ohren. Dann muss man aber wieder voll da sein. Dazu kommt, dass man heutzutage von überall aus managen kann, man braucht nur einen Laptop und ein Telefon mitzunehmen. Oft betone ich in diesem Zusammenhang auch die Wichtigkeit der Ordnung und der Zeit, die man sich für Selbstreflexion einräumt. Dabei zitiere ich gerne Goethe: „Gebraucht die Zeit, sie geht so schnell von hinnen, doch Ordnung lehrt euch Zeit gewinnen." Obwohl ich eigentlich der Meinung bin, dass man *die Zeit weder gewinnen, noch verlieren kann*. Die Zeit *ist*. Wenigstens in unserer Dimension. Und wer kann schon sagen, womit man sie wirklich „verliert" oder „gewinnt"?

Seit langem schrieb ich wieder ein Gedicht:

Ode an die Kaktusblüte

Aus dem beschützten Haus
Wächst die schönste und zarteste Blüte
Ein Hauch aus weißen Fasern
Ein zartrosa Schimmer an den Rändern

Ihre Schönheit will man bewahren
Ihren Duft tief in sich eindringen lassen
Sodass man selbst immer so riechen möge

Doch sie lässt sich nicht festhalten –
Wie alles, was so wunderschön ist
Vergeht sie in dieser Nacht.

Die Zeit söhnt uns mit vielem aus, ist aber auch dämpfend. Die teils rauschenden Erfahrungen und deren Folgen legen sich, eine nach der anderen, über unsere Sehnsüchte, Träume, Ambitionen und Inspirationen. Mit der Zeit füllt sich unser Rucksack, wir tragen immer mehr Schichten mit uns herum. Unter ihnen fühlen wir uns zunehmend gehemmt, betäubt und unbefriedigt. Wir erwarten nicht mehr viel, sind zufrieden, wenn die Tage halbwegs ruhig, nach Plan und ohne gröbere Vorkommnisse verstreichen.

Doch das ist nicht die Art und Weise, wie sie mir zu leben entspricht. Lieber riskiere ich alles, als aus lauter Angst vor Verletzung oder Enttäuschung nur vor mich hinzuvegetieren. Für mich gilt offensichtlich: Warum nur einen Tod sterben, wo man doch so viele erleben kann? Nach Nietzsche macht unsere Seele drei Verwandlungen durch: zuerst zum Kamel, um alle Last aufzuladen. Dann zum Löwen, der nach seinem Rückzug in die Einsamkeit den Mut fasst, sich auf neue Werte zu besinnen und die Freiheit zu genießen, Nein zu sagen. Schließlich verwandelt sich unsere Seele zum Kind, um offen für das Neue zu sein und Neues zu erschaffen. Die Existenz braucht uns alle in ihrer Unvollkommenheit. Wir sollten deshalb lernen, sie zu lieben. Denn sie ist Teil eines viel größeren, universellen Plans.

Man sollte alles nehmen, wie es kommt und das Beste daraus machen, genau nach diesem abgedroschenen Motto über Zitronen und Limonade. Inzwischen weiß ich ohne Zweifel, dass das Leben klüger ist als ich und besser weiß, was mir gut tut. Bloß sind wir oft zu blind, unbeugsam und stur. Wir sind unglücklich, weil wir uns einbilden, etwas Bestimmtes zu brauchen, was wir nicht haben können. Obwohl wir instinktiv meist spüren, manchmal sogar wissen, dass es nicht gut für uns ist. Dem Leben zu vertrauen eröffnet uns unglaublich interessante Welten.

* *
*

Einer meiner sehr, sehr alten Patienten schenkte mir einige Gedichte. Er hatte knapp hundert Jahre gelebt, zwei Weltkriege erfahren und eine monatelange Gefangenschaft in Sibirien durchgestanden. Er war ein unglaublich netter und reflektierter Mensch, der nach achtzig Jahren Ehe immer noch unsterblich in seine Frau verliebt war. In einem Moment ihrer so liebevollen Kommunikation miteinander lauschend dachte ich: Vielleicht wird das Geschenk einer solchen Liebe nur „fertigen", also kompletten Seelen zuteil. Beide hatten nämlich einen von jeglicher Missgunst und Neid freien Charakter, agierten selbst- und absichtslos, und das obwohl ihnen die Kinder, die sie sich so sehr gewünscht hatten, nie vergönnt waren. Das Glück, das man in ihren leuchtenden, jungen Augen lesen konnte, sprach Bände. Hier eines seiner Gedichte:

Die großen Regeln des Glücks (A. Ö.)

Sieh dir den Sonnenaufgang an.
Sage oft Danke.
Sage oft Bitte.

Lebe unter deinen Verhältnissen.
Schau den Menschen in die Augen.
Habe einen festen Händedruck.

Fahre einfache Autos,
aber leiste dir ein gutes Haus.
Trinke ein Glas Wein
ohne einen Grund.

Gib alles zurück,
was du dir geliehen hast.
Behalte deine Geheimnisse bei dir.

Gib nie einen Menschen auf,
Wunder passieren täglich.
Gib deine Fehler zu.

Sei tapfer,
wenn du es nicht bist: tue so,
keiner merkt den Unterschied.

Wähle deine Lebenspartner sorgsam,
denn davon hängen dein Glück
und deine Zukunft ab.

Lache oft,
es kostet nichts, ist aber unbezahlbar.
Lerne zuzuhören,
denn das Glück klopft oft nur leise.

Nimm dir die Zeit an Blumen dich zu erfreuen.
Meide negative Menschen.
Sei höflich,
aber nicht mehr als notwendig.
Gib Menschen immer eine zweite Chance,
aber nie eine dritte.

Werde zum positivsten Menschen den du kennst.
Wenn du musst, schlag zu,
aber triff hart.
Lebe dein Leben als Ausrufezeichen,
aber nie als Fragezeichen.
Bestimme dein Leben selbst.
Blick abends in den Sternenhimmel.

Und die letzte Regel:
Stelle deine Uhr immer fünf Minuten vor.

Ich liebe dieses Gedicht. Offenbar geht es mir wie Irvin D. Yalom: „Ich schätze nur eine Philosophie nach dem Leben! Ich schätze die Philosophie, welche aus dem rohen Granit der Erfahrung gehauen wurde."

Mein langjähriger Chef geht in den Ruhestand. Ich lese die Karte, die er mir geschrieben hat: „Ich schicke dir liebe Weihnachtsgrüße, für eine freud- und friedvolle, stille und tiefempfundene Zeit – eine Zeit, die es erlaubt in sich selbst zu fühlen: Was darf ich mir noch erlauben? Wo benötige ich Aufmerksamkeit und Sorge für mich? Was darf endgültig gehen und nicht mehr wiederkommen? Eine Zeit, die alles und noch viel mehr beantwortet. Achtungsvoll, R."
Die Worte kommen genau richtig, denn ich fühle, dass ich einiges verändern muss. Ich bin so müde. Über Weihnachten hatte ich jeden Tag gearbeitet und bin endlich so weit, ohne Altlasten ins neue Jahr überzugehen. Irgendwie ist jetzt alles gut und ruhig.

28. Dezember 2009 – wieder dieses Datum. An diesem Tag habe ich das nahezu Unmögliche möglich gemacht: Ich habe einen meiner Patienten, der nur noch kurz zu leben hatte, bereits ganz schwach war und kaum noch Luft bekam, in letzter Sekunde in eine Studie mit neuem Krebsmedikament eingebracht. Das Medikament verlängerte sein Leben um weitere zweieinhalb Jahre. Unter relativ guter Lebensqualität konnte er so zum Glück noch eine Zeitlang für seine kleinen Söhne da sein.

Um diese Zeit bekam ich viele Jobangebote, fast allesamt aus der Pharmaindustrie. Für diese wollte ich aber nicht arbeiten. Wieder einmal lehnte ich fürchterlich viel Geld ab. Der Direktor einer dieser Firmen – einer der größten Konzerne der Welt – fragte mich: „What can I do to make you change your mind?" Mit anderen Worten: „Wie hoch ist Ihr Preis?" Ich blieb unkäuflich – denn so viel Geld hat niemand, als dass man mich dazu brächte, etwas zu machen, woran ich nicht fest glaube. Selbst, wenn ich mich zwingen würde, wäre ich nicht gut darin. Man verstehe mich nicht falsch: Auch die Leute in der Pharmaindustrie machen nur ihren Job und ich bin zuweilen froh, bei Kopfweh eine Schmerztablette nehmen zu können. Doch ihre gesamte Philosophie ist ausschließlich auf Profit ausgerichtet. Mit Menschlichkeit hat das sehr wenig zu tun. Für die Pharmaindustrie mache ich daher nur Nebenjobs, dich ich vertreten kann, wie Nebenwirkungsmanagement oder Entwürfe patientInnenfreundlicher Studienprotokolle. Niemals aber würde ich mich von ihr abhängig machen. Allen das ihre.

*   *
*

Aus Neugierde machte ich einmal einen chinesischen Test aus einem meiner Zen-Bücher, das gerade an der Reihe zum Studieren war. Dabei kam heraus, dass ich als Typ Mensch – wie wohl die meisten, sofern man sie wirklich in Typen einteilen kann – eine Mischung bin. Zur Zeit des Tests überwog bei mir bei weitem der Gedanken-Typ, der dem Element Erde zugehörig ist. Ein wenig Hun-Typ (Feuer) und Po-Typ (Metall) waren auch dabei. Mir riet das Buch also dringend, eine Kampfkunst zu erlernen, scharf zu essen, und mich nur dann zu entschuldigen, wenn es anders nicht ging. Außerdem sollte ich mich edel und eigenwillig anziehen. Zunächst musste ich lachen, so treffend erschien mir die vorgeschlagene Lösung. Ich ging also in ein Dojo, lernte scharfes Essen lieben und kniff mich bei jeder voreiligen Entschuldigung selbst, bis ich es mir abgewöhnte. Mit dem Rat, mich edel zu kleiden hatte ich aber noch länger ein Problem. Ich habe nämlich schon immer ein Händchen dafür, mir genau die teuersten Stücke auszusuchen, die ich mir aber nie leisten konnte. Nach einiger Zeit konnte ich eigentlich schon darauf wetten, dass genau jenes Stück in einem Geschäft, das meine Aufmerksamkeit anzog, das teuerste war. „Ich habe einen ganz einfachen Geschmack. Ich bin immer mit dem Besten zufrieden", las ich bei Oscar Wilde und musste über mich lachen. Irgendwie fand ich dennoch einen Weg, mich eigenwillig zu kleiden.

Ich folgte diesen Anweisungen, weil sie sich für mich richtig anfühlten. Heute möchte ich keine Sekunde dieser Zeit missen. Mein japanischer Sensei, den ich durch die Kampfkunst Budjutsu in Japan kennengelernt habe, war für mich eine Offenbarung. Er war ein älterer Mann, dem man seine Jahre aber nicht ansah. Obwohl er aus einer komplett anderen Kultur kam, verstanden wir uns von Anfang an wortlos. Immer sahen wir uns mit einem Schalk in den Augen an, wenn die anderen SchülerInnen seine Lehre wieder einmal nicht verstanden hatten. Dies zeigte mir, dass es irrelevant ist, woher jemand kommt, ob die Person Mann oder Frau, alt oder jung ist. Das, worauf es ankommt, ist deren Herzensbildung. Diese kennt kein

Alter, keine Schulbildung und keine Kultur. Der innere Radar funktioniert überall auf der Welt auf die gleiche Weise. Später lernte ich ganz junge Menschen kennen, mit denen es mir genau so ging, wie damals mit meinem japanischen Sensei.

Während ich also über einige Jahre intensiv Budjutsu trainierte, diskutierte ich häufig mit meinem damaligen jungen, nicht-japanischen Sensei. Meistens ging es dabei um die Zen-Schriften. Ich hatte mich mit allen von ihnen auseinandergesetzt und hörte schließlich nach den Jahren mit dem Training auf, weil ich bemerkte, wie maßlos enttäuscht ich von meinem jüngeren Sensei hier war. Er maßte sich an zu behaupten, es gäbe nur einen Weg: seinen. Alle anderen hätten keine Ahnung. Diese Ausschließlichkeit erschütterte mich. All seine Erklärungen waren letztlich Urteile gewesen – „entweder man versteht es, oder man versteht es nicht", pflegte er zu sagen. Doch wer kann wirklich mit Überzeugung sagen, was letztlich richtig oder falsch ist? Wir können nur auf den Radar hören, der uns *allen* von der Schöpfung bei der Geburt als Geschenk mitgegeben wurde.

Unser Verständnis der Zen-Schriften und dem Leben insgesamt ging also in entgegengesetzte Richtungen. Er war unter anderem der Meinung, dass man keinerlei Begrenzungen an sich akzeptieren darf. Ich hingegen finde, dass es sehr wohl Begrenzungen in unserem Leben hier gibt. Sie zu erkennen und schließlich zu akzeptieren eröffnet uns Wege zu Kreativität und Weiterentwicklung. Stur an etwas festzuhalten und zu glauben, etwas Bestimmtes zu können, führt zu Verblendung und einem „Ewig-grüßt-das-Murmeltier"- Leben. Ich sage damit nicht, dass man gleich aufgeben muss – man sollte aber eine angemessene Mitte finden können. Erst wenn alles, woraus ein Mensch besteht, im Einklang ist, kann er in dem was er tut aufgehen, die Zeit vergessen, im Flow sein, Perfektion erreichen. Diese muss nicht unbedingt das sein, was von uns erwartet wird oder gar das, woran wir glauben, Spaß zu haben. Um es aber herauszufinden, werden wir auf unserem Weg immer wieder irren und Fehler machen. Anders geht es nicht. Wir sollten dabei vor allem zweierlei können: Fehler zugeben und die Richtung korrigieren.

Ich habe noch so viele Träume, aber alle scheinen widersprüchlich zu sein. Deshalb muss ich oft zweifeln, ob ich jemals so etwas wie die absolute Zufriedenheit mit mir und meinem Leben verspüren kann. Ich habe so viel gesehen, gehört, gelesen, gelernt, erfahren und erlebt und bin noch immer nicht angekommen. Vielleicht will ich einfach zu viel. Aber ich will. Das ganze Spektrum des Lebens und der Gefühle. „Nicht der Zweifel, die Gewissheit ist es, die wahnsinnig macht", schrieb William Shakespeare. Habe ich diese Gewissheit schon? Oder sind es vielleicht nur diese vielen unterschiedlichen Welten, in denen ich gelebt habe, immer aber etwas von der vermisste, auf der ich gerade nicht sein konnte? Möglicherweise liegt es aber auch daran, dass ich mich nirgends wirklich zugehörig fühle. Ich war und bin immer die Fremde. Nur stört es mich nicht mehr, seit ich gelernt habe, mein Anderssein als Vorteil und Bereicherung statt Nachteil und Mangel anzusehen.

Mein Sohn ist meine Achillesferse. Ich liebe ihn so sehr, dass ich ihn gehen lassen muss, hoffe aber inständig, dass er irgendwann zuruckfindet. Jeden Tag schicke ich ihm gute Gedanken und Energie. Er muss seinen Weg finden. Doch habe ich meinen jemals gefunden? Ich habe immer getan, was getan werden musste, stets gearbeitet und meine Kinder großgezogen. Ich habe unzähligen Menschen geholfen, bin aber dennoch unvollendet. Pflichtbewusstsein kann das Leben zur absoluten Qual machen. Pflicht hat nichts mit Freiheit zu tun. Doch immer wieder hilft mir die Natur: Ich fand bei einem Spaziergang einen Baum, den ich seither „meinen Baum" nenne. Er ist sehr alt, mit vielen Ästen, manche von ihnen müssen bereits gestützt werden. Ich wusste sofort: Der Baum ist genau wie ich. In viele Richtungen will er erfolgreich wachsen, kann sich nicht nur für eine entscheiden, übernimmt sich dabei manchmal und braucht Stützen, damit ihm kein Ast abbricht. Dennoch blüht er jedes Jahr in vollster Pracht und ruft mir wie Joss Whedon zu: „Don't just be yourself, be all of yourselves!" Was immer man tue: man mache einen Unterschied!

45. Spruch des Laotse

Die große Vollkommenheit scheint
unvollkommen zu sein,
und doch ist sie von unerschöpflichem Nutzen.
Die große Fülle scheint leer zu sein,
und doch ist sie von endlosem Nutzen.

Große Geradheit scheint krumm zu sein.
Große Intelligenz scheint dumm zu sein.
Große Redekunst scheint unbeholfen zu sein.
Große Wahrheit scheint falsch zu sein.
Große Rede scheint still zu sein.

Tätigkeit bezwingt Kälte,
Untätigkeit bezwingt Hitze.
Stille und Ruhe bringen die Dinge
im Weltall in Ordnung.

Es gibt noch viele andere, großartige Schriften, dich ich geliebt und mit denen ich gehadert habe. Darüber könnte ich jedoch wiederum ein eigenes Buch schreiben.

*   *

*

Mein Therapeut führt mich in eine Hypnose. Dann fragt er, wo ich mich befände. „Ich bin in einer riesigen Baumhöhle, in der viele andere Wesen mit unglaublich langen, weißen Haaren im Kreis sitzen", erzähle ich ihm. „Ich stehe vor einem Pult. Mein eigenes weißes Haar ist so lang, viel länger noch als das der anderen. Meines führt um den gesamten Sitzkreis herum. Das Treffen ist jenes des ältesten Weisenrates. Wir diskutieren darüber, ob wir den Menschen ein weiteres Stück ihres Gehirns freischalten sollen, oder nicht. Einig werden wir uns dabei nicht – es steht 50:50. Jene, die dafür sind, rufen: ‚Lasst es uns tun! Vielleicht schaffen sie so, es endlich zu lernen.‘ Die Gegner aber warnen: ‚Das Risiko ist zu groß! Sollten sie es doch nicht lernen, richten sie sich und den Planeten nur noch schneller zu Grunde.‘ Da wir auf keinen gemeinsamen Nenner kommen, muss ich als Älteste die Entscheidung treffen." Ich fange in der Hypnose an, zu hyperventilieren. Diese Entscheidungslast ist mir ungeheuerlich. Mein Therapeut holt mich zurück.

Lange ging ich noch mit diesem Bild umher und versuchte zu ergründen, wie ich entschieden hätte, wäre es wirklich nur mehr an mir gelegen – was es zum Glück nicht tut. Letztlich fand ich: Ich hätte *dafür* entschieden. Leiden tun die Menschen sowieso – möglicherweise wäre so endlich eine Lösung gefunden worden? Später sprach ich mit einem lieben und sehr weisen Freund von mir darüber. Er sagte: „Wieso entschieden sie nicht einfach, den Guten ein weiteres Stück ihres Gehirns freizuschalten und den anderen nicht?" Ich sagte: „Das wäre ein bewusstes, unfaires Eingreifen in die Gesamtschöpfung. Und das steht uns nicht zu."

Es wäre mir im Moment, angesichts der Phase, in der die Menschheit sich befindet, leichter, würde ich den „großen Plan" kennen. Aber da wir ein Teil dieses großen Plans sind, müssen wir alle abwarten, was aus uns erwachsen wird. Es bleibt spannend. Wenn man so lange alles hinterfragend durchs Leben geht, stellen leider mit der Zeit unweigerlich immer weniger Menschen eine Herausforderung dar. So ungefähr müssen sich ProfisportlerInnen fühlen: Um das Spiel zu genießen brauchen sie GegenspielerInnen, die ihnen Paroli bieten können. Ansonsten ist das Spiel nur ein Reflex ohne Anstrengung. Hat man aber Glück, begegnet man hin und wieder jemandem, der ähnlich denkt – in einem Buch beispielsweise oder gar im echten Leben. Es zählt nur das Herz am rechten Fleck.

Marco Polo schrieb: „Ich habe nicht die Hälfte von dem erzählt, was ich gesehen habe, weil keiner mir geglaubt hätte." Mir geht es oft ähnlich: Viele Menschen glauben mir nicht, wenn ich ihre Fragen nach meiner Arbeit beantworte – unwissend, dass es sich dabei ohnehin nur um einen Bruchteil handelt. Ich *kann* nicht einmal alles erwähnen, denn es würde nur als Prahlerei aufgefasst werden. Dabei musste ich nebenbei durch all die Stürme, Blitze, den Donner, Sonne, Regen und das Eis alleine durch, links und rechts zwei kleine Kinder an der Hand. Ich hatte nie die Hilfe eines Partners oder meiner Familie, im Gegenteil – ich musste *ihnen* helfen. Doch ich war froh, in der Lage zu sein, es tun zu können und nicht in der Lage, bitten zu müssen. So glaube jeder Mensch, was er wolle.

IX. KAPITEL

Über Selbstbild und Fremdbild

Es ist wieder Frühling, alles sprießt – das alljährliche Wachstum, von innen wieder nach außen. Nur sind die Frühlingsblumen auf meinem Balkon leider nichts geworden. Sie sind an ihrer eigenen Fülle erstickt. Offenbar habe ich zu viele Samen in die kleinen Töpfe gestreut. „Ihnen erging es genauso wie mir", denke ich. Doch ich korrigiere mich gleich wieder: „Ich bin noch nicht erstickt. Ich lebe noch und kreiere jede Sekunde, so wie wir alle."

Unglaublich, wie die Zeit vergeht. Obwohl ich privat fast alle Menschen meide, ist mir nie langweilig. Ein Freund hatte mich einmal gefragt, ob mir denn nie fad würde. „Fad?", sagte ich, „was ist das? Kann man das essen?" Ich muss schmunzeln.

Von Zeit zu Zeit sollte man von sich zurücktreten, wie KünstlerInnen von ihrem Werk, und regelmäßig den Zugang zu den eigenen Tiefen suchen. Bei mir war es nie einfach, weil ich fast nur aus Gefühl bestehe. Wenn ich aber liebe, ist mein Gehirn wiederum machtlos. Es ist als wäre ich eine Gefangene meiner selbst. Ich wollte so viel erleben, machen, hinausgehen – gleichzeitig aber niemanden kontaktieren, weil ich so viele Enttäuschungen hinnehmen hatte müssen. Ich war sehr scheu geworden. Ich fühlte mich, als müsste ich letztlich nur funktionieren, denn alle wollten etwas von mir. Das Einzige, was mich trösten konnte, war die Gewissheit, dass auch dieses Gefühl wieder vorbeigehen würde. Und das tat es – wie alles andere auch vorbeigeht.

Ich besuche eine meiner Großtanten. Ihren einzigen Sohn hat sie durch einen Autounfall verloren. Er war damals 21. Sie will nirgends mehr hin, ist 80 Jahre alt, kurzzeitdement, dünn und quirlig. Ihre Stimme ist hoch und piepsig. Sie hat eine Katze und einen Hund, in ihrem Garten steht ein Gartenzwerg. Jeden Tag besucht sie das Grab ihres Sohnes am Friedhof. Sie pflegt es über und über. In der Früh liest sie Zeitung, abends sieht sie fern – das ist ihr Leben. Sie glaubt, wenn jemand stirbt, will der liebe Gott die Person bei sich haben, weil er sie so liebt und sie wartet darauf, dass ihr Tag kommt.

Es herbstelt. Im Garten finde ich wunderbar süße Äpfel, braune Kastanien, violette Zwetschgen und Blätter in den wunderschönsten Farbtönen. Ich spüre das sonnengereifte Leben und empfinde tiefsten Respekt vor der Brillanz der Schöpfung. Meine innere Unruhe legt sich. Wenn die Schöpfung so genial ist, kann nichts, was von ihr stammt, völlig schlecht sein – selbst der Mensch nicht. Auch die Erfahrungen, die wir durchmachen müssen, sind begründet. Sie helfen uns dabei, uns weiterzuentwickeln. Leichter wäre uns dabei, wenn wir endlich verstünden: Alleine können wir nicht viel, aber gemeinsam schaffen wir alles.

Das Meiden von Menschen ist zwar nicht unbedingt gut, doch so vermeidet man zumindest weitere Verletzungen. Es gab Zeiten in meinem Leben, in denen ich mich wirklich wie eine Einsiedlerin fühlte. Auch heute will ich keine halben Sachen mehr, keine leeren Unterhaltungen. Meine Zeit ist mir so kostbar geworden, seit ich verstanden habe, dass ich keine Sekunde davon jemals wieder zurückbekomme, ist sie einmal vergangen. Nun passe ich also genau auf, womit und mit wem ich meine Zeit verbringe. Viel davon verbringe ich mit der Arbeit. Ich habe schon immer viel gearbeitet, mit den Jahren aber bin ich ein waschechter Workaholic geworden. Ich bin zwar noch solo, aber lieber das, als mit irgendjemandem zusammen zu sein, nur damit ich nicht alleine bin. Bei mir muss es einfach knistern, sonst fühle ich mich schnell genervt und abgestoßen. In dieser Hinsicht bin ich nicht fähig, einen Kompromiss einzugehen.

Manchmal denke ich, ich bin verrückt: Die letzten Jahre, in denen man noch Spaß haben kann, lasse ich einfach verstreichen. Aber es interessiert mich eben in der Hinsicht zurzeit niemand. Auch, wenn die Leute sagen, ich sehe jünger aus, weiß ich genau, wie alt ich bin, und nur darauf kommt es an. Ich habe das Gefühl, bereits seit tausend Jahren auf der Erde zu sein – so alt fühle ich mich. Doch weiß ich, wie gut es mir geht, denn ich stehe morgens gerne auf. Ich freue mich auf jeden neuen Tag. Ich bin neugierig, was er wohl alles bringen mag. Das war nicht immer so, darum weiß ich diesen Umstand heute umso mehr zu schätzen.

*　　*
*

Wieder organisierte ich ein großes Event, bei dem lauter illustre Menschen als SprecherInnen auftraten. Es war eine echte Meisterleistung gewesen, sie gemeinsam unter ein Dach zu bekommen, denn allesamt sind mehr als beschäftigt. Als das Programm bereits gedruckt war, regte sich plötzlich einer von ihnen auf. Es handelte sich dabei um einen geehrten Professor, der seine ganze Forschung der Kommunikation zwischen ÄrztInnen, medizinischem Personal und PatientInnen gewidmet hat. Zu diesem Thema hat er mehrere Bücher geschrieben und ist ein angesehener Universitätsdozent. Er beschwerte sich nun bei mir, dass er nicht als Star der Veranstaltung im Programm hervorgehoben war. Das hätte ich aber nicht tun können, da alle geladenen SprecherInnen genauso „Stars" in ihren jeweiligen Bereichen sind.

Eine Freundin, die besagten Professor privat kennt, redete mir ein schlechtes Gewissen ein: Ich müsse mich beim ihm für diesen Fauxpas entschuldigen und bitten, seinen Vortrag doch noch zu halten. Ich müsse doch verstehen, dass er sein ganzes Leben der Forschung in diesem Bereich gewidmet hatte.

So verabredete ich mich mit diesem Herrn, wappnete mich mit extra Charme und Reue, und versuchte, ihn irgendwie doch noch dazu zu bringen, seinen Vortrag zu halten. Im Endeffekt tat er es – letztlich gegen ein Honorar – doch ich dachte mir später: Ich war vor einem Menschen gekrochen, der über ein Thema sprach, das er „nur" aus seiner Forschungsarbeit kennt. Ich hingegen tue das, worüber er sprach, täglich, und das nahezu mein ganzes Leben lang. Ich schwor mir daraufhin, dass mir so etwas nie wieder passieren würde.

Ich sitze im Flieger nach Brisbane und freue mich darauf, endlich wieder Australien zu sehen. Während des langen Flugs habe ich viel Zeit, nachzudenken. Ich schreibe wieder. Diesem Bedürfnis kann ich mich nicht entziehen. Ich halte so meine Gedanken und Gefühle fest, um aus ihnen zu lernen. Eben denke ich, wie gut es mir geht und wie sehr ich meine Unabhängigkeit und mein warmes Heim schätze. Ich brauche nicht viel: die liebe meiner Kinder, Gesundheit und die Natur reichen, um mich glücklich zu machen.

„Welcher Reichtum ist größer als der des Bedürfnislosen? Welche Macht ist größer als die des Unabhängigen?" fragte Francesco Petrarca. Am meisten genieße ich die Ruhe, die einkehrt, wenn eine ereignisreiche Phase dem Ende zugeht. Sie erfüllt mich mit tiefer Zufriedenheit. Ich denke dann gerne an alle tollen Bilder und Begegnungen, ordne sie in meine „Erfahrungsordner" ein und denke daran, wie viel das Leben noch zu bieten hat. Ich möchte noch die restliche Welt sehen. Vor einigen Jahren wäre ich ohne Bedauern gestorben. Heute ist dieses Denken so weit weg von mir, als wäre es nicht ich gewesen, der es so ergangen war. Die Welt ist so groß und vielfältig. Und wenn sie nicht mehr reicht, gibt es noch das Universum. Die Natur ist schon lange mein Liebhaber: Wasser, Wind, Sterne, Sonne, Mond, Regen, Schnee, Bäume, Blumen, Düfte ... der Natur gebe ich mich bereitwillig hin. Es kommt dabei zu keinen Nebenwirkungen.

Ich suche auch zunehmend nach Naturheilmitteln. Dabei glaube ich daran, dass jedes Organ des menschlichen Körpers einen entsprechenden Stellvertreter in der Pflanzenwelt hat. Eine Walnuss etwa entspricht dem Gehirn, eine Orange der weiblichen Brust. Die entsprechenden Pflanzen weisen in besonders hohem Maße jene Stoffe auf, die die Gesundheit des jeweiligen Organs fördern. Dieser Theorie nachzugehen ist unglaublich interessant und bereichernd. Ich entdecke immer mehr Beispiele und die Faszination über die Genialität der Schöpfung nimmt ständig zu.

Was Männer betrifft: Ich will das Ultimative, das Große, eine gegenseitige Verbundenheit, Liebe und Respekt. Mit weniger gebe ich mich in der Hinsicht einfach nicht mehr zufrieden, denn endlich ist mein Leben wie ein guter Kaffee, wohlriechend und schmackhaft. Ein passender Mann wäre wohl das Obershäubchen, mein Kaffee schmeckt mir aber auch ohne sehr gut – und macht nicht dick. Darüber hinaus weiß ich, dass ich nichts verlange, was ich auch im Gegenzug nicht bereit wäre, zu geben.

Mein einziger Bruder lebt schon seit er neunzehn Jahr alt war in Australien. Er ist immer ein großer Frauenheld gewesen und kann mit unzähligen Eroberungen prahlen. Er ist jemand, den die Männer beneiden, weil ihm die Frauen immer in Scharen nachsteigen. Ein „Frauenversteher" sozusagen. Bei ihm war es schon immer so: kaum männliche Freunde, dafür immer viele Frauen um ihn herum. Beim Abendessen macht er mir ein wunderschönes

Kompliment. „Es kann nicht funktionieren, bevor du nicht jemanden triffst, der ein geistiges Äquivalent für dich ist." Er fährt fort, dass er mit der Mutter seiner Tochter gewiss zusammen geblieben wäre, „hätte sie nur wenigstens zehn Prozent von dir."

Das von jemandem zu hören, der mich so gut kennt – und so viele andere Frauen – war so befreiend. Mein Selbstwertgefühl als Frau war nach meinen gescheiterten Beziehungen praktisch nicht vorhanden. Als ich merkte, wie gut mir seine Aussage getan hatte, und dass ich meinem eigenen Gefühl offenbar nicht mehr traute, fing ich an, daran zu arbeiten. Ich schrieb alle netten Komplimente auf, die ich jemals in meinem Leben bekommen hatte. Dann las ich sie, immer und immer wieder, damit ich sie endlich verinnerlichte. Ich empfehle diese Methode allen, die unter mangelndem Selbstwert leiden, egal in welchem Bereich. Wir alle bekommen meist Unterstützung von außen, doch sind wir oft blind für sie und in unseren Prägungen gefangen. Zwar braucht es etwas Zeit, die Komplimente zu verinnerlichen, aber es funktioniert wirklich. Langsam, aber doch. Nicht übertrieben, sodass man eingebildet wird, sondern gerade so, dass man sich wieder wie ein vollwertiges menschliches Wesen fühlt. Einige der schönsten Komplimente, die ich von verschiedenen Menschen in meinem Leben erhalten, mir notiert und wiederholt angesehen habe, um auch andere zu inspirieren, lauten:

- Ich glaube an dich!
- Ich wünsche dir, dass du dich mit meinen Augen sehen kannst.
- Ich habe noch nie in meinem Leben jemanden so ernst genommen, wie Sie.
- Sie sind, menschlich gesehen, meine Nummer Eins.

– Du bist der beste Mensch, den ich kenne.
– Sie sind so sexy, das ist Ihnen wohl klar?
– Ich: „Wenn ich das noch trinke, müssen Sie mich
  mit Ihren eigenen Händen ins Hotel tragen!"
  Er: „Nichts lieber als das!"
– Was ist das für eine Augenfarbe, die Sie da haben?
  Manchmal sind sie grün und manchmal haben
  sie so ein warmes Braun.
– Sie riechen immer wie ein frischer Morgen.
– Du bist besser als Brot!
– Wie ein guter Wein wirst du mit den Jahren
  immer besser…

Ich habe auch einige Gedichte bekommen. Dieses ist mein
Favorit:

Für meine Lieblingsfrau der ganzen Welt (R. W.)

Ursprünglich war die Perle in dir ein Unglück,
ein Fremdling in deinem Wesen.

Als du dich öffnetest
in einem unbedachten Augenblick,
nichts ahnend, nichts fürchtend,
in diesem Augenblick machte es plötzlich klick.

Aus dem Unglück wurde mit einem Mal das Glück
und machte dich wertvoll für den, der dich fand.

Je älter man wird, desto mehr zählt die Persönlichkeit,
nicht das Aussehen. Ab Vierzig sieht man – erst langsam und
dann immer schneller – einem Menschen seinen Charakter
im Gesicht an. Unseren inneren Dialog sieht man uns an!
Ob wir das glauben wollen, oder nicht. Es gibt Menschen,
die mit dem Alter immer mehr gewinnen und solche, die
eben verlieren. Man sagt: die Zeit kennt keine Gnade, doch

ich finde, das ist nur eine Floskel. Eine Floskel benützt man immer dann, wenn man sich nicht genauer mit etwas auseinandersetzen möchte. Daher ist allen Floskeln etwas gemeinsam: Sie sind immer schlicht, pragmatisch und unreflektiert. Ich kenne sehr alte Menschen, die so schön sind, dass man sie ewig ansehen möchte, denn sie umgibt eine Aura unwidersprüchlicher Selbstverständlichkeit. Eine solche Aura kann *ausschließlich* aus innerer Schönheit entstehen, die unweigerlich auch nach außen strahlt. „Das Alter zieht noch mehr Runzeln in unseren Verstand als in unser Antlitz", sagte Michel de Montaigne. Und das sieht man uns an. Da nützen auch kein Botox, Facelifting oder sonstige Mittel.

X. KAPITEL

Über Prägungen und Loslassen

Meine Kindheit lässt sich sehr kurz zusammenfassen. Sie war nicht wesentlich besser oder schlechter, als die vieler anderer Menschen. Zwar hatten wir damals nicht viel, dafür waren wir frei und meistens glücklich. Meine Eltern waren beide sehr gutaussehend, mein Vater ein besonders beliebter, geschätzter, kluger und hilfsbereiter Bürger der Stadt. Solange er nüchtern war. Er lebte nach folgendem Prinzip: „Geben ist immer einfacher und schöner als Empfangen. Gott gewähre mir, dass ich immer in der Situation bin zu geben, und nie in jener, bitten zu müssen." Er sagte es mir immer wieder vor. Mit meiner Mutter musste er deswegen regelmäßig streiten. Etwa, wenn er wieder von einer fertigen Arbeit nach Hause kam, ohne dafür Geld entgegengenommen zu haben.

Meine Mutter war für mich immer im Hintergrund. Ich war von Anfang an „Papas Mädchen" gewesen und habe lieber mit ihm in der Garage gebastelt, statt mit meiner Mutter zu kochen. Sie hatte uns sehr jung bekommen, mich schon mit knappen Zwanzig. Daher war sie die meiste Zeit mit sich selbst beschäftigt. Brachte sie uns allerdings Aufmerksamkeit entgegen, galt diese meistens meinem jüngeren Bruder. Mir schenkte sie ihre Aufmerksamkeit meist nur in Form ständiger „Watschen" aus lächerlichsten Gründen. Manchmal auch vorbeugend, damit mir ja kein Blödsinn einfiel. Mein Vater sagte dann immer nur: „Nicht am Kopf, bitte!" Mein Kopf war im Vorbeigehen aber wohl leichter zu erreichen, als mein Hintern.

Als Kind ging ich mit Vorliebe barfuß – wie heute noch. Mir war jedes Schuhwerk verhasst. Meine Eltern und Oma ermahnten mich jedoch immer wieder, (Haus-)

Schuhe anzuziehen. Ich hasste es! Dann, als ich selbst meine Kinder bekam, erwischte ich mich dabei, sie ebenso zu ermahnen: „Zieh deine Hausschuhe an!" Als mir aber bewusst wurde, was ich da tat, hörte ich sofort damit auf. Es zeigte mir, wie tief manche Konditionierungen sitzen. Viele Jahre später erzählte mir hingegen mein alter Onkel, wie glücklich er gewesen war, als er sich zum ersten Mal im Leben „Schuhe zum Ausziehen" kaufen konnte. Für die Kriegsgeneration waren solche, für uns heute selbstverständlichen Dinge, eine Kostbarkeit.

Ich ging auch in die Musikschule und war sehr sportlich. Ich trainierte einige unterschiedliche Sportarten – alle waren so interessant, wie sollte ich mich da bloß auf nur *eine* konzentrieren? In den meisten Mannschaften wurde ich bald zur Kapitänin gewählt – Sport lag mir irgendwie im Blut. Egal ob Basketball, Volleyball, Handball, Gymnastik, Tischtennis oder Schach: Es hatte bei mir früh begonnen und sollte mein ganzes Leben so bleiben. Schach lernte ich von meinem Vater, als ich zwei Jahre alt war. Er war ein leidenschaftlicher Schachspieler. Um ihn stolz zu machen arbeitete ich mich in der Schule zur Schach-Regionalmeisterin in mehreren Altersklassen hoch. Dann interessierte es mich plötzlich nicht mehr. Es war zu einfach geworden. Ich konnte und wollte mich nie nur auf eine Sache konzentrieren – schließlich war überall etwas Neues zu lernen und zu erleben.

Meinen überdurchschnittlichen Schulleistungen verdanke ich, dass mir meine Eltern nie etwas vorwerfen konnten. Gute Noten waren der Freibrief für meine Hobbies – Bücher, Sport und Musik beispielsweise. Diese konnten meine Eltern mir dann nicht mehr verwehren, da sie ein Druckmittel weniger hatten. Wenn ich also wieder einmal Bücher gelesen oder Gitarre gespielt und Songs geschrieben habe, anstatt zu lernen, sagte meine Mutter zwar gerne: „Hast du nicht morgen eine Prüfung? Solltest du nicht lernen?", ich war jedoch in der Position zu kontern: „Ja, habe ich. Na und? Zerbrich dir nicht meinen Kopf. Erst, wenn ich schlechte Noten nach Hause bringe." Das war zwar, zugegeben, nicht sehr nett, aber ich fand schon als Kind, dass ich das Recht hatte, so zu kontern. Immerhin waren meine Leistungen stets die besten unter viertausend SchülerInnen. Warum tat sie also in diesen Momenten so, als müsste sie plötzlich Mutter spielen? War sie doch kein einziges Mal bei einem Elternabend oder ähnlichem gewesen, denn es gab keine Notwendigkeit – meine Leistungen gaben meinen Eltern die Freiheit, getrost darauf zu verzichten. Nein, das stimmt nicht ganz: einmal kamen meine Eltern zu einem meiner Chorauftritte. Ich war Solistin im Jugendchor der Stadt gewesen. Oft hatten wir Auftritte bei allerlei Gelegenheiten. Als wir eines Abends in einer sehr gehobenen Halle auftraten, sah ich plötzlich meine Eltern im Publikum in der ersten Reihe sitzen. Ich konnte es nicht fassen, dass sie gekommen waren und begann beim Singen zu weinen. Ich weiß nicht, wie ich es fertigbrachte, keine Fehler zu machen, so sehr wie ich innerlich zitterte. Nach dem Auftritt sagten mir aber alle, ich hätte wie eine Nachtigall geklungen. Bis zu jenem Abend hatten meine Eltern nicht einmal gewusst, dass ich die Solistin des Chors war. Lob bekam ich nachher jedoch von keinem der beiden. Vielleicht war ihnen mein Auftritt und die meine leise herunterkullernden Tränen dabei peinlich, ich weiß es bis heute nicht. Nur ist es mir jetzt egal. Manchmal im Leben habe ich mir aber gedacht: Hätten sie mich wenigstens in einer Sache, der ich nachging, unterstützt und gefördert, wer weiß, wo ich heute wäre? In mir steckte offenbar früh sehr viel unterschiedliches Potential.

Die meisten meiner Großeltern waren bereits vor meiner Geburt verstorben. Das tat mir immer sehr leid, ich träumte als kleines Mädchen nämlich immer von einem weißbärtigen Großvater, der mir die tollsten Geschichten erzählt und mich beschützt. Doch über Großväter wurde in meiner Familie nicht viel gesprochen. Angeblich waren alle von ihnen entweder Trunkenbolde oder Sonderlinge gewesen. Später, als ich bereits in der zweiten Hälfte meines Lebens angekommen war, erfuhr ich vom älteren Bruder meines Vaters – mit dem ich, seit mein Vater verstorben war, keinen Kontakt gehabt hatte – wie sie väterlicherseits tatsächlich waren: Beide ähnelten sich in mancher Hinsicht, trugen beispielsweise beide Vornamen, die wiederum auch Teil des jeweiligen Nachnamens waren. Sie waren „große Nummern", sehr intelligent und gutaussehend, den Zeiten entsprechend auch gebildet, beide erfolgreiche Führungspersönlichkeiten und befanden sich in guten Positionen. Dann kam der offenbar „unvermeidliche" Krieg und sie kämpften für die VerliererInnenseite. Sie wurden verfolgt, versteckten sich jedoch in den Bergen und lebten so noch einige Jahre weiter. Der eine fand sein Ende im Alkohol, der andere in Gefangenschaft. Mütterlicherseits weiß ich bis heute wenig über meine Großväter. Sie sollen wortkarge, ernste und zurückgezogene Menschen gewesen sein.

Die wichtigste Person in meiner Kindheit war mit großem Abstand eindeutig meine Großmutter mütterlicherseits, Katarina. Von ihr habe ich das allermeiste gelernt, was ich heute weiß, und bin ihr unendlich dankbar. Eine bitterarme, aber großartige und unglaublich starke Frau, die trotz Krieges sieben Kinder alleine großzog und sich nie unterkriegen ließ. Ihr ganzes Leben arbeitete sie am Fließband einer Fabrik und wohnte mit ihren Kindern in einem kleinen Lehmhäuschen am Land. Ich erinnere mich, als wäre es gestern gewesen: Passierte es, dass ich im Winter bei ihr übernachten musste, waren die Wände immer voller Frostkristalle. Katarina war nie in ihrem Leben bei einem Arzt gewesen. Sogar ihre Kinder waren allesamt Hausgeburten. Sie starb im Alter von 93 Jahren. Interessanterweise hieß auch die Mutter meines Vaters Katarina und teilte ein ähnliches

Schicksal: Sie zog nach dem Krieg sechs Kinder alleine groß, starb aber etwas jünger. Mit ihr hatte ich nicht so viel Kontakt. Immer, wenn ich müde war, erinnerte ich mich also daran, dass meine *zwei* Kinder ein Klacks gegen die meiner Großmütter waren.

Mein Vater starb im Alter von nur 44 Jahren an Krebs. Ich war gerade siebzehn. Sein Quartalalkoholismus hatte in Folge einen sehr starken Einfluss auf mein gesamtes Leben. Nüchtern war er Dr. Jackyll, doch sobald er trank wurde er zu Mr. Hyde. Er konnte sich nie an irgendetwas davon erinnern, sobald sein Zustand wieder gewechselt hatte. Ich entwickelte eine starke Hass-Liebe für ihn. Mein Psychologe sagte mir viele Jahre später, dass mein Vater schizophren gewesen sein musste, was nun für mich doch einiges erklärt. Als Kind habe ich mir nichts sehnlicher gewünscht, als eine Kamera, um meinen Vater aufnehmen zu können, wenn wieder seine dunkle Seite zum Vorschein kam. Ich war davon überzeugt, dass er nie wieder einen Tropfen trinken würde, sobald er die Aufnahmen, wie er als Betrunkener war sehen könnte. Unseren Erzählungen glaubte er nämlich nie. Nicht einmal die Blutergüsse in der Form seiner Hände um meinen Hals, weil ich ihm keinen Alkohol mehr geben wollte, halfen als Beweis. In der Schule trug ich daraufhin ein Tuch, um die Blutergüsse zu verstecken, während ich die ganze Zeit den Klassenclown spielte. Die Gedichte, die ich in jener Zeit schrieb, könnten selbst das härteste Herz erweichen. Was heute aber jedes Kind mit Smartphone kann, war für mich damals nur ein entfernter Traum. Irgendwann las ich, dass die Töchter alkoholkranker Väter ein wiederkehrendes Muster aufweisen: scheiternde Beziehungen, Abhängigkeit, Ohnmacht, Verzweiflung und der Wunsch, aus dieser Abwärtsspirale auszubrechen. Das Phänomen daran ist, dass wir genau das erleben, was wir kennen und daher erwarten. Mit meiner Geschichte brachte ich jedoch Jahre später einige Alkoholiker-Väter dazu, den Alkohol aufzugeben. Ich freue mich wahnsinnig für ihre Kinder.

Meine Mutter ist immer zu ihrer Schwester weggelaufen, wenn mein Vater im Suff nach Hause kam, damit er sie nicht schlug. Das erste Mal, als mir bewusst wurde, dass ich die Mutterrolle übernommen hatte, war im Alter von acht Jahren. Für mein weiteres Leben brachte mir dieser Umstand Beziehungsmuster ein, die ich alleine nicht vollständig entwirren konnte. Da es aber so höllisch weh tat, suchte ich mir Hilfe bei PsychologInnen und verschiedenen Techniken.

Heute kann ich all diese Dinge erzählen, ohne Wert darauf zu legen, was die Leute davon halten mögen. Lange in meinem Leben gab ich hingegen sehr viel darauf, was man von mir dachte. Für meine Mutter war das nämlich die oberste Priorität – in einem kleinen Ort wie unserem wohl nicht allzu verwunderlich. „Nicht zu achten, was die Welt über uns denkt, ist nicht nur arrogant, sondern völlig schamlos", sagte Cicero. Die Bestialität des Anstands ist dennoch ein krankes Konzept. Ich habe mir viel zu oft gar zu leben verboten, aus Angst was „die Leute sagen" würden. Irgendwann las ich aber eine Geschichte, die das ändern sollte.

„Jeden Tag macht sich Herr Rech in seinem kleinen Gärtchen zu schaffen. Er harkt den Boden und recht ihn, zieht den Löwenzahn heraus, zupft trockene Blätter von den Sonnenblumen und gießt alles, was im Gärtchen wächst. Eines Tages kommen zwei Nachbarn vorbei. Sie tuscheln miteinander: „Also so einer – hat er denn nichts Besseres zu tun, als den ganzen Tag seine Blumen zu gießen?" Herr Rech hört das und sagt sich: „Das muss ich mir nicht nachsagen lassen – ich habe wohl genug anderes zu tun!"

Nun steht Herr Rech zeitig auf, stürzt sich in die Arbeit und macht viele Überstunden. Sein Chef ist zufrieden. Die schönen Pflanzen in seinem Garten vertrocknen, und in ein paar Wochen wuchert überall Unkraut. Da hört er, wie die Nachbarn erneut vorbeigehen: „Also so einer – lässt alles verkommen. Wie sieht denn das aus? Eine Schande für den ganzen Ort!"

Am nächsten Tag steht Herr Rech noch zeitiger auf. Er arbeitet in seinem Betrieb wie wild und bringt spätabends sein Gärtchen in Ordnung. Wieder kommen seine Nachbarn vorbei: „Also so einer – hat vier Kinder und kümmert sich nicht um sie. Seiner Frau hilft er auch nicht. Schämen sollte er sich!"

Von da an steht Herr Rech noch früher auf. Im Morgengrauen arbeitet er in seinem Gärtchen, schuftet sich in der Arbeit krumm, hilft nachmittags seiner Frau und kümmert sich abends um die Kinder. Todmüde fällt er ins Bett. Eine Zeitlang macht er so weiter, bis er eines Morgens nicht mehr aufsteht. Der Arzt stellt den Todesschein aus: Herzinfarkt.

Am übernächsten Tag findet das Begräbnis statt. Seine treuen Nachbarn begleiten ihn auf seinem letzten Weg: „Also so einer – was hat er nun von seiner vielen Schufterei?"

So sind wir. Bei Coelho las ich dazu etwas Stimmiges: „Wenn wir den Garten unseres Lebens bepflanzen, bemerken wir irgendwann unseren Nachbarn, der uns beobachtet. Selber bringt er nichts zu Wege, aber er gibt gerne Ratschläge, wie wir unsere Taten aussäen, unsere Gedanken pflanzen, unsere Eroberungen begießen sollen. Hören wir auf unseren Nachbarn, dann arbeiten wir am Ende für ihn, und der Garten unseres Lebens entspricht seinen Vorstellungen. Bis wir am Ende die mit viel Schweiß bestellte und mit vielen Segnungen gedüngte Erde gar nicht mehr als unsere erkennen und auch nicht, dass jeder Zentimeter Erde Geheimnisse hat, die nur die geduldige Hand des Gärtners deuten kann. Wir achten gar nicht mehr auf Sonne, Regen, wechselnde Jahreszeiten, sondern sind nur noch auf die Ratschläge unseres Nachbarn fixiert, der uns über den Zaun hinweg ausspäht. Er gibt uns Ratschläge für unseren Garten, aber der Narr kümmert sich nie um seine eigenen Pflanzen."

Nachträglich fiel mir ein, dass mir meine Großmutter bereits als Kind eine ähnliche Geschichte erzählt hatte, nur hatte ich nie wirklich darüber nachgedacht. Sie sprach nämlich oft in Metaphern, die man als Kind großteils nur witzig findet. Als Erwachsene haben mich ihre Metaphern buchstäblich am Leben erhalten. Ohne die Weisheiten meiner geliebten Oma wäre ich heute vermutlich nicht mehr hier. Sie erzählte also: „Vater und Sohn waren Brennholz sammeln gegangen. Sie banden es auf den Esel, den Sohn setzte der Vater auch auf das Tier. Am Weg nach Hause begegneten sie einer alten Frau. Sie sagte: „Nanu, sieh an – die Jugend sitzt am Esel und der alte Mann muss zu Fuß gehen. Schäm dich, Junge!" Der Sohn stieg ab, um den Vater fortan auf dem Esel sitzen zu lassen. Bald begegneten sie einem jungen Bauern: „Nanu, sieh an – der Alte macht es sich gemütlich, während der Junge zu Fuß gehen muss. Wie soll er lernen, sich um die eigenen Kinder zu kümmern? Schäm dich, Alter!" Der Vater nahm nun den Sohn zu sich hoch, sodass beide am Esel saßen. Bald begegneten sie einem Ehepaar: „Nanu, sieh an – der arme Esel ist voll beladen und die beiden setzen sich auch noch drauf. Schämt euch, Tierquäler!" Beide stiegen vom Esel und gingen zu Fuß weiter. Als sie fast zu Hause waren, begegneten sie einer Gruppe junger Knaben: „Nanu, sieh an – da haben sie einen Esel und gehen trotzdem beide zu Fuß. Welch Idioten!"

Meine Großmutter hatte mir also schon früh beibringen wollen, dass ich *nie* alle Menschen zufrieden stellen könnte. Damals verpasste ich diese Lektion leider und musste sie später auf die harte Tour lernen. „Der Mensch hat dreierlei Wege, klug zu handeln. Erstens durch Nachdenken – das ist das Edelste; zweitens durch Nachahmen – das ist das

Leichteste; und drittens durch Erfahrung – das ist das Bitterste", wusste schon Konfuzius. Ich verlasse mich *nie wieder* auf die Empfehlung oder das Urteil anderer, wenn es um mein eigenes Leben geht. Ich denke einfach anders. Außerdem kann man *nie alles*, was für eine Geschichte relevant ist, in Worte packen.

*　　*

*

Das Lesen habe ich immer geliebt. Ich wuchs in einer Kleinstadt mit circa hunderttausend EinwohnerInnen auf. Als ich acht Jahre alt war, wurde ich in die Erwachsen-enbibliothek geschickt, weil man mir in der Kinderbibliothek keine Bücher mehr geben konnte, die ich nicht bereits ausgelesen hatte. Das allererste Taschengeld, das ich jemals bekam, investierte ich in eine Taschenlampe (wie passend: Taschengeld für eine Taschenlampe), damit ich nachts unter meiner Decke lesen konnte. Meine Mutter erlaubte das nicht, weil das Lesen bei künstlichem Licht so schlecht für die Augen sein soll. Mich störte es nicht. So gesehen war ich ein ziemlich ungehorsames Kind. Ich war immer sehr stur, neugierig und manchmal auch waghalsig. Ich wollte überall hinaufklettern und alle haben gewusst: Wenn ich nicht da bin, sitze ich gerade auf irgendeinem Baum. Und obwohl ich es liebte, halsbrecherisch Rollschuhe und Schlitten zu fahren, überall dabei zu sein und etliche FreundInnen hatte, war ich sehr in mich gekehrt. Ich zog mich auch in jungen Jahren jede freie Minute zurück und nützte meine Zeit um zu lesen und zu schreiben. Darüber sprach ich jedoch mit niemandem. Andererseits war ich aufmerksam und respektvoll, half allen, die Hilfe benötigten und kümmerte mich liebevoll um meinen jüngeren Bruder.

Eine Zeitlang war ich sogar fest davon überzeugt, adoptiert worden zu sein. Später wusste ich natürlich, dass das kindlicher Unsinn war, doch stellte sich heraus, dass genau diese Vorstellung mich retten sollte. Das erklärte mir viele Jahre später mein Psychologe. Er meinte, dass diese Fantasie mir half, mich von den vielen unschönen Situationen zu distanzieren und mich dadurch nicht mit ihnen identifizieren zu müssen. Der Glauben, ein Adoptivkind zu sein, war also mein Glück im Unglück. Meine Fantasie half mir also oft über schwierige Zeiten hinweg – und Bücher waren die Pforte. Ich liebte diese Fantasiewelten, die sie kreierten, und überhaupt alles, was mit der echten Welt nichts zu tun hatte. Ich stürzte mich mit Anna Karenina vor den Zug, prügelte mich mit Don Quijote und rauchte Friedenspfeifen mit Winnetou. So las ich, las, und reiste in andere Welten. Später dann, als die bewusste Suche anfing, begann ich, das Gelesene zu hinterfragen. In keinem Buch fand sich für mich bisher die absolute Wahrheit. Niemand hatte sie gepachtet. Nach solchen vergleichenden Studien bekannte Montaigne sarkastisch, keine Ahnung zu haben, ob er nun „ … *wie Platon die Ideen oder wie Epikur die Atome als Urelemente annehmen sollte, oder wie Demokrit und Leukippos den vollen und den leeren Raum, oder wie Thales das Wasser, oder wie Anaximander die Grenzenlosigkeit der Natur, oder wie Diogenes die Luft, oder wie Phytagoras die Zahlen und die Symmetrie, oder wie Parmenides das Unendliche, oder wie Musaios das Eine, oder wie Appolodorus das Wasser und das Feuer, oder wie Anaxagoras die gleichartigen Teile, oder wie Empedokles Abstoßung und Anziehung, oder wie Heraklit das Feuer – oder irgendeinen andere Ansicht mir aus dem heillosen Wirrwarr von Auffassungen und Thesen herausgreifen, das der menschliche Verstand durch seinen ah so unfehlbaren Scharfblick überall da angerichtet hat, wo er sich einmischte.“*, schreibt Alain de Botton. Wie wir alle, irren auch die großen Denker in mancherlei Hinsicht. Osho beispielsweise: Wenngleich ich finde, dass sein letztes Buch sein bestes ist, stoßen mir die Arroganz und Kurzsichtigkeit einiger Passagen darin sauer auf. Sobald eine Person behauptet, man könne nur auf eine einzige Art – nämlich ihre – den Seelenfrieden finden, sollten unsere Alarmglocken läuten. Das ist eine Form der Präpotenz, die letztlich blind macht. Darum finde deine eigene Wahrheit.

*　　*

*

Getauft wurde ich römisch-katholisch. Miterzogen hat mich aber eine muslimische Frau, die in unserem Haus wohnte, selbst aber kinderlos blieb. Da ich als Kind im Kirchenchor mitsang, wollten mich die Nonnen mit meinem zwölften Geburtstag als Novizin in ihr Kloster aufnehmen. Meine Mutter empfand das als große Ehre. Wäre mein Vater nicht gewesen, wäre ich also im Kloster gelandet – welch Verschwendung. Ich ging daraufhin nie wieder in die Kirche – zum großen Unmut meiner Mutter – weil ich Angst hatte, die Nonnen würden mich mitnehmen.

Meine geliebte Oma hatte sieben Brüder. Der jüngste von ihnen war ein Fernfahrer und fast nie zu Hause. Er und seine Frau, meine Großtante, schafften es dennoch, siebzehn Kinder zu bekommen. Unfassbar, wenn man bedenkt, wie schmächtig und kindlich sie selbst ihr ganzes Leben lang blieb. Insgesamt gebar sie sogar einundzwanzig, vier davon starben jedoch gleich bei der Geburt. Damals war das nichts Ungewöhnliches, gab es nach dem Krieg schließlich kaum Krankenhäuser oder erforderliche Mittel, um das Leben eines Frühchens zu retten. Abtreibungen wären nicht in Frage gekommen, denn sie beide waren sehr religiöse Menschen und „was der liebe Gott gegeben hat, darf man nicht in Frage stellen." Ich kann mich bis heute sehr gut an diese Großtante erinnern. Vielleicht, weil ich ein Erlebnis mit ihr teile, das mich innerlich meiner Mutter etwas näherrücken ließ: Ich schälte einmal mit ihr einen riesigen Kübel Erdäpfel. Im Haus war es laut – überall hörte man Kinderstimmen. Manche sangen, manche stritten, manche schrien – in diesem Haus war immer viel los. Eine meiner älteren Cousinen kam plötzlich durch die Küchentür geplatzt und wollte ganz aufgeregt etwas sagen. Meine Großtante drehte jedoch nur das Messer, das sie gerade zum Schälen benützte, so, dass die scharfe Klinge in ihrer Hand lag, und warf es blitzschnell nach ihrer Tochter. Das Mädchen schaffte es im letzten Moment, die Tür rechtzeitig wieder vor sich zu schließen. Das Messer blieb im Türblatt stecken. Einen Augenblick schneller und sie hätte womöglich ihre eigene Tochter umgebracht, obwohl sie – und das spürte ich auch als junges Mädchen – alle ihre Kinder liebte. Sie arbeitete rund um die Uhr auf dem Bauernhof, war die meiste Zeit davon auch noch schwanger oder stillte. Ihre gläubigste Tochter wurde später tatsächlich eine Nonne und ging ins Kloster. Nach drei Monaten kehrte sie aber zurück und ging seitdem nie wieder in die Kirche. Später heiratete sie und bekam selbst fünf Kinder. Ich weiß bis heute nicht, was ihr im Kloster widerfahren war. Denke ich aber an die Geschichte meines Ex-Mannes, der mit drei Jahren in ein Klosterheim kam, in dem er aufs Übelste misshandelt wurde – unter anderem legte sich eine Nonne zu ihm ins Bett, als er erst elf Jahre alt war – kann ich es mir leider ausmalen. Viel später bekam mein Ex sogar eine kleine Entschädigung dafür, es gab eine Massenklage, doch das ist ein anderes Thema. Im Vergleich also zu der meines Ex-Mannes war meine Kindheit der pure Luxus. Das war mit der Grund, warum ich ihm so lange so unendlich viel nachsah. Er hatte die Liebe *nie* kennengelernt. Ich wollte damals nichts mehr, als sie ihm zu zeigen, doch ich versagte. Durch seine Horrorkindheit hatte er einen so dicken Panzer aufgebaut, dass einfach alles an ihm abprallte.

Als ich damals also das Küchenmesser anstarrte, das in der Tür steckte, traute ich mich nicht mehr, zu atmen. Ich konnte einfach nicht glauben, was da gerade passiert war. In meinem Shock stand ich auf und verließ das Haus. Ich ging aufs Feld und dachte über meine Mutter nach. Sie lief zwar immer weg, sobald mein Vater getrunken hatte und schlug mich regelmäßig am Kopf – nie hätte sie aber ein Messer nach uns geworfen! Außerdem betete sie jeden Tag dafür, dass mein Bruder und ich gesund und brav blieben und uns niemals ein Unglück widerführe. In jenem Moment ließ mein Groll auf sie nach.

Was ist das im Menschen, das uns zwingt, immer wieder die Kontrolle zu verlieren? Warum schadet man Kindern, Tieren, Schwächeren? Hilft es uns, uns auf diese Weise stärker zu fühlen? Offenbar ist es bei vielen so, sonst würden sie es nicht tun. Und warum ist ein Mord „im Affekt" ein mildernder Umstand vor Gericht? Diese Frage stellte ich mir so lange, bis ich selbst nur einen Schritt davon entfernt war, meinem Ex-Mann den Hals umzudrehen, weil er mich ständig anlog, während er mir dabei fest in die Augen sah. Er wusste, dass *ich* wusste, dass er log, aber seine Dreistigkeit kannte keine Grenzen. Ich behaupte trotzdem, dass in Wahrheit *genau das Gegenteil* der Fall ist. Den wirklich Starken hört man zu, sie brauchen nicht einmal die Stimme zu erheben, geschweige denn bei Schwächeren zuzuschlagen.

Aus Angst vor meinen Wutgefühlen ging ich zum Psychiater. Ein älterer Mann, der offenbar schon viel in seinem Leben erfahren hatte. Ich war noch so jung und hatte keine Erfahrung im Umgang mit solchen Situationen gehabt. Er hörte sich alles an, was ich zu erzählen hatte, und sagte schließlich, dass es ein Wunder sei, dass ich meinem Ex-Mann nicht schon längst „besagten Hals umgedreht", oder ihn wenigstens verlassen hätte. Wider Erwarten verschrieb er mir statt Beruhigungspillen Johanniskrauttee. Er sagte ich bräuchte keine anderen

Beruhigungsmittel, meine Gefühle wären in einer solchen Situation allzu verständlich und normal. Dank des Tees konnte ich besser schlafen und hörte auf, mich dauernd von meinem Ex provozieren zu lassen. Darauf sprang er wiederum schlecht an, denn meine Ruhe regte ihn maßlos auf. Doch je mehr er tobte, desto ruhiger wurde ich – offenbar als Ausgleich nötig, ich weiß es bis heute nicht.

*   *

*

Es ist Silvester. Ich sitze absichtlich alleine auf der Terrasse meines Urlaubsapartments auf Teneriffa und ziehe sozusagen mit fünfzig Bilanz, während unzählige Sterne über mir flackern. Hie und da sehe ich eine Sternschnuppe, die schneller erlischt, als man sich etwas wünschen kann. Ich trinke ein Glas Wein und ordne das Durcheinander an Bildern meines Lebens. Um Mitternacht dann das Feuerwerk. Endlich weine ich wieder ein wenig über die Menschen und all den Schmerz, den wir durchstehen müssen.

Mich kann ich davon nicht ausschließen: vom edlen, doch aggressiven und schizophrenen Vater, über die für immer unerreichbare Mutter, bis zu den Nachbarskindern, die mich bis zum Grundschulalter hänselten und zwangen, abgekratzte Fassadenbröckchen zu essen, bis ich endlich mit ihnen spielen durfte – kein Verständnis weit und breit. Mein erster Sex war eine Katastrophe. Ich verstand nicht einmal, dass das, was passierte, Sex war – so wenig wusste ich darüber. In unserem Haus war das nämlich ein absolutes Tabuthema, genauso wie Verhütung oder Menstruation. Seit ich mich als Kind selbst anziehen konnte, haben mich meine Eltern nicht mehr nackt gesehen.

Die Entdeckung der eigenen Sexualität verdanke ich Jahre später einem professionellen Gigolo, der aus irgendeinem unerfindlichen Grund Interesse an mir hatte. Damals war mein Gesicht mit Akne übersät, doch mein Körper war – gestählt durch Sport, Sonne und Meer – der eines Models. Vielleicht gefiel ich ihm deshalb. Oder, weil ich ihm in einem beschwipsten Moment gesagt hatte, dass ich frigide war. Er zeigte mir bald, dass das nicht stimmte. Bis heute danke ich ihm dafür. Dennoch nicht so sehr, als dass ich seinen Heiratsantrag damals angenommen hätte. Ich studierte noch und wollte außerdem nicht mit jemandem verheiratet sein, der auf diese Weise sein Geld verdiente. Er sagte zwar, er würde seinen Job für mich aufgeben, doch ich glaubte ihm nicht. Für ihn ging es dabei um zu viel leicht verdientes Geld. Der wahre Grund aber war, dass ich aus Vorsicht mein Herz für mich behielt. Vermutlich, weil er um einige Jahre älter war. Hätte ich mich wirklich in ihn verliebt, wären all diese Einwände wirkungslos gewesen, das weiß ich heute. Meine Studienzeit war toll, auch wenn ich nebenbei viel arbeiten musste, um mir die Ausbildung finanzieren zu können. In dieser Zeit war ich fast drei Jahre lang in jemanden verliebt, den ich nur aus der Ferne bewundern konnte. Ich schmachtete und wartete, hoffend, dass er mich irgendwann wahrnehmen würde. Plötzlich outete er sich als schwul.

Daraufhin ging ich auf ein Semester ins Ausland. Ich wollte das Leben sehen. Aus der Provinz in die neue Welt packte ich all meine Träume und Ambitionen in meinen Koffer. Und blieb dort, verliebte mich nämlich in einen Mann, den ich zu schnell heiratete und mit dem ich sehr bald zwei Kinder bekam. Die acht Jahre Ehe mit jenem Mann, der mir so viel Übles angetan hat, waren schrecklich. Nie genug Liebe oder gar Geld, immer nur Sorgen. Ich kämpfte um uns, weil ich nicht glauben wollte, dass ich keine gute Ehe führen konnte. Ich wollte ihn endlich motivieren, es auch zu versuchen. Aber wie von zwei unterschiedlichen Welten redeten wir ständig aneinander vorbei. Noch dazu war in meinem Heimatland Krieg ausgebrochen. Ich zitterte um meine Liebsten. Trotzdem dachte ich, ich müsse alles aushalten, schließlich hatte ich es am Standesamt geschworen und liebte ihn. Ich hoffte auf die Zeit, die mir helfen und ihn etwas reifer und verantwortungsvoller machen würde. Doch es wurde immer schlimmer. Dann redete ich mir ein, dass ich kein Recht hätte, ihn zu verlassen, immerhin hatte ich ihn freiwillig zum Vater meiner Kinder gemacht. Jetzt plötzlich die Meinung zu ändern und sie von ihm zu trennen kam nicht in Frage. Ich hatte mir die Suppe selbst eingebrockt, also musste ich sie wohl auch auslöffeln. Etwas anderes zu essen gab es ohnehin nicht.

Dann half mir einer meiner alten, lebenserfahrenen Onkel. Bei einem Besuch meinte er, ich sähe unglücklich aus und wollte wissen, woran das lag. Ich gab vor, dass alles in bester Ordnung, ich nur erschöpft von der vielen Arbeit war. Er sah mir bloß in die Augen und lächelte. Sein Blick schien zu sagen: „Wen glaubst du, vor dir zu haben? Steht etwa ‚blöd‘ auf meiner Stirn?" So erzählte ich es ihm schließlich. Ich sagte ihm auch, dass ich die Ehe für meine Kinder durchziehen müsse. Seine Antwort war: „Egal wie du dich entscheidest, merk dir eines: Ist die Mutter glücklich, sind es die Kinder auch, und umgekehrt. Kinder spüren *alles* und brauchen nicht viel, weil sie nichts vermissen, was sie nicht kennen. Sie brauchen nur Liebe und eine glückliche Mutter. Mit deiner Einstellung tust du niemandem einen Gefallen – am allerwenigsten ihnen." Das leuchtete ein.

Das nächste Mal, als mein Ex-Mann die Kinder über Nacht alleine ließ um seiner Spielsucht zu fröhnen, während ich im Nachtdienst war – meine Tochter war zu diesem Zeitpunkt erst ein Jahr alt – machte ich Schluss. Ruhig und gefasst sagte ich ihm, dass ich das nicht mehr dulden wollte. Mir ging es nicht darum, wer Schluss machte, sondern nur darum, meinen Wunden endlich die Möglichkeit zu geben, zu heilen. Es folgte die Scheidung und der anschließende Kampf, meine beiden Kinder in einer fremden Welt alleine großzuziehen. Nebenbei musste ich eine halbe Million seiner Schulden abbezahlen, damit er mir das Sorgerecht widerstandslos überließ. Einen Sorgerechtsstreit hätte ich nie gewonnen: Ich war Ausländerin, er rhetorisch eine Wucht. Zwar war alles, was er je zum Besten gab, nur heiße Luft, doch das konnten die RichterInnen nicht wissen. Er schaffte es immer, alle zu überzeugen, so wortgewandt und charismatisch wie er war.

Nachdem all das vorbei war, merkte ich im Sommer nach der Scheidung, dass die Sonnenallergie, die ich vier Jahre zuvor „aus heiterem Himmel" entwickelt hatte, verschwand. Die letzten Jahre war ich im Sommer mit juckenden Ausschlägen übersät gewesen, mein Hautarzt attestierte Mallorca-Akne. Und das, obwohl ich am Meer aufgewachsen war und die Sonne immer liebte. Trotz meiner weißblonden Haare war ich doch immer das braungebrannteste unter allen Kindern gewesen. Und plötzlich soll ich die Sonne nicht mehr vertragen? Ich konnte es nicht glauben. Offenbar aber machte mich etwas, was ich sehr liebte, unweigerlich krank. Sobald ich meinen Ex-Mann jedoch loswurde, verschwand die Allergie, als hätte es sie nie gegeben. Ich war so überrascht von dieser Feststellung, gleichzeitig aber überglücklich und vor allem dankbar. Dieses Erlebnis veranlasste mich, mich mit den Hautproblemen meiner PatientInnen zu beschäftigen. Nach und nach entdeckte ich dabei einige Regelmäßigkeiten. Die Haut ist unser größtes Fühlorgan – ihre Beschwerden daher eng mit unseren Gefühlen verbunden. Sie „spricht" zu uns, um das Problem, das wir verdrängen, sichtbar zu machen, um es heilen zu können. Unsere Gefühle sind immer die Folge zwischenmenschlicher Beziehungen oder bedeutenden Begegnungen. Natürlich muss dies nicht auf jeden zutreffen. Liegen aber Hautprobleme vor, rate ich, folgendes zu überprüfen: Wer tut mir weh? Wer tut mir Unrecht? Bekomme ich genügend Streicheleinheiten von dem Menschen, von dem ich diese gerne hätte? In welchen Bereichen und zu welchen Zeiten treten die Beschwerden auf? Wie kann ich das lösen? Sobald man den wahren „Verursacher" der eigenen Hautbeschwerden gefunden und das eigentliche Problem gelöst hat, verschwinden sie. Ausnahmen hiervon sind nur die pubertäre Akne und infektiöse Krankheiten. Einem meiner Patienten waren sogar aufgrund eines Pilzes hornartige Gebilde links und rechts an der Stirn gewachsen – er sah wie der Teufel persönlich aus. Die Geschichte dahinter war, dass ihn seine Schwiegermutter immer als „den Teufel" ansah. Wir konnten seinen Zustand gemeinsam heilen.

Abgesehen davon liebt die Haut Streicheleinheiten, auch wenn sie nur von uns selbst bei der täglichen Pflege kommen. Alle, die schon einmal eine Katze bei ihrer Pflege beobachtet haben, wissen es genau: Sie leckt jeden Zentimeter ihres kostbaren Felles mit einer solchen Inbrunst und Aufmerksamkeit und lässt sich dabei viel Zeit, bis ihr Fell glänzt. Dann macht sie einen koketten Spaziergang – so sollte man sich pflegen!

Ein kroatischer Musiker, den ich sehr liebe, singt in einem seiner berühmtesten Lieder: „Das Leben ist wie die Erde: Vernachlässigst du es, fährst du eine magere Ernte ein." Genauso verhält es sich mit der Pflege und Liebe, die wir unserem Körper gönnen. Ein regelmäßiger Wechsel zwischen Ruhe und Aktivität sowie eine naturnahe Pflege ist das beste Rezept. Wenn ich etwas von meiner Mutter, die in ihren Siebzigern immer noch babyweiche Haut hat, gelernt habe, dann: Schmiere dir nichts täglich auf die Haut, was du nicht auch essen würdest. Seit ich diesem Rat folge, dankt mir meine Haut mit einem Strahlen und einer unglaublichen Weichheit, die mir große Freude machen – mit oder ohne Mann.

*　　*

*

Betritt man ein fremdes Land, geht die eigene Identität anfangs unweigerlich verloren. Besonders in Großstädten. Da wird man plötzlich unsichtbar und muss sich komplett neu orientieren. Man hat keine Kontakte – das gesamte Netzwerk, das man sich aufgebaut hat, ist schlagartig nicht mehr da. „Bin ich gut genug? Was kann ich? Wo kann ich anknüpfen?" fragte ich mich damals mit 21. Ich las und las, um die neue Sprache so schnell und so perfekt wie möglich zu lernen. Nächtelang tippte ich die gelesenen Bücher ab, um auch des Schreibens in dieser Sprache mächtig zu werden. Weil ich kaum Geld hatte, ernährte ich mich tagelang von aufgebrühten Suppenwürfeln und ging ziellos durch die Stadt, um sie kennenzulernen. Die ersten Monate war mir manchmal flau im Magen wegen all der hohen Häuser und Wolkenkratzer. Teilweise hatte ich das Gefühl, alles stürzt über mir ein. Ich vermisste schmerzlich die blaue Weite des Meeres. Dabei beobachtete ich ununterbrochen all die bunten Menschen, die immer hasteten und beschäftigt waren. Nur ich hatte keine Aufgabe. Ich wünschte mir so sehr, irgendeine Chance und nur *ein* Ziel zu bekommen.

Bis ich im Krankenhaus eingestellt wurde, hielt ich mich mit Putzen und Schneeschaufeln am Leben. Mein Studium sollte ich erst viele Jahre später abschließen, neben Fulltime-Job, etlichen Zusatzjobs und als alleinerziehende Mutter von zwei Kindern. Nicht einmal eine Schwiegermutter wäre da gewesen, um zu helfen – mein Ex-Mann war ja im Heim aufgewachsen. Die ganze Zeit über hatte ich extrem viel Arbeit. Ich wünschte mir davor offenbar zu inbrünstig, eine Arbeit zu haben, dass ich irgendwann mehr davon bekam, als ich bewältigen konnte. Irgendwie gelang es mir aber doch. Wie, kann ich heute nicht mehr sagen. Heute wäre ich dazu nicht mehr imstande. Das Einzige, was mir rückblickend sehr leid tut, ist dass ich zu dieser Zeit aufhörte, Musik zu machen. Ich hatte damals kein Klavier zu Hause und für meine Gitarre fehlte mir die Zeit. Hoffentlich machen meine Kinder nicht denselben Fehler – denn *alles* im Leben, das Gute und das Schlechte, lässt sich durch Musik veredeln.

Während vieler dieser Jahre waren etliche Bekannte und vermeintliche FreundInnen, die stets ihren Mist bei mir abluden, nie da, wenn ich sie einmal gebraucht hätte. Bei manchen ging dieses Verhalten sogar so weit: Meine Tochter war im Alter von einem Jahr plötzlich an Lymphknotenentzündung erkrankt und musste operiert werden. Niemand konnte mir sagen, was wirklich dahinter steckte. Unzählige Tests wurden gemacht, teilweise wurde mir schon das Schlimmste versichert. Ich war ein Wrack vor lauter Sorge. Dann kam eine dieser „Freundinnen" wieder und stahl mir meine letzten Nerven mit ununterbrochenen Geschichten über ihren Freund, der sie ständig betrog. In dieser Situation der unendlichen Sorge für meine Tochter sagte ich ihr: „Ich bin total fertig. Meine Tochter muss operiert werden, vielleicht hat sie ein Lymphom." Sie redete einfach weiter von ihrem Freund, *als hätte ich nichts gesagt*. Mit solchen Beispielen könnte ich wiederum ein eigenes Buch füllen. Ich musste auf schmerzliche Weise lernen, mich von vielen Menschen zu distanzieren. Ich hakte sie innerlich alle ab, einen nach dem anderen. Bis auf einige wenige, die mir bis heute geblieben sind und die ich so sehr liebe, dass ich alles für sie tun würde. Man kann aber keinen Frieden finden, indem man vorm Leben davonläuft. Das Vegetieren führt nur dazu, dass man genau so dumm, ahnungs- und arglos stirbt, wie man geboren wird. Wozu wäre das Leben dann gut? Eben.

Die ganze Zeit verbrachte ich mit todkranken PatientInnen auf der einen Seite und mit ÄrztInnen, ForscherInnen und ProfessorInnen auf der anderen.

Beide Seiten saugten mich wie Blutegel aus. Alle glauben selbstverständlich wichtiger zu sein, als die anderen. Und am besten ist jegliche Arbeit für diese „wichtigen" Männer – kaum Frauen zu meiner Zeit – bereits schon gestern erledigt worden. Ich nahm irgendwann wahr, dass ich mir angewöhnt hatte, die Informationen, die sie von mir haben wollten, in so wenige Worte wie möglich zu packen. Schließlich war die Zeit von solch wichtigen Herren kostbar und die Ungeduld in ihren Gesichtern abzulesen. Während ich sie stets mit Herr Professor ansprach, nannten sie mich beim Vornamen. Später wurde ein „Frau Magister" daraus. Doch jene Menschen, die es im Leben wirklich geschafft haben, redet man nicht mit Titel an – sie haben das nicht nötig. „Obama" beispielsweise reicht und jede/r weiß, wer das ist. Ein mongolisches Sprichwort besagt: „Verachte nie ein schwaches Junges, es könnte ein brutaler Tiger werden." Ich leite heute einen Universitätslehrgang, in dem auch Leute lehren, die mir früher Vorgesetzte waren und mich teils – nur aufgrund meiner Herkunft – schwer unterschätzten. Die Tränen, die ich im Laufe meines Lebens vergossen habe, könnten ganze Seen füllen. Wie ich das alles überstanden habe, weiß ich nicht. Ich würde es nicht noch einmal können oder wollen, egal wie toll der Preis dafür wäre. Doch bei diesem Satz tauchen die Gesichter meiner Kinder vor mir auf und ich weiß: Für sie würde ich das alles noch Mal durchmachen – eine andere Belohnung, welche auch immer, wäre nicht einmal nötig.

Wieder bin ich auf Dienstreise. Ich liege im Hotelbett und kann keinen Schlaf finden – schon wieder unglücklich verliebt. Wann hört das endlich auf? Regelmäßig findet er seinen Weg in meine Träume, die gar keine Träume mehr sind, sondern anders. Ich wälze mich hin und her. Jede Position drückt mich bald irgendwo. Will ich überhaupt noch weiter, oder einfach gar nicht mehr? Doch, ich will.

Ich springe auf und beginne zu schreiben. Plötzlich finde ich es großartig, dass ich all das erleben darf. Eine solche Liebe im Inneren zu fühlen, während gleichzeitig klar ist, dass man nichts davon für sich beanspruchen darf, ist wirklich etwas ganz Besonderes. Es treibt uns an all unsere Grenzen, in alle möglichen Richtungen. Ich beschließe, einfach dankbar für diese Erfahrung zu sein, sie zu leben und zu lieben, damit ich hoffentlich daran reifen und wachsen kann anstatt verbittert zu werden. Ich merke auch, wie meine wirren Gefühle mir doch irgendwie Spaß machen. Mir ist keine Sekunde fad – entweder versuche ich, mich mit der Arbeit abzulenken, oder ich grüble darüber und vieles anderes nach. Das Leben ist ein Hit!

Das Interessanteste daran ist die Unvorhersehbarkeit der nächsten Minuten, gar Sekunden. Wie uns der Regen sprichwörtlich aus heiterem Himmel treffen kann, so ereignen sich in Sekundenschnelle manchmal Dinge, die unser gesamtes Leben auf den Kopf stellen können. Ein Unfall beispielsweise, oder auch ein „Lotto-Sechser" in beliebiger Hinsicht. Auf solche Ereignisse haben wir viel mehr Chancen, wenn wir in Bewegung bleiben. Das Spektrum möglicher Empfindungen erschließt sich mir immer mehr. Zum Teil ist das verdammt schmerzvoll, eigentlich zum Großteil, aber ich halte das aus. Und ich weiß, dass ich viel meines Kummers selbst zu verantworten habe. Schließlich habe ich die Schöpfung um alles gebeten: das gesamte Gefühlsspektrum, alle tollen und alle grausamen Erfahrungen. Jede Münze hat ihre Kehrseite und je toller die Vorder-, desto schlimmer die Rückseite. Offenbar ist dieser Ausgleich nötig. Die Brillanz der Schöpfung versteht es immer wieder, mir die Sprache zu verschlagen.

Ich hatte versucht, jemandem die Türe in eine traumhaft schöne Welt zu öffnen. Es war aber ein unmögliches Unterfangen, da diese Tür für ihn einfach nicht zu sehen war. Ich aber sah sie so klar, dass ich nicht verstand, wie sie jemand übersehen konnte. Bisher habe ich noch niemanden gefunden, der sie mit mir sehen kann. Daher habe ich beschlossen, fortan nur mir selbst zu gehören und in den Dingen, die das Leben bietet, Genuss zu finden. Das Leben fing an, wieder Spaß zu machen. Dafür bin ich so dankbar. Und als mir völlig egal wurde, ob sich meine Träume je erfüllen, ging es erst richtig los.

XI. KAPITEL

Über Schöpfung und Ende

Nach und nach sind die Puzzlestücke immer mehr geworden. Dann haben sie langsam, eines nach dem anderen, ihren Platz gefunden, bis ich mir irgendwann mein eigenes Verständnis von Schöpfung erarbeitet habe. Zwar fehlen immer noch einige Stückchen und einige passen dort, wo sie zurzeit sind, nicht ganz genau hin. *Doch das Bild ist riesig und wunderschön.* Inzwischen lasse ich mich treiben, anstatt fieberhaft nach Antworten zu suchen. Ich habe erkannt, dass wir es mit unserem Verstand, den wir hier auf unserer Mutter Erde nützen dürfen, wohl nie ganz ergründen werden können. Das ist von der Schöpfung allerdings absichtlich so eingerichtet. Sie entwickelt sich nämlich immer weiter, ist ein lebendiger Prozess. Das Universum dehnt sich immer weiter aus und *wir alle* kreieren es mit.

Ich glaube daran, dass das Universum, das in meiner Gedankenwelt wie ein menschliches Gehirn geformt ist, einen Schöpfer hat, eine Energie- und Intelligenzform, die sich unserem Fassungsvermögen entzieht. Ich glaube auch daran, dass jede Zeit und Region in der Geschichte gerade die Götter hatte, die sie brauchte. Nur glaube ich nicht daran, dass diese Götter die Schöpfer der Menschen sind, sondern umgekehrt. Die Menschen haben die Götter, die sie anbeten und an die sie glauben, selbst erschaffen. Sei es durch Phantasie, sei es durch die Macht des Massenbewusstseins oder sei es, dass sie einfach entschieden haben, dass eine Vorstellung, gar ein außerordentlicher Mensch, die Wissenschaft (die sich immer wieder irrt und neu definiert), oder gar ein bestimmtes Objekt nun ihr Gott sei. Und diejenigen, die nicht an Gott glauben, glauben an etwas anderes, wie Horoskope, Numerologie, Mondphasen – oder gleichzeitig an mehrere Dinge. Ich hingegen glaube einzig an unseren inneren Radar. Der Dalai Lama Tenzin Gyatso sagt etwas ähnliches: „Meine Religion ist sehr einfach – meine Religion ist Freundlichkeit."

Ich hatte eine Patientin, die im Schnitt alle zwei Jahre die Religion wechselte, weil sie nach einer gewissen Zeit in jeder etwas fand, woran sie nicht glauben konnte. Doch sie suchte bis zu ihrem Tod weiter. Die Menschen haben einfach das Bedürfnis, an etwas zu glauben, gerade weil sie sich vieles nicht erklären können und vor allem, weil *Glaube untrennbar mit Hoffnung und Vergebung verbunden* ist. Ich erinnere an die Geschichte vom goldenen Kalb: Als Moses auf den Berg stieg und lange fortblieb, hat das Volk ein Kalb aus Gold gegossen und es angebetet. Der Glaube ist letztlich das einzige, woran wir uns anhalten können, wenn wir selbst verzweifelt und machtlos sind. Darüber hinaus erlaubt er uns, eine gewisse Rechtfertigung für unsere Taten zu finden, denn bekanntlich liegt so vieles „in Gottes Hand", ist Bestimmung, Karma, Pech oder Schicksal und wir können natürlich nichts dafür – eine weit verbreite Ausrede. Also habe ich, trotz meiner kritischen Einstellung den religiösen Institutionen gegenüber, prinzipiell nichts gegen den Glauben und die Götter. Das in meinen Augen lächerliche Argument der Wissenschaft, dass es etwas nicht gibt, nur weil dessen Existenz nicht bewiesen werden kann, hat bei mir noch nie gezogen. *Liebe kann man auch nicht beweisen oder sehen, trotzdem ist sie real, das kann jedes Kind bestätigen.* Der Glaube an sich hat unzähligen Menschen den Trost gegeben – alleine diese Tatsache reicht, um ihn zu akzeptieren.

Das, womit ich hadere, ist das, was die Menschen mitunter aus diesen Religionen gemacht haben – die Entwicklung dessen ist in erschreckend vielen Fällen pervers und in meinen Augen eine große Schande für unsere Spezies. Unzählige Verbrechen und Gräueltaten in Menschheitsgeschichte sind von, durch und wegen dieser Religionen begangen worden und werden es heute noch. Ganze Länder sind im Namen von irgendeinem Gott ausgerottet worden. „Kreuzzüge" beispielsweise – was für ein Name für so viele Verbrechen! Man denke auch an den ganzen Reichtum der verschiedensten Institutionen, während zahllose Menschen vor Hunger sterben. Alleine der goldene Schrein im Kölner Dom in Deutschland, in dem angeblich die Gebeine der Heiligen Drei Könige ruhen, könnte unzählige Hungrige retten. Das kostbare Gehäuse ist mit unzähligen Edelsteinen und Kameen verziert, an den Seiten sitzen unter einer Arkadenreihe gemeißelte Propheten und Apostel. Diese Kostbarkeit wird unter strengster Bewachung angebetet, während gleichzeitig Kinder in der ganzen Welt wegen Hunger, fehlendem Schutz oder Armut verenden. Als kämen sie nicht ebenfalls von welchem Gott auch immer – nach jeweiligem Glauben müsste es doch so sein, oder? Diejenigen, die an etwas anderes glauben, sind vergleichsweise immer noch eine Minderheit, daher haben sie wenig Einfluss. Doch wozu sich wundern? Wir sind Teil der am wenigsten entwickelten intelligenten Wesen (wie wir uns nennen) im Universum und haben noch viel dazuzulernen. All die unterschiedlichen Gottesgläubigen sind fest davon überzeugt, die Wahrheit gepachtet zu haben und dass nur deren Gott der „richtige" und der „wahre" sei. Doch Gott ist bei keinem dieser Vereine, hat es einmal so treffend witzig André Heller ausgedrückt – weder bei Vatikan United, noch beim FC Islam oder Real Orthodox.

Warum sollte sich Gott *nur ein Volk* aussuchen, wo er sie doch alle erschaffen hat? Mehr noch: Fast alle Religionen treten bedauerlicherweise als AngsterzeugerInnen und AndroherInnen von Strafen wie Hölle und Fegefeuer auf und wollen dafür auch noch bezahlt werden. Wenn jemand extreme religiöse Glaubensgrundsätze predigt, sollte man ihm prinzipiell nicht glauben. *Denn so funktioniert keine Schöpfung.* Diese beruht keinesfalls am Prinzip der Ausgrenzung und Trennung, sondern an jenem der Verbundenheit. *Alles ist mit allem durch reine Energie verbunden.* Es wäre doch töricht, sich selbst zu behindern. Die Schöpfung ist jedoch zweifelsohne genial und ganz bestimmt nicht töricht oder sinnfrei. Die Geschichten von falschen Göttern, Schuldübertragungen einer Generation auf die nächste, Erb- und Abtreibungssünde, das Zölibat (um nur einige zu nennen) verkörpern genau das Gegenteil von Liebe. Ich weiß aber, dass Gott – ich nenne es lieber die *Schöpfung* – einfach Liebe *ist*.

Während ich diese Zeilen schreibe, fängt im Radio eine christliche Messe an. Das ist heute ganz oft der Fall, dass es religiöse Radiosender oder Fernsehkanäle gibt. Eine Beeinflussung der Massen auf hochwirksame Art. Jedenfalls singt der Chor in der Radiomesse gerade ein Lied, dessen Verse so dämlich sind, dass ich Gänsehaut bekomme: „Mutter Gottes, bete für mich, lege deine Hand auf mich und verzeihe mir meine Sünden. Gib deinem Sohn den Rat, auch auf mich aufzupassen ..." Es geht immer nur um sie selbst. Nicht, dass sie auch nur ein einziges Mal sagen: Beschütze unseren Nächsten. Oder dass sie zur Abwechslung einmal *nicht* sündigten – dann wäre es nämlich nicht nötig, ständig um Verzeihung zu bitten. Vergebung und Kirche sind schwierige Themen: Wir belügen, betrügen, stehlen, schimpfen, töten sogar. Dann gehen wir zum Pfarrer, auf dass er uns unsere „Beichte" abnimmt. Der Pfarrer sagt uns schließlich, wie viele „Vater unser" oder „Ave Maria" wir – vorzugsweise auf unseren Knien – beten sollen, damit uns unsere Sünden wieder vergeben werden. Dass dies nur eine kluge Strategie der Kirche ist, alles über die Menschen zu erfahren, um sie noch einfacher regieren, ausnützen und dumm halten zu können, sieht die Masse nicht. In meinen Augen ist die Beichte, neben dem Zölibat, eine der grausamsten Einführungen der Kirche überhaupt, denn sie öffnet jedem Verbrechen Tür und Tor. Man muss danach lediglich ein paar Gebete sprechen und sich vom Herrn Pfarrer ein Kreuz auf die Stirn zeichnen lassen. Dann kann man weiter sündigen gehen, denn es wird uns auch beim nächsten Mal „vergeben". Ein großartiger Künstler aus Deutschland, Reinhard May, singt: „Die Kirche sagt dem Staat: Halt du sie arm, ich halte sie dumm."

Mit den Institutionen konnte ich also nie viel anfangen. Die Bibel habe ich dennoch vom ersten bis zum letzten Buchstaben gelesen. Das Neue Testament ist sogar sehr lesenswert – doch das Alte? Ein grausames Werk. Nichts als Mord, Todschlag und Betrug. Außerdem ist es eine gewaltige Namenssammlung. Um später mit meiner über- und überreligiösen Mutter über die Bibel sprechen zu können, machte ich mir beim Lesen etliche Notizen. Ich wusste nämlich, dass sie die Bibel nie *wirklich* gelesen hatte. Leider kamen wir nie dazu, dieses Gespräch zu führen. Sie wollte es einfach nicht hören. Das ist zwar ihr gutes Recht, doch ich kam nicht umhin zu denken, wie verbreitet es unter den Menschen ist, den Kopf in den Sand zu stecken und Augen und Ohren vor dem zu verschließen, was man nicht hören oder glauben will. Manchmal im Leben beneidete ich jene, die es schafften, so zu leben und sich ihrer Meinung dennoch so sicher zu sein. Ich selbst stelle nämlich immer noch alles in Frage – inklusive mich. Umso mehr ich vom Leben erfuhr, desto bewusster wurde mir, dass ich noch nicht einmal ansatzweise alles verstand. Es ist wie mit dem Reisen: Jedes neue Land eröffnet uns eine ganz neue, unbekannte und höchst aufregende Welt. Aurelius Augustinus sagte einmal: „Die Welt ist wie ein Buch: Jemand, der nie vereist, kennt nur eine Seite davon."

Das Wichtigste ist das, was ich „Urvertrauen" nenne. In manchen Phasen meines Lebens war mir dieses Urvertrauen abhanden gekommen. Das waren mit Abstand die schwierigsten. Der Mensch hat ein Urbedürfnis, zu vertrauen. Zu lieben, geliebt zu werden, zu hoffen und zu glauben. Mit dem Urvertrauen können wir alles überstehen, alles überwinden. Erlischt es aber in uns, fallen wir in einen tiefen Graben. Unser Leben verwandelt sich von einem großen, prächtigen Feuer in ein leises Flämmchen, das Leben in uns flackert nur noch. Alles wird zur Qual. Offenbar liegt es in unserer Natur, an etwas glauben zu müssen. Am liebsten folgen wir auserwählten AnführerInnen. „Ein entschiedener Mensch ist immer die Mehrheit", sagt Manfred Winterheller. Und es stimmt: Wir lieben unsere KaiserInnen und KönigInnen, lassen uns von Prinzessinnen verzaubern und sterben für einen mutigen und entschlossenen Kriegsherrn. Oder folgen einem Diktator (komisch, *nie* einer Diktatorin bisher), weil er entschieden handelt und die Menschen um sich herum mit seiner Überzeugung ansteckt. Menschen folgen aber auch Persönlichkeiten wie Gandhi oder Josip Broz Tito, der einmal sagte: „Das schwierigste im Leben ist, sich selbst zu besiegen." Johann Nepomuk Nestroy schrieb auf ähnliche Weise: „Jetzt bin ich wirklich neugierig wer stärker ist: ich oder ich." Und Cicero: „Versuche nicht andere, sondern dich selbst zu übertreffen." Kierkegaard meinte sogar: „Das Vergleichen ist das Ende des Glücks und der Anfang der Unzufriedenheit." Mit dem letzterem bin ich nur bedingt einverstanden, denn es kommt immer darauf an, was man einerseits durch den Vergleich herausfindet und in welcher Absicht man in anstellt. Denn Vergleiche können sehr wohl auch eine Inspiration sein, statt nur zu Unzufriedenheit zu führen.

Ganz sicher aber weiß ich: Der Mensch braucht eine Beschäftigung, um zu verhindern, dass er aus Fadesse, daher aus Aufgabensuche, auf tausend Blödheiten kommt. Man sehe zum Beispiel die „Verbotene Stadt" in China: Unglaubliche Riten und Sitten haben sich die Menschen dort aus Langeweile und Aufgabensuche einfallen lassen. Männer wurden kastriert, Mädchen wurden die Füße abgebunden, bis sie deformiert waren. Die abartigsten Zeremonien wurden erfunden, und jede/r BürgerIn wusste genau, welchem Rang er/sie angehörte. Im alten Rom ließen sie Sklaven als Gladiatoren mit wilden Tieren kämpfen, bis sie in Stücke gerissen wurden oder Christen ans Kreuz geschlagen und sie den Löwen zum Fraß vorgeworfen, bis die ZuschauerInnenschar jubelte. Im Mittelalter liebten sie „Hexen"verbrennungen. Die KöniginInnen nahmen sich das Recht, jedem beliebigen Menschen wegen „Hochverrats" (eine Bezeichnung, die alles und nichts heißen kann) den Kopf abzuschlagen oder sie lebendig zu begraben. Sklaverei war lange Zeit etwas völlig normales. Die Liste menschlicher Verbrechen ist unendlich. Bis heute hat sich daran nichts geändert. Die Verbrechen heute haben nur ein anderes Gesicht, aber Verbrechen bleiben sie dennoch. Man benützt und tötet Schwächere, foltert Mensch und Tier, beutet Kinder aus, vergewaltigt sie oder zwingt sie zur Kinderarbeit unter schlimmsten Bedingungen und/ oder zu Pornografie. Im Glauben, etwas zu finden, was dort keinesfalls gefunden werden kann, gehen Menschen in diverse (Sex-)Clubs. Heutzutage lösen sie Hasstiraden in den sozialen Medien aus, begehen Rufmord und erfinden neue (chemische) Waffen, um andere Menschen auszurotten. Welch sinnloses Leid und Verschwendung aller Gaben, die uns das Universum gegeben hat! „Wir haben den Menschen kennengelernt wie bisher noch keine Generation. Was also ist der Mensch? Er ist das Wesen, das die Gaskammern erfunden hat, aber zugleich ist er auch das Wesen, das in die Gaskammern gegangen ist, aufrecht und ein Gebet auf den Lippen", schrieb Frankl.

Solch unreflektierte Menschen werden in ihrem Rennen um vermeintliches Vergnügen oder vermeintlichen Besitz immer unzufriedener, immer abartiger, je länger sie der falschen Fährte folgen. Die innere Leere wird dabei immer größer. Diese Leere macht sie krank, bis sie die ÄrztInnen um Hilfe bitten. Am Totenbett dann zittern sie *alle*, sind mickrig und klein – ich habe es zu oft gesehen.

Schlimm sind die Qualen, doch sie haben nicht einmal im Entferntesten eine Vorstellung davon, was nach dem Tod auf sie zukommt. Die Schöpfung hat es schließlich so unglaublich weise eingerichtet. Die wirklich schlimmen Exemplare der Gattung Mensch werden mit ihrem Tod einfach ausgelöscht, als hätte es sie nie gegeben.. Ihre Lebensfunken kehren nach ihrem Tod hier in den Lebensfunkenpool zurück. Nur das Gute hat Fortbestand. Aus diesem Grund gibt es menschlichen Fortschritt. Ich sage nicht, dass die Menschen heute unbedingt besser oder schlechter sind – insgesamt behaupte ich aber doch, dass sich einiges gebessert hat, trotz all der Abartigkeiten, die täglich auf der Welt passieren. Ständig übertreffen aber SportlerInnen oder WissenschafterInnen ihre eigenen Rekorde – oder die von anderen – und produzieren wahrliche Meisterleistungen. Der Mensch hat eine laufend höhere Lebenserwartung, wird immer fähiger und sogar schöner. Sieht man sich die Bilder vergangener KünstlerInnen an, kann man manchen Schönheitsidealen, die zu ihrer Zeit galten, gar nicht glauben. Heute würden die meisten von ihnen nicht einmal als durchschnittlich schön angesehen werden.

Dumm müsste die Schöpfung sein, um zuzulassen, dass ihr geniales Werk durch solch absurde Emotionen wie Gier oder Neid zerstört wird. „Um Neid ist keiner zu beneiden", sagte so treffend witzig Wilhelm Busch. Ein Menschenleben ist lediglich ein Wimpernschlag. Vielleicht kommt es uns genau deswegen manchmal so vor, als würde sich nichts ändern – oder gar schlimmer werden. Wir glauben dann gerne, dass in unserer Kindheit alles noch besser war. Als Kind vermisst man wenig und weiß sich mit fast allem zu beschäftigen. Kinder zerbrechen sich nicht den Kopf über die Gesellschaft, in die sie hineingeboren wurden. Der Mensch akzeptiert sein Umfeld, solange er kein anderes, besseres, kennt. Denken wir heute daran, im Mittelalter gelebt zu haben, unter Ratten, im Gestank, dann graust uns. Zu dieser Zeit kannte man Dinge wie fließendes Wasser aus dem Hahn oder eine Dusche aber nicht. Somit konnte man sie nicht vermissen. Bestimmt hatten die Menschen damals wie heute ihre Sehnsüchte, vor allem im zunehmenden Alter. Möglicherweise waren viele davon unbestimmt, weil die Menschen noch nicht formulieren konnten, was sie vermissten. Instinktiv spürten sie aber bestimmt, dass es besser gehen muss. Alles fängt mit einer Idee an, so absurd sie am Anfang scheinen mag. Geheimnisse gibt es, damit sie jemand erahnen kann.

Die Genialität der Natur wird wohl niemand bestreiten können. „Was wir wissen, ist ein Tropfen; was wir nicht wissen, ist ein Ozean", meinte Isaac Newton. In jeder Kreatur, jedem Wassertropfen, jedem Samen, jeder Blume und in jeder Schneeflocke spiegelt sich ihre Genialität wider. Wir aber, in unserer grenzenlosen Arroganz, glauben, dieses Milliarden Jahre alte Werk „verbessern" zu müssen. Beispielsweise durch Genmanipulation und Überzüchtung. Solche Methoden bringen nur im ersten Moment gute Resultate, auf Dauer machen sie uns aber krank. Abgesehen davon, dass heute alles gleich schmeckt. Damals, als ich vom Land in die große Stadt zog, wunderte ich mich darüber, dass alles nach Plastik schmeckte. Ich konnte es kaum erwarten, wieder eine richtige Erdbeere oder Tomate zu essen. Jetzt werden unsere Ozeane mit Unmengen von Plastik verschmutzt, die Tiere verenden qualvoll daran. Letztlich wird es auch uns vergiften, wenn wir oder unsere Kinder nicht endlich eine Lösung für dieses Problem finden, bevor die Erde es selbst tut. Und das wird sie.

Unsere Erde ist ein lebender Planet. Sie spürt *alles*. Juckt es sie, dann kratzt sie sich. Ist ihr übel, dann speit sie. Ist sie durstig, so schenkt sie uns keine Früchte. Ist sie wütend, erbebt sie. Ist sie zufrieden, strahlt sie. Ist sie verschwitzt, so erfrischt sie sich im Regen. Ich könnte ewig so weiter aufzählen. Wenn man aber nur ein wenig reflektiert ist, versteht man, worauf ich hinaus will: Jede Befindlichkeit unserer Erde hat einen großen Einfluss auf uns. Kratzt sie sich beispielsweise, hinterlässt sie neue Krater. Dabei sterben oft unzählige Menschen. Unsere Gaia, oder Urantia, wie sie im größeren Kontext genannt wird, ist unsere Mutter, die uns jeden Tag maßlos all ihre Reichtümer bereitwillig schenkt und dafür *nie* eine Gegenleistung verlangt. Es ist genug für alle da – doch was tun wir? Wir ergreifen Besitz und verkaufen ihn weiter. Jetzt sogar das Wasser: Weil wir schon so viel verpestet haben und unsere Gier grenzenlos ist, gönnen wir anderen nicht einmal mehr Wasser ohne Bezahlung. Stattdessen füllen wir es in Plastikflaschen und verkaufen es im „Supermarkt". Nicht-Verkauftes landet im Müll, ungeachtet der Tatsache, dass es so viele bedürftige Menschen auf der Welt gibt.

Die Probleme der Menschheit haben, wie ich bereits erwähnt habe, mit Besitzdenken begonnen. Mit dem ersten Tier und dem ersten Stück Land, dessen sich jemand ermächtigt hat. Das alles wäre kein Problem, wäre den Menschen nicht eine unstillbare Gier eigen. Die meisten bekommen ihren Hals nicht voll. Wie kann man beispielsweise zehn Autos in der Garage stehen haben oder ein Schmuckstück aus Diamanten um den Hals des eigenen Hundes hängen – dem das ohnehin nur ein unnötiger Ballast ist – solange auf unserer Welt Kinder an Hunger sterben? Blickt man aber in die Gesichter solcher Menschen, sieht man alles außer Glück und Zufriedenheit. Man glaube es, denn ich hatte PatientInnen aus der ganzen Welt bei mir, manche sind sogar in einem eigenen Flugzeug, samt der unzähligen „Angestellten" gekommen – wir nannten diese dann „die Gefolgschaft". Es war uns nämlich allzu lustig zu sehen, wie viele „DienerInnen" ein einziger Mensch beschäftigen kann. Viele driften in Drogen, Spiel oder andere Süchte ab. Der Mangel im

Inneren kann nämlich *nie* durch äußeren Dinge behoben werden. Man suche nie etwas, wo es nicht gefunden werden kann. *Alles* ist bereits in uns. „Nur langsam könnte man diese Menschen zu der sonst so simplen Wahrheit zurückfinden lassen, dass *niemand* das Recht hat, Unrecht zu tun, auch der nicht, der Unrecht erlitten hat", schrieb Frankl. Inzwischen teile ich die Menschen, neben solchen, die leicht und solchen, die schwer sterben, in Parasiten und Wirte. Doch sind nicht alle Wirte gut und alle Parasiten schlecht. Ohne einander könnte aber keiner von ihnen existieren. Wirte wären ohne ihre Parasiten nichts, und umgekehrt.

Sobald es die Erde also genug juckt, wird sie das „Ungeziefer Mensch" einfach abschütteln. Ihr stehen dazu tausend Methoden zur Verfügung. So wie wir Läuse loswerden, ohne mit der Wimper zu zucken. Oder jede Gelse, die uns sticht, ohne nachzudenken erschlagen. Warum sollte es der Erde anders gehen? Wir verpesten sie so ungeheuerlich, es ist nur eine Frage der Zeit, bis sie genug hat! Ein paar Tsunamis, Erdbeben, Brände, Überschwemmungen und Vulkanausbrüche und wir alle sind Geschichte. Es wäre nicht das erste Mal, dass Zivilisationen ausgelöscht werden. Den riesigen Dinosauriern ging es auch nicht besser. Von ihnen blieben nur einige Skelette, die wir heute in Museen bewundern dürfen. Für die Erde ist unsere Ausrottung ein Klacks. Und danach dürfen wir vielleicht wieder von vorne anfangen. Immer und immer wieder, so lange, bis wir es endlich gelernt haben. Falls nicht, endet unsere Mutter Erde im Pool der PlanetenversagerInnen. Das stelle man sich einmal vor: unsere wunderschöne Mutter Erde eine Versagerin – wegen uns! Auf Planetenebene funktioniert es nämlich genau so, wie auf menschlicher Ebene: wie im Kleinen, so im Großen. Das Universum ist ein unendlicher Zirkel. Die Zeit, wie wir sie kennen, oder ein Planet, so schön er auch sein mag, ist in dieser Dimension keine

Kategorie von Wichtigkeit.

Was fängt man mit all diesen Gedanken an? Immer wieder nehme ich wahr, wie ich vor lauter unaussprechlichen, undefinierbaren Gefühlen platzen könnte. Gleichzeitig bemächtigen sich meiner alles: Glück, Trauer, Sehnsucht, Wünsche, Träume, Freude, Dankbarkeit – alles durcheinander. Und ich kann nichts tun, als dieses Gefühlschaos zu unterdrücken, weil ich nicht weiß, was es bedeutet, und was ich damit anfangen soll. Es kommt mir so vor, als lebte ich ein Soll, das ich aber gleichzeitig liebe und nicht loslassen kann: Meine Arbeit ist anspruchs-, aber sinnvoll; meine wohltätigen Projekte helfen vielen Menschen und ich mache sie so gerne; meine Lehrtätigkeit ist interessant und bringt mich mit vielen jungen Leuten zusammen. Ich empfinde mein Leben als Privileg. Auch wenn ich viele Sonntage damit verbringe, zwölf Stunden am Stück zu arbeiten. Es ist bereits zu einer Gewohnheit geworden.

Manchmal denke ich, dass ich so nicht mehr will. Dass es eine Zeitverschwendung ist, diese Welt ein Stück besser machen zu wollen. Es tut so weh, zuzusehen, sogar zu tun, aber keine Chance zu haben, irgendetwas auf bedeutende Weise zu beeinflussen. Nach Henry Drummond: „Der letzte Prüfstein wird die Größe unserer Liebe sein. Es kommt nicht darauf an, was wir getan haben, woran wir geglaubt oder was wir erreicht haben. Was zählt ist, wie wir unseren Nächsten geliebt haben, nicht die Fehler die wir begangen haben. Wir werden nicht nur nach dem Bösen, das wir getan haben, beurteilt, sondern auch nach dem Guten, das wir *nicht* getan haben, denn die Liebe im Inneren wegzuschließen bedeutet, dem Geist Gottes zuwiderzuhandeln."

Ich glaube nun zu wissen, was ich bisher nicht verstanden hatte: Die Liebe *ist* die Antwort auf alle Fragen. Sie ist diejenige, die kreiert. Sie wird von *nichts und niemandem* gesteuert. Sie nimmt immer mehr zu, denn je mehr man von ihr gibt, desto mehr bekommt man zurück. Darum verstehe ich heute auch endlich den Satz, den ich so lange nicht verstehen konnte: Wenn es weh tut, ist es nicht Liebe.

*   *

*

Wir machen aus diesem *einen* Leben eine Mords-Show. Jeder Mensch denkt, dass er auf irgendeine Art besonders ist, sogar diejenigen, die sich für nichtig halten. Auch sie hoffen insgeheim, dass sie im Unrecht sind und irgendwann ein Wunder passiert, damit alle anderen sehen, wie besonders sie eigentlich sind. Dabei sind wir alle nur ein Wimpernschlag. Zwar sehr wichtig und der Gesamtschöpfung dienend, aber eben *nur ein Wimpernschlag*. Es gibt die ganz Großen unter uns, wie Da Vinci, Tesla, Mandela, Mozart oder Einstein. Geht es um ihre Bedeutung für die Zukunft bringen sie es womöglich zu hundert Wimpernschlägen, aber das ist dann alles. Sich selbst nach so vielen Erfahrungen zu enttrivialisieren, ist eine wahre Herausforderung. Es ist jedoch unbedingt nötig, denn wir alle sind aus gutem Grund hier. „Er weiß, er wird sich jetzt den ganzen Morgen kaum noch zu bewegen getrauen, aber darauf kommt es letzten Endes nicht an; sondern worauf es ankommt, das ist, das Gefühl loszuwerden, dass man unwichtig sei", schrieb Schnurre.

Mittlerweile habe ich mir so viel erarbeitet, dass ich das Leben endlich genießen können sollte. Doch was tue ich? Ich werde zum Workaholic, will die Welt verbessern und vergifte mich dabei selbst mit Zigaretten, um es durchzustehen. Ich kann die selbstzerstörerischen, ungeduldigen Seiten an mir nicht anders beschwichtigen. Noch. Auf dieser Welt gibt es so viele Milliarden Menschen – ich bin nur ein Sandkorn und nichts Besonderes. Zwar anständig und tüchtig, aber das ist im Grunde egal, weil es nicht geschätzt wird. Ich habe eigentlich keine

Ahnung, wie mich andere Menschen sehen, aber es ist mir auch zunehmend gleichgültig. Oder vielleicht doch nicht? Ich weiß es nicht. Das Leben vergeht so schnell, ich bin ständig beschäftigt und denke nicht gerne an die Vergangenheit. Zu viel Kampf, zu viel Schmerz. Zu viel Zeit mit unehrlichen Menschen, Arbeit, falschen Kämpfen und *unsinnigem Warten* verbracht.

Die Taten, zu denen die Menschen fähig sind, lassen mich immer wieder fassungslos zurück. Manchmal traue ich mich nicht mehr, an sie zu denken. Ich hatte mich deswegen immer mehr abgekapselt. Zwar hatte ich noch Träume und Sehnsüchte, aber stetig weniger Hoffnung. In guten Momenten dachte ich: Wer weiß? Vielleicht finden unsere Kinder bessere Lösungen als wir. Vor hundert Jahren beispielsweise war es leicht, eine Million Menschen zu kontrollieren, aber es war schwer, eine Million Menschen umzubringen. *Heute ist es umgekehrt.* Jetzt weiß ich auch, dass mein Glaube, alle Menschen hätten eine Seele, falsch war. Die meisten haben nur eine Portion Lebensfunken, welche die LebensbringerInnen des Universums mit einem/r SchöpferIn per Zufall aus dem Lebensfunkenpool schöpfen, um diese in ein neues Lebewesen zu übertragen. weil sich die Seele erst im Laufe des Lebens manifestiert, sofern die Person diese verdient hat. Und die Seele ist das Einzige, was nach unserem Tod weiterlebt.

Stirbt ein Mensch, bleibt sein Körper als leere, tote Hülle zurück, wie ich so oft gesehen habe, und seine Lebensfunken verbinden sich mit der gesamten Lebensenergie – es sei denn, man hat eine Seele verdient. Diese zurückgekehrten Lebensfunken sind nun um die Erfahrungen dieses Lebens reicher. Das Vermischen mit dem Gesamten bewirkt, dass, wenn die Schöpfung diese Lebensfunken einem neuen Wesen einhauchen, echte Wunder passieren können, da sie zufällig zusammengesetzt sind. So funktioniert die Schöpfung:

Trial and Error. Doch dieser Prozess ist der *einzige*, der per Zufall funktioniert und auch das ist nicht zufällig so. So erklären sich Irrtümer, wie wenn sich jemand etwa im eigenen Körper fremd fühlt. In diesem Fall überwiegen die weiblichen Komponenten in der Portion Lebensfunken, sie wurden aber einem Mann zugeteilt. So erklärt sich auch das Vorkommen von Genies und „übermenschlichen" Talenten. Genauso kann jemand ganz viel Grausamkeit abbekommen. Wegen dieser Zufallsbestimmung unserer Lebensfunken kommt uns manchmal etwas bekannt vor, auch wenn wir genau wissen, dass wir es in diesem Leben noch nie gesehen, gehört oder erfahren haben. In meinem Fall war es mit Salsa so: Ich hatte diese Musik zuvor nie gehört, noch nie zu ihr getanzt, dennoch wusste ich seit dem ersten Moment, dass ich sie kannte. Viele Menschen haben mir von ähnlichen Eindrücken erzählt. Eine meiner Freundinnen beispielsweise legte einen Niqab fehlerlos an, obwohl sie es zuvor nie getan hatte. Sie sagte mir, es hätte sich angefühlt, als hätte sie das schon immer gekonnt, und wusste instinktiv, wie es geht. Sie hatte dabei das Gefühl, nach Hause gekommen zu sein. Den Ausdruck „Déja-vu" kennen wir alle.

Erst, wenn man ein würdiges Leben gelebt hat, also auf den inneren Radar gehört hat, der uns allen, unabhängig von der Zufallszusammensetzung unserer Lebensfunken ebenfalls bei der Geburt von der Schöpfung geschenkt wurde, erhält man die Energie, die nach unserem körperlichen Tod weiter lebt. Diese Energie nennen wir Seele. Inzwischen ist das meine Antwort auf sehr viele Fragen. Sie steigt nach dem Tod auf und lebt und kreiert in den Sphären des Universums weiter mit. Alles andere wird wieder zusammengemischt und hat keine weitere Bedeutung, das Individuum wird als Error gelöscht. Nach so viel Leben und Studieren ist dies meine vollste Überzeugung. Man könnte nun einwenden: Wenn das Gute immer ins Universum aufsteigt und das Schlechte in den Pool zurückgeschickt wird, müsste es im Pool zwangsläufig immer mehr Schlechtes geben und immer weniger Gutes. Das würde dazu führen, dass immer schlechtere Exemplare „produziert" würden. Doch diese Annahme ist falsch, denn Minus und Minus ergibt Plus. Man muss nur lange genug randomisieren, bis die passenden Funken aufeinandertreffen. Einfach genial.

*   *
*

Der Regen fällt und reinigt alles. Ich höre ihn so gerne. Ich denke an die vielen Tränenmeere, die ich selbst geweint habe. Im Vergleich zu damals ist alles Unangenehme von heute eigentlich nur eine Kleinigkeit.

Ich versuche, mein narbiges Herz und all meine wohlwollende Erfahrung mit meinen Kindern zu teilen. Ich sage ihnen dass die Zeit alles heilt und dass die Stimmungen, wie das Wetter, unweigerlich wechseln. Dass das Leben ein Geschenk ist und es verdient, gelebt zu werden. Dass sie ihr Glück finden werden, sobald sie *sich selbst* gefunden haben. Dass die männliche und die weibliche Energie in uns vereint gehören – erst dann ist man für eine erfüllte Partnerschaft bereit. Ich sage ihnen auch, dass „Nein" eines der wichtigsten Wörter in unserem Leben ist. Dass Reife und (Selbst-)Reflexion nötig sind, um ruhig und besonnen an die Dinge herangehen zu können. Dass Erfolg nur eine Frage der Entscheidung ist, und dass Entscheidungen zu treffen immer Erleichterung bringt. Gleichzeitig sollen sie wissen, dass die Entscheidung der erste, wichtigste Schritt ist. Der Beginn. Aber: „Das Beginnen wird nicht belohnt, einzig und allein das Durchhalten", schrieb Katharina von Siena. Und Laotse meinte: „Beginnen können ist Stärke, vollenden können ist Kraft."

Glück ist unter anderem, dass man dankbar sich selbst und sein Tun achten kann und dass man die inneren Verliese sorgfältig entrümpelt hat, in denen das gelagert war, das einen vergiften und krankmachen kann. Wir alle glauben, für uns eine Formel gefunden zu haben. Meine ist, regelmäßig zu entrümpeln und alles, was mir nicht mehr dienlich ist, Mutter Erde anzuvertrauen oder es meditativ denjenigen zurückzugeben, von denen es kommt. So habe ich nach und nach meinen Frieden mit allen geschlossen und empfinde endlich nur noch Dankbarkeit für jede Begegnung.

Ich kann nur sagen: Lebt mit offenem Herzen, auch wenn es wehtut. Es ist die *einzige* Art, nach diesem Leben weiterzukommen.

EPILOG

So liege ich also auf meinem Sterbebett und fühle, wie mein Herz immer seltener klopft und mein Atem immer flacher wird. Dann spüre ich plötzlich zwei Energien links und rechts von mir und sehe das strahlende, weiße, allanziehende Licht. „Es ist so unglaublich schön", denke ich, „aber ich kann noch nicht gehen. Ich habe noch so viel zu tun, so vieles ist noch nicht fertig."

Dann höre ich federweiche Stimmen: „Du musst gar nichts mehr, du hast genug getan. Lass jetzt andere tun, du hast ihnen alles gut genug vorbereitet. Du wirst sehen, wie schön es hier bei uns ist. Du kannst ruhig gehen, gestern hattest du einen so schönen Abend mit deinen Kindern. Sie sind groß und können auch ohne dich weiter. Du hast alle Antworten bekommen, nach denen du gesucht hast. Du hast mit allen Frieden geschlossen. Und jetzt darfst du gehen." Die Stimmen sind so beruhigend, das Licht so unglaublich anziehend. Ein letztes Mal spüre ich, wie mein Herz schlägt und ich einen leisen, kaum noch spürbaren Atemzug mache. Dann gehe ich, lasse alles hinter mir – alle Irrtümer und all den Schmerz. Plötzlich drehe ich mich doch noch einmal um, als hätte ich ein schlechtes Gewissen, und sehe meinen Körper auf dem Bett liegen, ruhig und entspannt, mit einem Lächeln im Gesicht. Und ich denke: „Wow, was für eine schöne Frau."

„Doch halt! Es stimmt doch gar nicht, dass ich mit allen Frieden geschlossen habe! Mit ihr habe ich es nicht.

Ihr schulde ich noch so viel!" sprudelt es aus mir heraus. Die Stimmen sagen darauf: „Nein, lass sie. Sie ist schon so kaputt. Wenn du zurückgehst, wird sie noch viel Schmerz erleiden müssen. Komm mit uns. Du wirst sehen, wie schön es ist." „Nein", sage ich. „Es tut mir leid, ich glaube euch, aber ich muss zurück. Das bin ich ihr schuldig." „Wenn es das ist, was du wirklich willst, dann geh", lautet die Antwort. „Du hast es verdient, es dir aussuchen zu dürfen. Nun geh!"

Ich stieg hinab, zurück in meinen Körper, nahm einen tiefen Atemzug und war wieder da. Das erste Gefühl: Panik! „Oh mein Gott, was habe ich getan? Was ist mir gerade passiert?" schoss es mir durch den Kopf. „Habe ich nun die Schöpfung durcheinander gebracht? Hätte ich nicht zurückkommen dürfen? Was soll ich jetzt tun?" Ich versuchte aufzustehen, doch meine Füße trugen mich nicht. Ich konnte nach diesem Erlebnis einige Tage nicht gehen, so schwach war ich. Diese zittrige Frau war mein Haus, in dem ich oft traurig einschlief und noch trauriger aufwachte. Nur langsam kam die Kraft in meinen Körper zurück. Ohne die Hilfe meiner Kinder hätte ich es nicht geschafft. Ich habe diese unglaubliche Erfahrung als Gelegenheit endlich nützen können, um zu sehen – *wirklich* zu sehen – und zu versuchen, auch meine eigene Freundin zu werden. Offenbar musste es bei mir so weit kommen, es von „oben" zu hören, um es wirklich glauben zu können.

* *

*

Zum Schluss möchte ich noch einige Gedanken mit meinen Kindern und mit allen, für die sie stimmig sind, teilen. Manche davon habe ich auf meinem Weg mitnehmen dürfen, andere habe ich mir selbst erarbeitet.

Geht euren Weg. Lasst euch von eurem inneren Radar führen. Er ist ein Geschenk der Schöpfung und das aus gutem Grund. Seht zu, dass ihr immer genau hinseht, seid achtsam euch selbst und anderen gegenüber. Jedes Leben hat unzählige Grautöne. Urteilt nicht, denn wir kennen nur wenige davon. Glaubt nicht, dass ihr alles tun könnt, sondern konzentriert euch auf eure Gaben. Aus einer Orange wird nie ein guter Apfel, und das ist auch nicht nötig. Das sollten sich auch Bildungspolitik und Schulsystem zu Herzen nehmen.

Die Energie folgt immer der Aufmerksamkeit, also achtet genau darauf und seid euch bewusst, welchen Dingen in eurem Leben ihr eure Aufmerksamkeit widmet. Lernt so viel über Medizin und die Sterne, dass ihr von keiner Seite betrogen werden könnt.

Traut niemals unglücklichen HeilerInnen, betuchten WohltäterInnen und ManipulatorInnen jeglicher Farbe. Sie werden euch so weit bringen zu glauben, dass Schwarz eigentlich Weiß ist. Das ist es aber nie und nimmer. Alles zu glauben, ist Schwäche. Nichts zu glauben, ist Blindheit.

Überlegt genau, bevor ihr sprecht. Denn alles, einfach *alles*, was ihr sagt, ist Energie, die aus euch herauskommt, und nicht mehr zurückgenommen werden kann. Falsche Worte haben immer sehr viel Leid auf unserem Planeten angerichtet.

Mein goldener Rat lautet: *Zunächst höre, dann denke, und erst, wenn deine Gedanken klar sind, rede.* Im Glück seid klug und bescheiden, im Unglück seid klug und stolz. Sagt euch jemand ein schlechtes Wort, so denkt euch, dass er/sie es schwer haben muss. PrahlerInnen sind selten mutig, und die wirklich Mutigen prahlen selten. Erfolg im Leben ist nur eine Entscheidung. Den ersten Schritt müsst ihr aber selbst setzen. Teilt Glück und Erfolg mit Freunden, aber *nicht immer* euren Schmerz. Es sind auch Stürme im Leben notwendig. Wir brauchen sie, um die guten Zeiten zu schätzen. Außerdem resultiert jede weitere Schöpfung aus ihnen. Wäre alles immer gut, würden wir in Faulheit verfallen – dann erst wären wir verloren. Schmerz bringt auch Inspiration. Diese ist das Rad jedes Fortschritts. In Bewegung zu bleiben ist unbedingt notwendig. Sogar Wasser verdirbt, wenn es zu lange steht. Die Meereswellen gibt es nicht umsonst.

Die größte Liebe im Menschen wird durch das Vertrauen geboren. Lasset euch das Wissen, dass die Schöpfung *immer da ist und sein wird*, dankbar und zufrieden leben und sterben. Lernt von der Gesamtexistenz, wer und wie ihr nicht werden dürft. Lernt das Geschenk zu schätzen, das ihr individuell erhalten habt, und bedankt euch dafür, es leben zu dürfen. Undankbarkeit verlangsamt die Schöpfung und führt zu Verlusten für die Menschheit. Seid die bestmögliche Version eurer selbst. Ihr wurdet als Entwurf geboren. Es liegt an euch, euch selbst zu fördern und zu fordern, sodass aus euch Menschen werden können, denen eine Seele zuteil wird, die weiter mitkreiert. Alles andere ist nicht von Bestand. Sucht nichts, wo es nicht ist, denn alles ist bereits in euch. Ihr erschafft euer Leben: das Gute und Schlechte. Wir können nichts verändern, außer in uns selbst. Die Veränderung im Inneren bewirkt die Veränderung im Äußeren, *nie umgekehrt*. Sagt euch jemand, er/sie denke anders, dann wisset: Nicht *er/sie* erschafft eure Wirklichkeit, sondern nur *ihr selbst*. Lasst ihn/sie ruhig anders denken.

Vergesst nie: *Die Liebe ist älter als der Tod*. Sie bleibt immer. Lediglich die Menschen ändern sich. Passt genau auf, was ihr euch wünscht, denn es kann immer wahr werden. Wünscht ihr euch etwas Bestimmtes, meditiert vorher stets über den Ausgang eurer Wünsche. Lest Bücher, jeden Tag. Ein Leben, so reich an Intelligenz und Erfahrung es auch sein mag, reicht nicht, um alles von der Pieke auf alleine zu begreifen und etwas Neues erfinden zu können. „All leaders are readers", sagte Harry S. Truman richtig. Seid euch bewusst, dass es viele schlechte und unreflektierte AnführerInnen gibt. Sie sehen immer nur sich selbst, sind aber oft so überzeugend darin, das Gegenteil zu behaupten, dass viele Menschen auf sie hereinfallen. Wie alles andere haben aber auch sie ein Ablaufdatum. Einige von ihnen bleiben dann nur grausame Exemplare der Menschheitsgeschichte, manche nicht einmal das.

*   *
*

Am 28. Dezember hatte ich eine zweite Chance bekommen. Es ist mein neuer Geburtstag. In den darauffolgenden Monaten sollte ich durch eine schwere gesundheitliche Krise gehen. Meine Wirbelsäule war stark beschädigt und ich erlitt fürchterliche Schmerzen. In diesen Momenten bereute ich es, den Stimmen damals nicht gefolgt zu sein. Nun habe ich dieses Buch geschrieben, wenngleich ich keine Schriftstellerin bin. Möge es vielen helfen, die durch ähnliche Erfahrungen gehen müssen und vor allem ihnen die Zuversicht geben, dass sich das Leben zu leben lohnt.

Ich hatte einen Spieler und Lügner geliebt, dann einen notorischen Fremdgänger, und schließlich einen unübertroffenen Manipulator. Parasiten waren alle drei. Durch Schmerz verwundet, mit Leben und Trotzdem-Lachen gereinigt, mit Glauben ans Gute geheilt. Doch irgendwann kommt jemand, der uns die schönste Liebe schenkt, wie wir sie uns immer gewünscht haben. So, als hätte sich endlich eine warme Decke um uns gelegt, sodass wir nicht mehr frieren müssen. Wie alle, die das Leben lieben, fühlen wir uns unsterblich. Die Karten werden jeden Tag neu gemischt.

Lebt ein würdiges Leben.

Das reicht.